竣介ノ線

鳴海　章

集英社文庫

目次

Stay hungry. Stay foolish.
——満足するな、お利口さんになるな

1974年刊『Whole Earth Epilog（全地球カタログ）』

竣介ノ線

序　章　ソフト帽の巨人

大正十四年（一九二五）二月。

たまりにたまった小便がほとばしり、分厚い板を四角く張り合わせた小便器の奥にあたって湯気がもわっと立ちのぼった。顔を背けたとたん、ぞくぞくっと寒気が背中をはいあがってくる。

「ううっ」

佐藤《さとう》俊介《しゅんすけ》は声を漏らした。

用を済ませ、便所から出てきたとき、玄関の引き戸、磨《す》りガラス越しに男の声がした。

「ごめんください」

俊介は上がり框《がまち》に立ったまま返事をした。

「はい」

「夜分、恐れ入ります。宮沢《みやざわ》です」

声に聞き覚えがある。そして宮沢といえば、農学校の先生だ。

「すぐ開けます」

俊介は急いで三和土《たたき》に並べた下駄《げた》をつっかけ、引き戸の錠前を回した。戸を開ける。

玄関灯の下にソフト帽を目深に被《かぶ》り、ぞろりと長いコートを着た宮沢先生が立っていた。

ソフト帽のつばが作る淡い影の中、小さな目を見開く。

「俊介君か」

「はい」

「お久しぶりです」

「お久しぶりでございます」

宮沢先生は、稗貫《ひえぬき》農学校の教師で、以前住んでいた花巻《はなまき》の家を何度か訪ねてきたことがある。そのときに会っていた。

三年前の春、俊介一家は父の仕事の都合で花巻から盛岡に引っ越していた。宮沢先生が盛岡の家にやって来るのは初めてだ。

「お父《ど》さん、おられますか」

「おります」答えた俊介は、はっとしてつづけた。「どうぞ、お入りください」

ソフト帽のつばや、コートの肩に粉雪が散っているのにようやく気がついたのだ。寒い夜だった。

では、失礼してとつぶやくようにいい、宮沢先生が玄関に入って戸を閉めた。左手に大事そうに風呂敷包みを抱えている。

「今、呼んでまいります」

「お願いします」

にっこり頰笑んで、宮沢先生がいう。

このとき、俊介は数え十三歳だったが、宮沢先生は一人前の大人に対するようにていねいにいってくれた。框に上がりながら、ふと花巻の家で初めて会った、九歳のときも同じだったと思いだした。くすぐったいような、不思議な感じがしたが、嬉《うれ》しさの方が大きかった。

偉い人だ、あの人こそ、本物の偉人だと父がくり返していたせいでもある。

茶の間の襖《ふすま》を開け、兄とこたつに入っていた父に告げた。

「宮沢先生がいらっしゃった」

「農学校の？」

「そう」

うなずくと、よれよれの着物の上にどてらを羽織った父が嬉しそうな顔になって、台所にいる母に声をかけた。

「おい、宮沢先生がいらしたぞ」

「農学校の？」

母が父とまったく同じに訊《き》き返すのがちょっとおかしい。

「そうだ。玄関におられる。座敷にお通ししてくれ」

そういって、立ちあがりながら兄に顔を向ける。

「座敷の火鉢の支度をしなさい。俊介は座布団を出して」

すでに腰を浮かせかけていた兄がうなずく。外した前掛けで手を拭きながら母が台所から出てくる。俊介はいったん廊下に出て、奥にある六畳の座敷に入ると電灯の紐《ひも》を引いて点《つ》けた。

　珍しい客に一家そろってはしゃいでいる。

　座敷に入った俊介は押入から座布団を二枚出し、中央に置かれた座卓の両側に一枚ずつ敷いた。次いで片隅にあった火鉢を持ちあげ、簡素な床の間のそばに寄せる。

　金属製のバケツを提げた兄が入ってきて、火鉢に赤く熾《おこ》った炭を火箸でいけていく。

「どうぞ、どうぞ」

　廊下を歩いてくる母の声が聞こえてきた。兄と俊介は、開け放した入口のわきに並んで正座した。

　母に促され、宮沢先生が入ってくると兄弟はそろって畳に手をつき、頭を下げた。

「いらっしゃいませ」

「いや、お久しぶりです。お邪魔しますよ」

　先生はすでにコートを脱いで右腕にかけ、手にはソフト帽を持っていた。左手には風呂敷包みを提げている。つづいて入ってきた母に勧められ、宮沢先生が床の間を背に正座すると兄弟は再度頭を下げ、座敷を出た。

　きちんとした着物に羽織をつけた父と入れ違いになる。兄弟は茶の間に戻り、兄はそのまま台所に炭の入ったバケツを運んだ。俊介はこたつ布団に足を入れる。台所から戻った兄が向かいに潜りこむ。

「先生、何か用事だろうか」

俊介の問いに兄が首を振る。

「わからん」

「お父さんはもうリンゴ酒作ってないのに」

俊介の一家は、約十年前、大正三年に東京を離れ、岩手県稗貫郡花巻川口町《かわぐちまち》に移り、ほどなく同じ町内で二度目の引っ越しをしている。花巻への移住は、父がリンゴ酒醸造業に参加するためで、近所に宮沢先生の家もあった。

「そうだな、何かあったのかな」

兄がちらりと首をかしげた。

小一時間ほどして父が茶の間の襖を少し開け、中をのぞいた。兄弟がそろって顔を上げる。

「おい、先生がお帰りだ」

兄とともにこたつを抜けだした俊介は玄関に出た。すでに三和土で革靴を履き、ソフト帽を頭に載せた宮沢先生が下駄をつっかけた母の差しだすコートの袖に腕を通していた。俊介は、父、兄とともに上がり框に正座する。

ボタンをきちんと留めた先生が父をふり返った。

「突然にお邪魔して、失礼いたしました」

「いえいえ、何《ナン》も何も」

父が顔の前で手を振る。

先生は母にも挨拶し、それから兄と俊介に向きなおって一礼する。兄と俊介は框に手をつき、深々とお辞儀した。

「では」

先生がいい、母が引き戸を開ける音が聞こえた。顔を上げる。先生は戸口でもう一度会釈をして門の方へ歩いて行った。

まだ雪が降っている。

一家は門を出て、闇に紛れる先生の姿が見えなくなるまでそのまま見送った。俊介の胸には、ソフト帽を被って、ぞろりと長いコートを着た先生の後ろ姿がしっかりと焼きつけられた。


いったん座敷に寄り、それから茶の間に戻ってきた父がこたつの上に二冊の本を並べた。俊介は宮沢先生が抱えていた風呂敷包みを思いだした。

一冊は深い群青の表紙に四角く切り取った雪景色が描かれている。その絵の上に『イーハトヴ童話　注文の多い料理店』と題字があり、すぐ下に宮澤賢治《みやざわけんじ》著と金文字が箔押《はくお》しされている。先生の名前が賢治というのを初めて知った。

もう一冊を見て、眉根を寄せる。

羅修と春——何だ、これ？　すぐ下にスケッチの文字がある。横書きなのに左から右に文字が並んでいる。そうすると題名は『春と修羅《しゅら》』か。これで意味は通ったが、スケッチの前にある二文字のうち、あとの象はわかったが、前の字が読めない。

父が母の差しだす大きな湯飲みを受けとりながら切りだした。

「うちがこっちへ引っ越してきた年さ、十一月にトシさんの葬式に行っただろ。先生は、そのお礼をいわなくちゃならんと気に病んでおられたそうだ」

母が小さくうなずく。

「そうですか。お気の毒に。もう二年になりますか」

「そうだな、それくらいになるな」父は茶をひと口すすり、言葉を継いだ。「葬式のとき、お悔やみを申しあげたんだけど、先生は真っ青な顔をなさって、目つきもちょっとおかしな……、そうだな、心ここにあらずという感じだった」

「無理もありませんねぇ。先生は、そりゃもうトシさんを可愛《かわい》がっておられましたから」

父が両手に持った湯飲みをじっと見つめる。

「まる二年以上か。落ちつくまで、それくらいの時間はかかるだろうね」

盛岡に引っ越してきた年の晩秋、宮沢先生の妹トシさんが胸を患って亡くなったことは俊介も憶《おぼ》えていた。父のところへ、花巻の知り合いから電報が来て、葬式に行くといっていたからだ。

トシさんは子供の頃から優秀で花巻高等女学校では四年間を首席で通し、東京の女子大学に進んだ。卒業前に肺を患ったものの、成績優秀につき、卒業を認められ、母校の教職に就くが、翌年喀血《かっけつ》して病床に伏し、その一年後、大正十一年に亡くなっている。大変な美人だと評判だったが、俊介は顔を見たことはなかった。

父が音を立てて茶をすする。

「さっき先生から聞いたんだけど、トシさんが亡くなってからしばらくは何にも手につかなかったらしい。しかし、このままじゃ、人としてダメになると一念発起して……」

「それがこの本ですか」

「そうだ」

「稗貫農学校の先生はつづけておられたんでしょ？」

「上の空で、と先生はおっしゃってたよ。何をしてもトシさんが思いだされて、どうにもならなかったらしい。それこそ半年くらいは抜け殻だったそうだ」

「無理もありませんねぇ」

父が『春と修羅』を指す。

「まずはこっち。詩集だそうだ。ほら、印刷屋の吉田《よしだ》さん、憶えてるか。二番目に住んだ家の近くにあった」

「ええ」

母が答えるのと同時に俊介も思いだした。最初の家に住んでいた頃の記憶はほとんどなかったが、二度目の家も同じ町内だし、それほど遠くでもなかったので、何度か印刷屋の前を通ったことがある。

春と修羅――俊介は本を見つめ、胸の内でつぶやいた――どうして左右逆なんだろう？

横書きの題字であれば、ふつうなら右から左へ書くのに、左から右に書かれていた。だから『注文の多い料理店』はすんなり読めた。逆に書くこともまったくないわけではないが、珍しい。

母が本に手を伸ばした。

「これ、何スケッチって書いてあるんですか」

俊介だけでなく、母も読めなかったようだ。

父が苦笑いする。

「儂《わし》も同じことを訊いた。一文字目は心という字で、心象スケッチだそうだ」

「しんしょう……、ですか」

「景色を眺めていて、心に浮かんだことを短歌《うた》や詩にしたんだそうだ。心象というのは、目で見ているものが心に映ったカタチという意味だと教えてくださった。象という字はカタチとも読むらしい。そういう意味があるのは知っていたが、正直なところ、儂にも先生が何をいわれているのか、よくわからなかった」

そういって父はからから笑い、ふっと真顔になった。

「その題字も先生自ら書かれたそうだが、どうにも頭のいいお人のやることはよくわからんな」

「それにしても二冊いっぺんに、というのは凄《すご》いですね」

「いっぺんに出たわけでもないようだ。『春と修羅』の方は去年の四月、『注文の多い料理店』は同じ年だが、十二月に出したそうだ。何でも農学校の同窓生だかその知り合いだかが盛岡にいて、童話の本を出したいんだがと相談にきたらしい。先生は、童話も書かれていたそうだ」

「まあ、童話まで」

母が目を見開く。

うなずいた父が兄弟を交互に見た。

「宮沢先生は、『春と修羅』を彬《あきら》に、『注文の多い料理店』を俊介に読んで欲しいといって置いていかれた」

俊介は素早く兄の彬を盗み見た。三つ年上の兄は唇をとがらせ、二冊の本を見つめている。

「どうだ？」

父が兄に訊く。

「僕は両方とも読んでみたい」

「そうか」父が俊介に目を向ける。「お前は？」

「僕も両方読んでみたい」

負けじといった。それに童話というのがちょっと引っかかっていた。今年四月には中学校に上がるのだから、童話といわれるとちょっと子供っぽい気がする。

父がにっこり頰笑んでうなずいた。

「よし、それでいい。読みおわったら交換して、読みなさい」

童話というのが子供っぽいとは思ったものの読みはじめると俊介はたちまち夢中になってしまった。

最初こそ森の山猫や栗の木が喋《しやべ》ったり滝が笛を吹いたりするところがいかにも子供だましに感じられたのだが、柏《かしわ》の木が話し、森や岩手山《いわてさん》そのものが話すようになると、不思議な世界に引きずりこまれていった。

たとえば、岩手山が雲の底に轟《とどろ》きわたるような大声で、などと書かれていると、どうどうという音を背にした景色が眼前に広がる。それに動物たちの仕草が短い言葉ながらきめ細かく記されていて、目では字を追っているのに、だんだんと文字が消え、自分が森の中にいて、彼らの言葉にじっと耳をかたむけているような気さえしてきたのである。

一方で『春と修羅』に添えられた「心象スケッチ」という言葉も気になっていた。何かを見て、心に映った象《かたち》をスケッチするとは、どういうことなのかと考えたのだ。もともと絵が好きで、得意でもあったから、ひょっとしたらスケッチという単語が気になったのかも知れない。

本を渡されて数日後の昼下がり、兄弟は茶の間で寝そべり、それぞれに与えられた本を読んでいた。あまり行儀のよい姿ではないが、父は仕事に出かけて不在だったし、母は台所で夕食の支度をしている。

「あぁっ」

いきなり兄が声を発し、起きあがった。ぎょっとした俊介は寝そべったまま、顔だけを向けた。

「どうかした？」

「いいか、聞けよ」

兄は前置きすると正座し、両手を伸ばして本を持つと開いたページを読みはじめた。

「永訣《えいけつ》の朝。今日のうちに、遠くへ行ってしまう、わたくしの妹よ。みぞれが降って、表は変に明るいのだ。あめゆじゅ、とてちて、けんじゃ……」

みぞれなので、雨をふくんだ、溶けかかった雪の様子が花巻の言葉でつづられている。

ああ、まただ、と俊介は思った。宮沢先生の言葉は、いつも頭の中に絵を浮かばせる。今も、ほんの一句で、枝葉の上に積もった、湿った雪と、ひとかたまりの雪のへりからしたたる冷たいしずくまでありありと浮かんできたし、両手に伝わる冷たさまで感じられた。

絵や光だけでなく、音、温かさ、冷たさ、流れていく風が頬を撫《な》でていく感触と、何もかもが短い言葉で再現される。

兄の声を聞きながら、自分が読んでいる童話の中の景色が次から次へと浮かんでくる。

これが心に映ったカタチというものだろうか。

このときも不思議な森に分け入っていくように俊介は感じていた。

第一章　心の色

1

大正十四年春。

桜のつぼみがふくらんできた頃、俊介は岩手県師範学校附属小学校を卒業した。すでに盛岡中学校の試験に合格しているので気は楽だった。人の一生は、どの中学に進むかで決まると父がよくいっていた。その点、盛岡中学は県下の秀才たちが集まる、いわゆる一番校であり、卒業後は本人の希望と努力次第で前途はいかようにもひらける。

入学式の前日、同じく盛岡中学に合格した近所の同級生の家でお祝いを兼ね、昼食をご馳走《ちそう》になることになり、母、兄とともに出かけた。兄は今春、盛岡中学の四年生になる。学校のことをいろいろ教えて欲しいというのも理由の一つらしかった。

酢飯の上に広げられた桜でんぶのピンクと錦糸《きんし》玉子の鮮やかな黄色が入り乱れ、隙間から煮たシイタケとレンコン、ニンジンの焦げ茶がのぞき、ところどころ紫色が差した真っ黒な刻み海苔《のり》と紅ショウガがかかっている。口に入れると甘く、酸っぱい。

ちらし寿司《ずし》は俊介の好物だ。

「しゅんちゃんは、やっぱり陸士を目指してるのかい?」

同級生の母親に訊かれ、俊介はうなずいた。幼い頃からしゅんちゃん、しゅんすけと呼ばれることが多かった。佐藤という姓が珍しくなかったせいかも知れない。ちらし寿司をのみこんで答えた。

「挑戦したいと思っています」

成績優秀ならば三年になると陸軍士官学校、海軍兵学校を受験できる。合格すれば、中退して進学するのが当たり前という風潮があった。両校は、軍隊内だけでなく、広く世間でも陸士、海兵と呼び慣《なら》わされている。

将来、陸軍、海軍の中枢を担う人材を育成するための教育機関である以上、学業の成績が良いだけでは足らず運動神経がよく、健全にして堅固な精神が求められた。その点、俊介は、小学校においてあらゆる科目で首席だった上、走れば学年でもトップクラス、速いだけでなく持久力にも長《た》けていた。中距離走と走り高跳びでは、校内に並ぶ者がなかった。

もっとも俊介は盛岡中学への進学を半ば当然と受けとめていた。決して不遜な思いからではない。兄だけでなく、父も入学した学校であり、佐藤家の男児なら進学するものと言い聞かされて育ってきたからだ。

ただし、父は中退。中学生の頃、父の父、俊介にとっての祖父が、ある女性と親密になり、家を棄《す》て、北海道に逐電《ちくてん》するという事件を起こしていた。佐藤家は、御一新まで代々盛岡藩士の家柄、つまり名家だったがゆえに世間の目は厳しく冷たかった。多感な年頃だった父は、祖父の行動をどうしても許せなかったのである。

激情に駆られて家を飛びだした父は東京に向かい、そこで母に出会った。

母は東京南部、羽田村《はねだむら》の商店に生まれた。市外とはいえ、東京生まれといえば、花巻でも盛岡でも江戸っ子だべといわれたものだが、母は決まってこう切り返した。

『はばかりさま、あたしゃ、江戸前にございます』

そのときだけ歯切れのいい東京言葉になる。もう一つ、母がよく口にしていることがあった。

『お天道《てんと》さまは、全部見てなさる』

俊介はよくそうやって叱られたものだ。母は自分の子だけでなく、よその子でも悪いことをすれば、分け隔てなく叱りとばしたが、子供だけとはかぎらなかった。相手が大人で、それが役人や学校の先生、世間でいうところの偉い人であっても理が通らないと思えば、ぽんぽんやっつけた。

気っぷがいいだけでなく、気骨もある女性で、実家が商売をしていたということもあったのだろう、誰とも付き合えたし、話がうまかった。

父が東京に出たのは、一旗揚げて、佐藤家を、ひいては自分を白眼視した故郷の連中を見返してやりたいという一念があったためだ。それゆえ花巻でリンゴ酒醸造の事業があると聞きつけ、一家をあげて移り住んだのであり、その後盛岡に引っ越したのも地元銀行の起《た》ちあげに加わるためだった。

成績優秀な子供は、陸士、海兵を目指すというのには、大日本帝国の事情も背景にあった。

御一新以来、新政府は西洋の文化や技術を積極的に採り入れ、先進国、大国化への道を邁進《まいしん》してきた。実際、明治二十七年には眠れる獅子《しし》と恐れられた清《しん》国と戦争をして一年もかからずに打ち破り、それから九年後の明治三十七年にはロシアとの戦争でも一年半を要したとはいえ、またも勝利を収めた。戦勝のたびに両国の領土や植民地の割譲を受け、いまや世界に冠たる大帝国を築きつつある。

しかし、まだ目の上にはイギリス、アメリカという二つのタンコブがあった。いずれは肩を並べ、追い落とすのだと国を挙げて張り切っていた。そのためには、優秀な人材がいくらでも必要とされた。

同級生の母に訊かれ、陸士に挑戦すると答えた俊介ではあったが、内心では、自分ほどの逸材を逃せば、陸軍、ひいては帝国にとって大いなる損失であるくらいの自負があった。

その点、兄は違っていた。かつての故郷の人々を見返すため、次から次へと事業を手がける父の影響を受け、いくつもの外国語を習得して、いずれは貿易で諸外国と渡り合うことを将来の目標としていた。

兄弟にとって、それぞれが抱く将来像は、夢というより使命に近いものだったかも知れない。

同級生宅を辞し、家路についたときも、兄はいつになくはしゃいでいた。

「お前が盛中に合格するのは、佐藤家の男児として当たり前だとは思っていたが、何があるかわからんのが世の中だからな」

よくやった、でかしたとくり返す兄は、弟の受験にそれなりに気を揉《も》んでいたのだろう。並んで歩く兄が俊介の顔をのぞきこんでくる。

「どうした、顔色が冴《さ》えんぞ。明日は入学式なんだ。ちっとは嬉しそうな顔をしてみせたらどうだ」

東京生まれの母は当然として、盛岡を棄てて東京に出た父も東京言葉を使った。ただし、家族だけのときにかぎられ、近所の人や、学校で教師や級友と話すときには、地元の言葉になった。無理に合わせようとしていたのではなく、ごく自然に言葉遣いを変えられた。

「うん、嬉しいよ」

俊介は圧《お》しだすようにいった。

実は、数日前から体調が思わしくなかった。時おり鼻水が出ていたし、何より不快だったのは耳の奥にちり紙を丸めて詰めこまれたような感覚があり、顔を動かすとガサガサ音がしたことだ。両耳一度にではなかったが、片方の耳が通じ、音がこもったような感じがなくなると、もう一方が詰まった。ほかにずっと鼻づまりもしていた。

寒暖差の激しい春先の気候のせいで、ちょっとした鼻風邪でもひいたのだろう。

「ちっとも嬉しそうじゃないだろ。笑えよ、俊介、今日は大いに笑え」

　そういって兄が俊介の背をぽんと叩《たた》いた。思いきりどやしつけたのではなかったが、なぜか衝撃が脳天にまで響きわたり、うめき声を漏らした俊介は、その場にしゃがんでしまった。

　母が足を止める。

「どうした？」

　あわてた様子で兄が俊介のわきにしゃがみ、肩に手をかけようとした。俊介は兄の手を邪険に振り払い、睨《にら》みつけた。目に涙が溜《た》まっているのを感じる。

「大げさな……」

　兄の言葉が尻切れトンボになった。

　母と兄に支えられ、家には帰りついたものの、頭痛はますます激しく、四十度を超える高熱を発した。すぐに床をのべ、知り合いの医者の往診を受けた。

　翌朝、寝床をのぞきこんだ父に訊かれた。

「どうだ？」

「注射をしてもらったおかげでずいぶん楽になりました」

　たったそれだけをいうのに乾涸《ひから》びた唇が割れ、たらりと血が流れるのを感じて、生唾とともに嚥《の》みくださなくてはならなかった。口の中が鉄臭くなる。父は眉を曇らせていた。

俊介は起きあがり、父の腕に手をかけた。頭を持ちあげたとたん、凄《すさ》まじい頭痛が襲ってきたが、表情を変えないよう努めた。

「もう大丈夫です」

今日は盛岡中学の入学式なのだ。何があっても出席しないわけにはいかない。

「しかし……」

「大丈夫です。出席させてください」

しばらくの間、父はじっと俊介の顔を見つめていたが、やがてうなずいた。

「わかった」

ほっとして父の腕から手を離し、枕の上に頭を戻した。じっとしていなければ、すぐにも頭痛が襲ってくるのはわかっていた。

父はすぐに人力車を呼んだ。大げさな感じがしたし、何より初日に人力車で乗りつけるというのに気がひけたが、俊介は布団を這《は》いでたものの、着替えさえ母の手を借りなければならなかったのだから、学校まで歩くなどとうてい無理だったろう。

人力車に乗せられ、兄だけでなく、母まで付き添っての初登校となったが、車上の俊介は気息奄々《えんえん》、もはや恥ずかしさを感じる余裕もなかった。

それでも入学式では、講堂に整列し、気をつけをして校長の訓話を聞いた。ちゃんと直立不動の姿勢でいられたか自信はない。校長の話もほとんど聞きとれなかった。脈動する激しい頭痛に連動して、頭の中にはぐわんぐわんと轟音《ごうおん》が渦巻いていたせいである。

何とか教室に戻ったものの、そこまでで精も根も尽き果て、俊介は、待たせてあった人力車に乗せられ、帰宅した。

母に抱えられるようにして寝床に入った俊介は、そのまま人事不省に陥った。盛岡中学の教室に入り、初めて級友たちと顔を合わせたことも、校長の訓話も、まるで夢の中の出来事のような気がした。

どれほど時間が経《た》ったのかまるでわからない。あたりを見まわした俊介は胸の内でつぶやいた。

まるで宮沢先生のお話の中じゃないか……。

ぎらぎらした巨大な太陽は、脳天のはるか上にあって、苛烈な光線を容赦なく降りそそいでいる。しかし、陽光が強いだけにかえって生い茂る枝葉が織りなす影は濃く、おかげで森の中はうす暗かった。

ところが、なぜか、変に蒸し暑い。木蔭《こかげ》特有のひんやりとした空気がない。

何度も人が行き来したことで下草が剝げ、ぐにゃぐにゃ曲がった細い道が延々とつづいていた。歩きながら俊介はふと思った。

ここはどこ？

それにしても暑い。思わず足を止め、大きく息を吐いた。じっと立っているだけでもたちまち顔といわず首といわず、背中、左右の太腿《ふともも》にさえも汗が滲《にじ》みだし、小さな粒になる。肌がちくちくした。

微細な粒は隣りあうもの同士が互いを引きよせ、くっつき、融合して、倍ほどの大きさとなり、今度は倍になった粒同士が混ざりあって四倍の大きさになる。粒はどんどん大きくなって、やがて重力に耐えきれなくなって流れおちていく。

汗の粒は成長して流れおちるものの、すぐまた滲みだしてくるので、肌はじっとり湿ったまま、いつまでも乾かなかった。

小さな小さな粒は互いに引きあって、融合し、倍になって、四倍になって、八倍になって……。

ああ、頭が痛い。

浮腫《むく》んだ脳が頭蓋骨の継ぎ目を押し広げ、わずかに開いた隙間からにゅるっとはみ出てきて、それが火鉢の上で焼く餅のようにぷーっと膨らんで、表面は白く、薄く、がらんどうの中が透けて見える。表面にはにゅるにゅる蛇行して、複雑に絡みあう細い血管が浮きでている。どんどん空気を入れられる風船のように膨らんだ脳の表面では、血管が引っぱられ、今にも引きちぎれそうになって、それが文字通り頭痛のタネになっている。

いや、音だ、鳴き声だ。

周りをぐるり取り囲む木々の幹に無数の蟬《せみ》がとまっていて、蛇腹状の紡錘形《ぼうすいけい》をしたぶっとい腹を細かく震動させ、無心に、無限に鳴いている。蟬は何種類もいて、すべて鳴き声が違っている。

ビーンビーン、ビーンビーン、ビーンビーン。

じーわじーわじーわ、じー。

ホワッ、ホワッ、ホワッ、ホワッ、ホワッ、ホワッ。

つくつく、つくつく、つくつく、つく。

一瞬の切れ目もなくつづく鳴き声は、汗粒と同じように引きよせあい、融合して、グワングワンと回転する轟きとなり、透明で巨大な手へと変化して全身を圧迫してくる。鳴き声はまた、じっとり湿った肌にまとわりつくと液状化した。鳴き声に鳴き声が重なりあい、融合して真っ黒な灼熱《しゃくねつ》のタールになる。タールが剝《む》き出《だ》しの足を包み、徐々に這いのぼってきて、太腿から尻、腰、背中と腹を同時にくるみながらせりあがってきて、両腕を、首を、包みこんでくる。

熱い。

こらえきれずに顔を上向かせ、大きく口を開けて叫んだ。

失敗だ。

絶対してはならないことをしてしまった。

首から頰へと広がってきた粘ついたタールが唇の周囲をせりあがって口の中へ、さらに喉へ流れこみ、鼻の穴をふさいで、眼球の中へと侵入してくる。

叫ぼうとしてもタールがどっと喉に流れこみ、噎《む》せてしまう。ひとしきり咳《せ》きこんだあと、頭痛はひどくなったもののタールが消え、ふうと息を吐いた。

何気なく目を開け、自分の躰《からだ》を見て、ぎょっとする。一瞬にして、全身に寒イボが立った。

いつの間にか蝉どもは、俊介の躰にびっしり取りつき、押しあい、へしあい、もぞもぞ蠢《うごめ》いている。そしてわずかでも隙間を見つけると腹を震わせ、鳴きはじめる。

両手で胸と腹を払い、腕と足をこすって、蝉どもを削《そ》ぎおとす。地面に落ち、白くなった腹を見せて鳴き、ぐるぐる回りだすのもいれば、飛びたっていくのもいた。でも、それ以上にどこからともなく飛んできて、俊介の頭や首、胴、手、足にとまった。

汗がいつの間にかねっとりした樹液に変じ、蝉どもをおびき寄せているのだ。

腕や足をめちゃくちゃ振りまわしてははじき飛ばす。それでもしがみついているのは、掻《か》き落《お》とし、つかんでは地面に叩きつけた。手の中で翅《はね》がばたつき、胴は震え、脚が蠢く。気味悪かったが、我慢するしかない。

蝉どもは簡単に取れるのだが、飛んでくる数がはかりしれなかった。

所詮、多勢に無勢、こちらの武器は両手、あとは全身をくねらせ、頭や手足を振るくらいしかできない。

首筋に鋭い痛みを感じた。精密機械のような脚の先の、小さなかぎ爪が皮膚の表面に突きたてられ、這いのぼってきているのだ。

「わあああああ」

ありったけの声で叫び、首筋をもぞもぞさせ、這いのぼってくる蝉どもを引きはがし、地面に叩きつける。

一匹の蝉が目の前に来て、空中で停止した。翅はあまりに早く動くので透明でぼんやりとした影にしか見えないのに、顔の両側に飛びだした緑色の複眼や、目の間にある毛の生えた触角、鋭く尖《とが》った口先はくっきりと見てとれた。

陽動作戦だった。

目の前の一匹に気を取られた隙に別の蝉が右の耳に頭をねじこんでくる。腹を立て、大ぶりなそやつをつかんで地面に叩きつける。今度は左の耳だ。またつかんで叩きつける。右、左、右、左とひっきりなしに耳穴への侵入をしかけてくる。

そしてついに右耳に入りこもうとした奴《やつ》を捕まえようと手を伸ばしたとき、後続していた別の一匹が耳の穴に入りこんだ。二匹を一度につかもうと両手を使った瞬間、まるでその隙を待ち構えていたようにがら空きになった左耳に侵入された。

右耳に頭だけ突っこんでいた二匹をまとめてつかみ、何とか引っぱり出した。しかし、左耳は手を持っていったときには間に合わず指先をすり抜けられてしまった。指先に気味の悪い尻の感触だけが残った。

左耳に気を取られている間に右耳にも入りこまれてしまう。耳穴をずんずん奥まで進んだ蝉どもが頭蓋骨の内側を埋めて、遠慮会釈なく鳴きはじめる。

ビーンビーン、ビーンビーン、ビーンビーン。

じーわじーわじーわ、じー。

ホワッ、ホワッ、ホワッ、ホワッ、ホワッ、ホワッ。

つくつく、つくつく、つくつく、つく。

どうにもならない。蟬どもは頭蓋骨の内側に並んで腹を震わせている。何匹も、何十匹も、何百、何千、何万匹も……。

いや、蟬はおかしいと思った。今は早春、桜もこれからで、蟬の時季には早い。蟬どもが大合唱している頭蓋骨を両手で抱え、両膝をついた俊介は天に向かって吠《ほ》えた。

蟬の合唱がどれほどつづいたのか、まるでわからなかった。少なくとも一日か、二日、ひょっとしたらそれ以上だったかも知れない。

突然、幹にとまっていた蟬がぽとりと落ちた。何の前触れもなかった。地面に落ちた蟬は仰向《あおむ》けになって、白くなった腹を見せ、それきり動かなくなった。周りには別の蟬が転がっていた。同じように仰向けで、腹を上向かせて、何十、何百と、地面を覆いつくさんばかりに転がっている。

目を開いた俊介は白い天井を見まわした。自宅ではない。それでも戻ってきたのだとわかった。

俊介の様子に最初に気がついたのは、若い看護婦だった。独得の白い帽子を被っているので看護婦だとわかった。

するとここは病院かと思う。

よほど驚いているのか、口をぱくぱくさせるばかりで声が出ていない。あわてて部屋を出ていき、入れ違いに母が入ってくる。のぞきこんできた母の目は大きく見開かれ、真っ赤になった目から大粒の涙がぽろぽろこぼれ落ちている。口を動かしているが、やはり声にはならないようだ。

ほどなく医者がやってきた。顔を見て、ほっとする。父の古くからの知り合いであり、入学式の前日と当日の二度にわたって往診してくれただけでなく、幼い頃から何度も診てもらっていた。医者が俊介の顔や喉、耳の後ろに触れたあと、口を動かした。だが、声は聞こえなかった。蟬の大合唱が止まったのはよかったが、耳の穴には粘土がぎゅうぎゅう詰めになっているようでつーんとしている。

音という音、すべてが消《き》え失《う》せていた。

2

蟬の合唱は終わったが、ひどい頭痛は残っていたし、粘土を詰められたような耳の圧迫感もつづいていた。そのせいで音が聞こえづらい。微熱がつづき、時々高熱を発した。それでも少しずつ恢復《かいふく》していくのが自分でもわかった。

ずっと付き添ってくれた母が筆談で入学式以降の様子を教えてくれた。学校から戻って、布団に入ったあと、前夜につづいて馴染みの医者が往診してくれ、注射を打たれたのはぼんやりと憶えている。だが、そこまでだ。母によれば、すぐ入院させるようにいわれ、運ばれてきた。それから三日三晩うなされつづけたらしかった。

その間、蟬でいっぱいの森を歩いていたのかと思った。

しかし、快癒にはほど遠い。相変わらず頭痛はひどく、微熱がつづき、時おり高熱を発した。頭痛が治まったのは四月も半ば過ぎになった頃だ。いつもは朝、夕に回診があったが、その日は車椅子で診察室まで連れていかれた。大げさだと思ったが、ベッドの上に起きあがっただけで病室の床が大きく前後左右に傾《かし》ぎ、さらにはぐるぐる回りだして、上体をまっすぐにすることもできなかった。

診察室の大きな椅子に座った医者が、車椅子の俊介に向かって口をぱくぱくさせた。

俊介はいった。

「すみません。先生の声が聞こえないんです」

医者がぎょっとしたように目を見開き、机の上にあったノートを取ると万年筆でさっとメモをして、俊介に見せた。

奇跡と書いてあった。

首をかしげるとふたたびメモを書く。今度は脳脊髄膜炎とあった。

「のうせきずいまくえん、ですか」

またしても目を剝いた医者がふたたびノートにメモを書いて俊介に向けた。声を小さく、自分の声が聞こえないとつい大声になる、とあった。医者に目を向けると顔の前に上げた手のひらをゆっくりと下げた。

うなずいた俊介はふたたび訊いた。

「どんな病気なのでしょう」

声がまったく聞こえないので、ちゃんと出ているか不安ではあった。もっともいくら張りあげても聞こえないことに変わりない。医者がうなずいたので、大声にはなっていなかったようだ。ノートを繰り、新しいページにメモを書いた。今度は少し長めだ。

ノートに書かれた結核の文字に息を嚥み、目をぱちくりさせてしまった。心臓が蹴つまずき、その分を取りもどすように激しく鼓動する。結核菌が肺に取《と》り憑《つ》けば、肺結核となり、死に至る重い病だとは知っていた。俊介の表情を見た医者があわてて、のようなものとつづいている部分を指し、とんとんと叩いて見せた。

「結核ではないんですか」

訊きかえすと医者が大きくうなずき、それから手のひらを二度下げてみせる。だが、結核のようなものという行のとなりには細菌が脳と脊髄に入り、神経を食い荒らしたとある。いずれにせよ重い病気には違いない。

目を上げた。

「それで目覚めたことが奇跡なんですね」

医者が深くうなずいた。

なおも筆談がつづき、悪い菌が脊髄に入り、炎症を起こす病気であること、患者は激痛にさいなまれ、高熱を発し、もがき苦しんだ末に十中八九死ぬこと、俊介もおそらく助からないと思われていたこと、最大級の幸運に恵まれ、菌の浸食を何とか食い止めることができたとしても、菌に食い尽くされた脳が毀《こわ》れ、喋ることはおろか自分が何者かすらわからなくなる可能性があったこと等々がわかった。

ふたたび医者に目を向けた。

「ひどくめまいがするのも病気のせいですか」

医者がうなずきノートに絵を描いた。左右の耳、その真ん中に涙滴を逆さにしたような形を描き、耳、脳、脊髄と説明書きをつけ、線で結んだ。左右それぞれの耳と脳との間に小さな渦巻きを描き、三半規管と添えた。

首をかしげると平衡感覚を司《つかさど》ると書き足してくれたが、よく意味がわからない。身振り手振りにメモを加え、さらに説明してもらったところで、ようやく平らで微動だにしない床に自分がまっすぐに立っていることを感じ取る器官であることがおぼろげながら理解できた。

「そこが細菌に冒されているのですか」

医者がうなずく。

唇を嘗《な》めた俊介は、もっとも訊きたかった質問を圧しだした。

「耳はまた聞こえるようになるのでしょうか」

医者の表情が険しくなった。一生このままなのかと思ったが、医者が書いたメモには経過を見るとだけあった。

わかりました、と答えるほかはない。決して諦めたわけではないが、先ほどからめまいを感じていて車椅子に座っているのが苦痛になってきていた。


その後も微熱がつづき、夏の盛りには蒸し暑い病室で何枚も布団を被ってがたがた震えるような高熱を発したりした。めまいはよくなったというより慣れていったという方が近い。床や天井、柱などを頼りに水平、垂直を感じ取る方法を見つけ、いつしか癖になった。

相変わらず聴力は戻らなかったが、それでも秋になって退院が認められた。

母に支えられ、大きな風呂敷包みを背負った兄とともに自宅に戻ったときには、父がすぐに上がり框まで出てきて、満面の笑みで迎えてくれた。

「ただいま帰りました」

俊介は元気よく挨拶したが、声が大きくなりすぎないように気をつけていた。父が何度もうなずき、手を伸ばして俊介を抱えあげるように框に立たせ、それから肘に手を沿えて廊下を歩きだした。

最初に通されたのは、もっとも奥にある仏間だ。足を踏みいれた俊介は目を瞠《みは》った。入院する前に比べると仏壇がはるかに立派になっている。黒漆の地に金の装飾が惜しみなく施されていた。

父に引かれるようにして仏壇の前に正座する。すぐとなりに父、後ろに母と兄が並んで座った。大きな仏壇の前には幅の広い経机が据えられている。まず目についたのは仏壇の前に寝かせてある団扇太鼓《うちわだいこ》だ。

法華経《ほけきょう》の象徴ともいえる太鼓だが、なぜか革が破れていた。

どうして、と思う間もなく、父がお鈴《りん》を叩く棒を取り、俊介に握らせた。お鈴を二度叩き、合掌したものの何と唱えればいいのか見当もつかなかったので黙って目をつぶった。

だが、長くは目を閉じていられない。真っ暗になったとたん、じわりとめまいがぶり返してくるからだ。

仏壇の前からさがった俊介は両手をつき、父に向かって深く頭を下げた。

「ありがとうございました。何とか家に戻ることができました」

躰を起こす。父が口を動かすが、聞こえない。一瞬、父の表情が曇ったが、すぐに兄を手招きした。兄が父のわきに来て、正座し、手にしていたノートを広げる。父が何かいい、兄が鉛筆を走らせる。

俊介に見せた。

そこには信心のおかげとあった。俊介は首をかしげ、父を見た。唇を結んだ父が厳粛な顔つきで大きくうなずく。昔から自宅には仏壇があったが、これほど立派なものではなく、実をいえば、父が熱心に手を合わせているところなど一度も見たことがなかった。

父が何かいうたび、兄がノートに書いて俊介に見せた。俊介を入院させると父はすぐに高名な祈禱師《きとうし》に連絡し、自宅に招いて平癒の儀式を行ったらしい。同じ頃、北海道に住む親戚から十四枚の護符が送られてきた。祭壇にまつった護符に対し、一心不乱に太鼓を叩き、法華経を唱えたあと、祈禱で浄《きよ》めた水を茶碗《ちゃわん》に汲《く》み、護符を浮かべて俊介に飲ませたと書かれていた。薄くて小さな紙を浮かべた水を何度か飲まされたのを思いだした。

護符に添えられた手紙には、最後の一枚を飲ませたとき、何かが起こると書いてあったという。不思議なことにその通りになった。頭痛が治まったのは、最後の一枚を飲みおえた翌朝のことだ。

父が目の前で右の人差し指を立てる。口の動きで、もうひとつといっているのはわかったので俊介はうなずいた。父が仏壇の前に置いてある破れた団扇太鼓を指した。兄がノートに父のいったことを書いて見せる。

思わず大きく目を見開いた。

俊介が入院してからというもの、父は仏壇の前に座り、朝に夕に太鼓を叩き、経をあげつづけた。そしてちょうど十四日目、俊介が最後の護符を飲んだ日の夕方、革が破れたという。翌朝、俊介の頭痛が治まったことを聞いた父は驚喜し、その日を境に熱心な信徒に変じた。

医者が奇跡というほどの重病なのだから父の喜びははかり知れなく、法華経にのめり込んでいったのもよく理解できた。

翌々日、俊介は半年ぶりに盛岡中学に登校した。しかし、聴力が戻っていない俊介には、級友が何をいっているのかわからず、授業を聞きとることもできなかった。教科書はずいぶん先まで進んでいた。学校は、俊介が授業についていくのは無理ではないかと家族に連絡してきた。俊介も交えて相談した結果、退学やむなしと判断した。

退学は残念としかいいようがなかったが、わずかながらほっとした。通院による治療がまだつづいていたからである。中でも苦しかったのは、ベッドの上でうつ伏せになり、両手両足を若い医師や看護婦にがっちり押さえられたまま、医者が腰の後ろに長い注射針を突き刺し、菌に冒された脊髄液を抜く治療だ。激痛で声を張りあげ、泣いた。本物の激痛に襲われているときは、声は出せても涙は出ないのを初めて知った。

父は相変わらず法華経三昧で、どこから聞きつけてきたものか、首筋に蛭《ひる》を張りつけ、悪い血を吸わせるといいだし、透明な瓶に入った生白い生き物がのたくっているのを目の前に出されたときには、思わず声を荒らげてしまった。

「いっそ耳が聞こえない方が雑音がないだけすっきりします」

それでも父の画策はとまらなかった。東京の高名な教育者である東京府立第一中学校長に手紙を書いたことがきっかけで、くだんの教育者から盛岡中学の校長に連絡が行き、翌年、ふたたび一年生として学校に通うことが許可されたのである。

授業についていけるのか不安はあった。それ以上に聴力を失ったことで、軍人の道を絶たれた自分がこれからどこへ行くのか、将来、何者になるのか、いったい自分は何のために生まれてきたのか。

まずは復学だ。どの中学に行くかで人生が決まるなら、まずは盛岡中学を卒業することだ。その後は卒業ができた時点で考えればいい。もう一度一年生からやり直すことに抵抗はなかった。

しかし、耳が聞こえないがゆえにとんでもない落とし穴が待っていた。


俊介の目の前で、兄が大きく口を開け、ここを見ろというように自らの舌を指さしている。舌は奥へ引っこみ、盛りあがった。それから少しだけ唇をすぼめて、吐いた息が顔にかかるのを感じた。

声を出しているのだろうが、もちろん俊介には聞こえない。

次いで兄は二人の間に置いたノートを指さした。そこには、口中の断面図があった。先ほど兄がやって見せたように引っこめられた舌が奥で盛りあがっている。上顎の近くにまで行っているが、触れてはいない。その下にアルファベットで大文字のRと小文字のrが書いてあった。

声を出してみる。聴力を失ってまる一年以上、自分の声がまったく聞こえないのには慣れたつもりだったが、それでも躰の中を伝わる震動すらまったく感じられないのは気持ちが悪かった。

兄が首を振り、ノートを自分の方に向けるとRとrの間にカタカナでアールと書いた。ルの字は少し小さくなっており、その下に巻き舌で、と添えた。ノートを俊介に向け、ふたたび口のわきで指を広げる仕草をくり返した。

アールと声に出してみる。

にっこりしてうなずいた兄が右手の人差し指と親指の先端をくっつけ、丸印を作った。ヨシという意味だ。

盛岡中学の一年生として復学した。明治四十三年早生まれの兄はすでに五年生、最終学年になっていた。俊介は兄と連れだって自宅から二キロ西にある中学まで通った。

授業に出ても教師の声はまったく聞こえなかったものの、黒板に書かれた内容をノートに引き写すのに問題はなかったし、教科書を読んで内容を理解することもできた。級友たちも身振り手振り、ときには筆談で助けてくれた。

しかし、ほどなく深刻な問題に気がついた。中学生になって新たに加わった教科、英語である。

アルファベット二十六文字、句点と同じ働きのピリオド、読点と同じカンマ、カギ括弧にはオタマジャクシが二匹ずつ並んだような引用符が用いられることもすぐに理解できた。アルファベットには大文字と小文字があり、文頭には大文字が使われるなどのルールもすんなり頭に入ってきた。

だが、読めなかった。

最初の授業で、教師が横一列にアルファベット二十六文字を書き、一文字ずつ指しながら発音していったのだが、もちろん俊介には聞こえない。生徒全員がそろって口を動かし、教師につづいて復唱しているのはわかっても、それがどんな音か想像もできないのだから唱和しようがなかった。

帰宅して兄に相談すると、即座に教科書のアルファベット一覧にカタカナでふりがなを振ってくれ、即座に特訓が始まったのである。

エー、ビー、シー、ディー……。

兄につづいて声を出してみる。違っていれば、ていねいに、辛抱強く矯正してくれた。何とか二十六文字をそれなりに発音できるようになったようだが、自分の声が聞こえない以上、本当のところは知りようがない。

正しく発音できると兄は指で丸印を作り、間違えば、首を振るというのはそのときから始まった二人のルールだ。

二回目の英語の授業では、前回の復習としてふたたび教師につづいてアルファベットを復唱したが、結局俊介は声を出せなかった。二回目では、板書がなく、教科書を見ながらだったのだ。教師が口頭で指示し、生徒たちが教科書を開く。周りを見て、教科書を開いたときには、すでに唱和が始まっており、何番目の文字を発音しているのかわからなかったし、アルファベットの唱和など、ゆっくりやっても十数秒で終わる。

二回目の英語の授業があった日の夜、兄が英語の教科書を俊介に渡した。端が擦り切れ、表紙に折れ目がついていて、ひと目で兄が一年生のときに使っていたものだとわかった。兄に促され、開いてみて、俊介は目を瞠った。すべてのページの英文にカタカナのふりがなが振ってあったのだ。

いずれは貿易の仕事をしたいと東京外国語学校を目指している兄にとって英語は得意科目であり、成績もつねに学年でトップだった。だからふりがなは必要ない。すべて俊介のためにしてくれたことだ。ふりがなは、芯を鋭く削った鉛筆でていねいに書きこまれていた。

翌日の夜、さらに驚かされる。兄は二年生、三年生、四年生のときに使った三冊の教科書すべてにふりがなを入れて、渡してくれたのだ。前夜、俊介との特訓が終わったあと、寝ずに書きこんでくれたに違いなかった。

発音の特訓はつづいた。中でもRとLの発音の違い、thやshなどの摩擦音が難しかった。兄は音のしない口笛のようとメモを書いて見せてくれたが、なかなか感じがつかめなかった。

また音の変化も俊介には難敵だった。Uは単独ならユーだし、ローマ字読みならウになるが、単語の中ではアにもなる。RUNはルンではなく、ランだし、LEARNはラーンであり、ここではRとLの発音も区別しなくてはならない。聴覚に異常がなければ、聞き分け、真似《まね》られたろう。

すべてが俊介にとって、途方もないことだった。

兄は辛抱強かった。俊介がきちんと発音できるまで何度でも矯正してくれたし、うまくできれば褒め、前途が遥《はる》かすぎて投げだそうとすれば叱咤《しった》してくれた。それでもしばしば癇癪《かんしゃく》を起こしてしまった。兄ではなく、俊介の方が、だ。

単語はひたすら暗記するしかないと教えてくれたのも兄だ。こうした日々の特訓のおかげで、試験では好成績をあげることができた。

俊介自身、記憶力に優れている点も役に立った。試験問題を見たとたん、教師が黒板に英文を書いている様子や、兄が書いてくれたノート、お下がりの教科書の隅にあった落書きまで浮かんできたのである。

なまじ成績がよかったせいもあって英語を聞きたいという渇望は募っていった。また、文章というのは、黙読しているだけでも頭の中で文字は誰かの声に変換されていたということをあらためて思い知らされた。英文になると、兄の書きこんでくれたふりがなを思い浮かべることができても、脳裏にはまったく声が聞こえてこない。

英語を聞いてみたいという願望が膨らむほど、絶対に聞けないのだという絶望もまた大きくなっていった。

十三歳まで耳が聞こえた俊介は日本語なら苦もなく読める。しかし、生まれついて耳の聞こえない人もいる。そういう人がどのようにして文字を、言葉を覚えていくのか想像したときには底のない暗黒な淵《ふち》をのぞきこんだ気がした。

いざ自分が不自由をかこってみないと、耳の不自由な人の苦しさ、哀《かな》しさなど想像すらつかないものだと思い知らされた。

3

英語は兄の協力と自らの努力で何とかなったものの、体育と武術はどうにもならず免除とされてしまった。

体育教師の吹き鳴らすホイッスルすら聞こえず、皆と合わせて体操ひとつ満足にできない以上、仕方なかったが、病気をする以前は走っても跳んでもクラスで一、二番だっただけに悔しさはひとしおだ。また、バスケットボールであれ、サッカーであれ、敵味方入り乱れて駆けまわるとなれば、足音もチームメイトの声も聞こえないので、連携も衝突の回避もできない。俊介だけでなく、いっしょに競技をしている級友さえ危険にさらしかねない。

衝突といえば、苦い思い出がある。中学に合格しながら通えなかった俊介を不憫《ふびん》に思ったのだろう、昨冬、父が高価なスケート靴やスキーの道具を買ってくれた。いさんで出かけていったものの、どちらも後ろから突き飛ばされ、ぶざまに倒れこんでしまった。スケート場の硬く、冷たい氷の上で四つん這いになった俊介を見下ろした同い年くらいの男子の唇がパ、カと動くのがはっきりわかった。

放課後の部活動も必須とされていたのだが、俊介は是が非でもと運動部を希望した。

生来の負けず嫌いがむくむく頭をもたげてきた結果である。

入部を認められたのが、唯一、弓術部だった。俊介にしてみれば、耳が聞こえない上、まったくの初心者である自分を受けいれ、一から指導してくれた弓術部の顧問、上級生、同級生には感謝しかなかった。だから毎日七尺を超える弓を背負って登校することも苦にはならない。

入部が決まると俊介は図書館で弓術に関する書籍をすべて借り、読破した。指導を受けるにしても、用語がわからなければ、それだけ進歩が遅くなる。本を読み、図や写真を見ながら自分の部屋で型の練習をするうち、弓術、ひいては武道というのが一々理にかなっているところが性に合っているような気がしてきた。もともと理詰めで考える気質《たち》なのだ。

翌昭和二年六月、俊介は、始業一時間前には学校に行って、校庭のそばにある道場に行くようになった。道場といっても雨をしのげるだけの小屋がけの射場と、的を置くための盛り土があるばかりだが、さすがに周囲は杭《くい》を打ち、垂木《たるき》を張り渡して、立ち入り禁止の札を設けて危険を知らせるようになっている。

小屋は古びて、床も波打っていたが、中学弓術部の生徒や道場の門下生たちが稽古前に丹念に拭き掃除をしているため、ぴかぴかに磨きあげられている。一礼して射場に入った俊介は壁際にカバンを置き、布製の袋から弓を取りだした。射場の中央付近に裸足《はだし》で立ち、盛り土に目を向ける。

盛り土の手前には的を掛けるための柱が三本、等間隔に立ててあった。地面と柱を見つめ、水平と垂直を確かめる。脳脊髄膜炎によって聴力を失っただけでなく、菌は耳の奥にある三半規管をも冒し、平衡感覚に支障を来していた。まっすぐに立つだけでも周囲の水平、垂直の線を頼りにしなくてはならない。

ふっと息を吐く。一本の矢を弓で射るまでには、足踏み、胴造り、弓構《ゆがま》え、打起《うちおこ》し、引分け、会《かい》、離れ、残心《ざんしん》と八つの段階があり、射法八節といわれる。一つひとつを的確に行いながらも流れるような一連の動作でなければならない。早朝一人で道場に来たときには、八節をさらうだけなので矢は弓袋にしばりつけてある矢筒に入れたままだ。

真ん中の柱から射場に向かって延びる直線を想像する。その直線と重なる板を見いだし、板の縁を目でたどって自分の足元を見た。射場には幅五センチほどの細長い板が張られていて、板の境目となる直線に合わせて、左右の爪先を並べた。これで柱に対し、躰の左側を向けて立っていることになる。柱から延びた直線は俊介の鼻先に来ているはずだ。

板の境目を見たまま、まず左足を半歩前に出し、次いで右足を左足に引きよせたあと、一歩分後方へ引く。このとき、右の爪先と左のかかと、左の爪先と右のかかとをそれぞれ結ぶ直線を想定し、その二本が交差する×印の中心に重心が乗るよう意識する。的の中心——中白《なかしろ》という——を射貫《いぬ》くためには、まず足元をしっかり固める必要があった。

弓術部の練習で使用しているのは、霞的《かすみまと》で直径一尺二寸、外側が黒枠、その中に同心円が二つ描かれていて、中心部が中白、わずか直径二寸でしかない。十五間先の中白を目の当たりにしたときにはずいぶん小さいと思った。命中させられるか不安になったが、そもそも初心者は、的に矢を入れるのさえ難しいことをすぐに知った。手前に落ちたり、盛り土の上を通りぬけることも多い。そのため盛り土の奥には高さ二メートルほどの木の塀が作られている。

とりあえず足の位置を決める足踏みを終え、胴造りで的に目を向け、弓構えで左腰につけていた弓を立てる。本来ならここで矢をつがえる。打起しで両拳を頭の上に持ちあげるのだが、まだ弓が躰から離れていて両の拳は額の斜め上くらいに置くようにする。

次が引分けだ。弦につがえた矢を右手で引くように漠然と思っていた。たぶん弓を引くという慣用句のせいだろう。実際には、弓を左手で押す力が七分、弓を引く力が三分だった。弦の張力に逆らい、胸を開くようにして引分けを行いながら右手を右の頰に寄せ、さらに首の後ろまで引く。このとき下がってきた左手を右目の前に置く。

そして会。

矢を射る態勢が整ったところで、静かに呼吸し、機が熟すのを待つ。どの時点で熟すか。そこにこそ稽古の真骨頂があり、こればかりはいくら本を読み、指導を受けようと身につくものではなく、ひたすら稽古を重ね、体得するしかない。そのため始業時間の前に一人道場で弓を引いているのだった。

会まで来たところで、腕の力を抜き、ゆっくりと弦を元の位置に戻す。弓を左腰につけ、的を掛けるための柱に正対して一礼する。躰を起こし、ふたたび足踏みから八節をさらっていく。

くり返すうち、躰が汗ばんでくるのを感じ、夢中になった。何度目かの会を終え、両腕の緊張を解いたとき、ふいに右肩をつかまれ、思わず声を漏らした。

「うわっ」

ふり返ると小柄で痩せた、老人が立っていた。白の稽古着に藍染の袴《はかま》姿で、頭はすっかり禿《は》げ、先が細くなった真っ白な顎鬚《あごひげ》を生やしている。何より目を引いたのは、眉だ。まるで鷲《わし》が翼を広げているように逆立てている。目を見開き、俊介を睨みつけていた。さかんに口を動かしていた。

すぐに詫《わ》びた。

「すみません。僕は耳が聞こえないので、声をかけられても気づかないのです。失礼をお詫びします」

大声にならないよう気をつけた。聞こえないと声量の調節がうまくいかず、つい大きな声になる。はね上がっていた両眉がすっと下がり、老人が俊介を指さした。

「盛岡中学弓術部の佐藤俊介といいます。入部したばかりで、授業が始まる前に射法八節をさらっておこうと思ったんです」

老人は大きくうなずき、にっこり頬笑んだ。次いで俊介が手にしている弓を指し、指を自分に向ける。弓を渡した。二、三度弦を引いてから右の人差し指を伸ばし、弓から弦へすっと動かした。

「矢ですか」

老人がうなずく。

「型をさらうだけのつもりなので、出していません」

老人が壁際の弓袋を見て、それから自分の右腰に手を当てる。矢筒を持って来いというのだろう。

「的がありませんが」

顔をしかめ、顔の前で手を振る。かまわんといっているようだ。

「わかりました」

行こうとする俊介の二の腕をぽんと叩き、右手で何かを書くような仕草をする。はい、と返事をした俊介は壁際に行き、矢筒と、カバンからノート、鉛筆を取りだして老人のところに戻った。矢筒を受けとった老人は腰に巻きつけた。手を挙げ、俊介に少し下がるように合図をする。二歩、下がった。

老人が盛り土の柱に向かって一礼したかと思うと八節に入った。無造作にも見える速度で、しかも流麗な動きだ。矢をつがえ、頭上に持ちあげた弓を下ろしながら引く。

ぴたりと動きが止まった。

会。

あっという間もなく、矢が放たれ、一直線に飛んで柱に突き刺さった。上から十センチほどのところ、ほぼ中央だ。

だが、それでは終わらなかった。

流れるような動作で二の矢を抜いて放つ。一本目から十センチほど下に突き刺さる。三射、四射、五射と等間隔で命中し、五本の矢はみごと一直線に並んだ。元の姿勢に戻った老人が柱に向きなおって一礼する。

弓を俊介に差しだした老人が今度はノートを指す。弓を受けとり、ノートと鉛筆を渡すと、立ち方がいいと書いて見せ、鉛筆の尻で俊介を指した。次いで的を掛ける柱を示して、まっすぐに足元まで線を引くように動かした。

ぴんと来た。的の中心に垂直線を引いて地面まで下ろし、その垂直線と地面との交点から延びる直線に左右の爪先をそろえて置き、顔を向けたときに右目がその線、つまりは的の中心に来るようにしろと教えられた。

「耳が悪くなったとき、平衡感覚もなくなったんです。それでまっすぐ立つだけでも、地面や柱で水平、垂直の線を探して参考にしています。線を探したり、想像したりするのは、癖になりました」

老人が宙に丸を書いた。

「はい、的にも垂直線を見ます。同心円を見ているとぐるぐる回っているようで気持ち悪くなるので、すぐに垂直線を想定するようにしました。そこから立つ位置を決めます」

深くうなずくと、ふたたびノートに書きつけ、見せた。所作が堅苦しい、息が詰まると書いてあった。

首をかしげると、左手を挙げ、親指の付け根を押しだすような仕草をして、俊介の目をのぞきこんだ。

「角見《つのみ》を効かせろと習いました」

会で矢を放つと同時に弓を握る左手の親指を前に押しだし、弓を反転させる。そうすることで弓に張られた弦が元に戻ろうと前進する際、正面に弓の本体という障害物がなくなり、弦の力がすべて矢に伝わるのだ。

今度は、老人がノートを俊介の前に出して、見えるように鉛筆を動かした。涙のような形を二つ描き、前方に弓手《ゆんで》、後方に馬手《めて》と添え、両方の端に親指の爪と書いた。その二つを結んで直線を描き、先に二重丸――的を描く。

「わかります」

俊介が言葉を挟むと、老人が弓手のわきに書き添えた。ひねろうと力む必要はない、と。さらに、的を狙うのではなく、射線を出すことを心がけると書く。

「射線、ですか」

老人が鉛筆で二つの爪を結んだ直線を指した。

俊介は目の前に左右の手を出し、軽く握って、親指だけを伸ばした。老人が右の親指の爪から左の爪に触れ、さらに手を伸ばして矢がきれいに並んでいる柱を示す。

「的を狙うのではなく、的に向けた爪を結んで直線を作るように心がけるのですね」

そういうと、老人がにっこり笑ってうなずき、両肩を上下させたあと、左手を持ちあげて脱力したまま、動かした。

「力まない……、そうか」

角見を意識しすぎるあまり弓をひねれば、どうしても狙いがずれる。手元ではほんのわずかでも的に到達するまでの距離を飛べば、逸《そ》れ方が大きくなる道理だ。

「ありがとうございます」

ていねいに頭を下げると老人がぽんぽんと肩を叩いてくれた。躰を起こした俊介はちらりと五本の矢が並んでいる柱を見て老人に目を戻した。

「凄いです。僕はまだ的にも入らない」

老人は何かいいかけたが、すぐにノートに書いた。

色即是空とあった。首をかしげると、その下に書き足した。目に見える距離も空、鼻先にぶら下がっていると思えば、射線を合わせるだけで自在に中《あ》てられる。

俊介は唸《うな》った。目を上げ、おずおずと切りだした。

「あの……、お名前を教えていただけますか」

老人が那須《なす》と書いた。あっと声を上げそうになった。五年生の弓術部主将、四年生の副将の二人が那須兄弟で、二人は県内どころか全国でも五指に入るという名人、幼い頃から祖父の指導を受けてきたというのは聞いていた。

遠い先祖が那須与一《なすのよいち》という噂《うわさ》があったが、これは眉唾。だが、主将、副将の技は俊介も目にしている。目の前に立つ、長い眉毛の小柄な、そしていささかとぼけた顔つきの老人が二人の祖父にして道場の持ち主でもある。弓術部内では、尊敬をこめ、老師と呼ばれていた。

老師に直接指導を受けたからといって、おいそれと射線が出せるようになったわけではない。会の瞬間、矢をつがえる右親指の爪からまっすぐに伸びた線が弓を握る左親指の爪を通して伸びていく直線を想像しながら稽古をつづけた。

ひと月ほど経った頃のことだ。弓を開きながら下ろしてきて、会に入ろうとしたとき、射線がくっきりと見え、的との距離が消えて、やじりを中白すれすれにあてがうことができたように感じた。

何だ、何が起こってるんだ？

胸の内の疑問にとらわれることなく、右手が勝手に開く。矢は放たれ、至極ゆっくりと飛んでいった。まるで時間が間延びしているように。だが、外しようがないのはわかっていた。

的に突き刺さった直後、不可思議な感覚は消えた。矢は的の真ん中を貫いていた。

すぐに次の矢をつがえたものの、あの感覚は戻ってこない。二の矢、三の矢と放っていく。いつもの俊介に戻っていた。それからさらに精進を重ねるうち、数十回に一度くらい、ふたたび不思議な感覚が戻ってきて、徐々にではあったが、頻度を高めていくことができるようになった。

その年の春のある日、父に呼ばれ、書斎として使っている座敷に入った俊介は仰天した。座卓に新品の写真機があったのである。だが、となりにでんと置かれてる巨大な顕微鏡のような器械は見たこともなかった。

父が座りなさいというように座卓の反対側を示したので正座してかしこまった。目の前に三冊の手引き書が置かれる。表紙にはそれぞれ写真機、引き伸ばし機、フィルムの現像から焼き付けまでとある。顕微鏡のような器械は引き伸ばし機だ。さらに父がかたわらの木箱を指す。蓋は外されている。近づいてのぞきこむと薬瓶や薬品を入れる皿などがぎっしり詰まっている。

父が俊介の肩をぽんと叩いた。目をやる。口が動いた。声は聞こえなくとも何をいっているのかわかった。

お前に。

父が満面に笑みを浮かべている。俊介は座りなおし、両手をついて頭を下げた。

「ありがとうございます」

三度にわけて自室に運びこむ。さっそく手引き書を読み、その後数日がかりで説明通りに撮影、フィルムの現像、印画紙への焼き付けをひと通りやってみたが、でき上がった写真——庭に立つ学生服姿の兄を撮った——はひどくぼやけていて、がっかりしてしまった。

結局、手引き書は大雑把すぎてよくわからないところがあったので、弓術のときと同じように学校の図書館でありったけの写真の本を借りて来て、読みまくり、必要だと思うところはノートに抜き書きをした。

まず知ったのは、父が買い与えてくれた機材はすべて外国製で、どれも非常に高価なことだ。フィルム、現像液、定着液等々も高い。少しでも費用を抑えようと、印画紙は卵白を水で溶き、酢酸をくわえた溶液を上質紙に塗って自作するようになった。それでもフィルムまでは自製できない。市の中心街にある、父の知り合いの写真館に頼んで取り寄せてもらい、そこで購入していたのだが、写真師を兼ねる店主に会うたび、撮影から現像、焼き付けに至るまで、わからない点を質問し、教えてもらうようになった。

店主と気心が知れるようになると現像室での手伝いを志願し、機材や材料を運んだり、液皿《バット》に現像液や定着液を注がせてもらうようになった。それぞれの液の量を知り、とくに焼き付けをした印画紙を浸《つ》ける定着液は季節に関わりなく液温を二十度に保つ必要があること——夏は冷たい井戸水を加え、冬はヒーターで温めた——等々を学んでいった。フィルムや印画紙の現像をしている店主の手元をのぞきこむだけでも勉強になったし、身振り手振り、筆談でていねいに説明までしてくれた。

知識は増えていったものの、写真の出来は、なかなか満足できるレベルに達しなかった。生来負けず嫌いの俊介は、できないとなるとますますのめり込んでいくようになり、書物で得た知識、写真館主の教えをもとに、自分でもあれこれ工夫をして腕を磨いた。

そうして写真に夢中になる俊介を見て、父は満足そうにしていた。

父が道具一式を買ってくれたのは、俊介の将来のためにほかならない。耳を悪くしてしまった以上、陸軍士官学校への入学どころか、徴兵検査合格もままならないのは明らかだ。ならば、目標をエンジニアに切り替え、カメラに関する知識をその一助としようというのだった。

感謝はしていた。心の底からありがたいと思っていた。しかし、エンジニアになることも難しいと考えていた。難点の一つが英語だ。中学校での試験くらいなら教科書や参考になる書物を読んでいれば、高得点をあげられるが、上級の学校、さらに大学に進むとなると難易度があがるだけでなく、専門性も高くなるに違いなかった。

一方、いまだかつて英語をちゃんと聞いたことのない俊介には、文字はわかっても声は聞こえてこない。

どのように発音しているのだろうとつねにそこが気にかかり、もどかしさが募って、すんなり暗記できない。さらに上級の学校へ進み、念願かなってエンジニアになれたとしても、ますます高度になっていく英語を理解するのは難しいだろうし、英語での会話はもっと困難になるはずだ。

それでも写真に夢中になったのは、弓術と同じく理屈が一々腹に落ちてくるのが面白かったからに過ぎない。そして何より撮影も現像もうまくなりたかった。単純にそれだけである。
そうして季節は移ろっていった。

4

昨秋、一家は川沿いから東に行った小さな山のふもとに引っ越していた。山の頂上には、測候所があり、周囲は豪邸が並ぶ、いわゆる高級住宅地でもあった。そのおかげで家はぐっと大きくなり、俊介にも一室が与えられた。兄の部屋も夏期休暇などで帰省した際には過ごせるようそのままにされている。

俊介は自分の部屋の真ん中に敷かれた布団に横たわっていた。脳脊髄膜炎を患ってから初めて喘息《ぜんそく》の発作が出て医者から安静を命じられていた。雨が降りつづき、春だというのに寒く、部屋はうす暗かった。天井の木目を眺めているのにも飽き、机のわきに置いたガラス戸棚に目をやった。最上段にカメラが置いてある。

しばらく触ってないな、とちらりと思う。

兄が東京に行って、盛岡市内ながら引っ越しと慌ただしかった上、二年に進級して学習内容が格段に難しくなった。弓術では、道場で直接老師の指導を受けて上達し、ついに主力選手として市や県の大会に出場するまでになっていた。

また、父には裏庭に元々あった蔵の一部を暗室として使ってもよいといわれ、とりあえず機材と材料、薬液などを運びこんではいたが、それ以上手をつけていなかった。

写真についてはやりきったという思いがある。いや、とすぐに打ち消した。何のことはない。単に飽きてしまっただけだ。撮影から現像、焼き付けに至るまで手順はことこまかに思いうかべることができた。さらに写真の仕上がりまでも……。

一つだけ思いつかないのは、何を撮るか、だ。人物、風景、静物と考えていくものの、いざ誰を撮るか、どこを撮るか、どのように撮るかとなると、そこで止まってしまう。

カメラを手にした当初は、夢中になって本を読み、ノートを作り、実際に試してみて少しずつ上達していくことに無上の喜びをおぼえたのが今では信じられない。何を撮るにしても億劫《おっくう》でしようがなかった。

夕方、帰宅した父が俊介の枕頭《ちんとう》にやってきた。まず俊介の顔色を見て、次いでひたいに手をあて、自分のひたいに触れて確かめる。それからにっこり頬笑んだ。俊介も笑みを浮かべてうなずき返したが、父が提げてきた木製の箱が気になってしようがなかった。

木箱は長さが一尺五寸ほど、高さ一尺、厚みも七、八寸はありそうで、表面にきちんとニスが塗ってあり、頑丈そうな革の取っ手までついている。

俊介の顔をのぞきこんだ父が右手で起きられるかと訊《たず》ねた。うなずいた俊介が起きあがろうとすると手を貸してくれた。布団の上にあぐらをかいた俊介の足に木箱を置き、顎をくいと持ちあげた。開けてみろといっているのはすぐにわかった。

膝の上に箱を寝かせた俊介は留め金を外し、上部を持ちあげ、思わず喚声を上げた。

「おお」

中には油絵の具、木製パレット、筆、銀色に輝くヘラ、黄色っぽいオイルらしきものを入れた瓶などがぎっしりと詰まっている。いずれも真新しかった。

父に目を向け、礼をいおうとすると手のひらを見せ、懐から封筒を取りだして渡してきた。俊介へと表書きしてあり、左下に兄とあった。

次いで父は開け放した襖の向こうへ声をかけたようだ。すぐに母が二冊の分厚い本を抱えてやって来て父のそばに座ると本を差しだした。受けとった父が俊介に渡す。背表紙を見る。一冊は油絵入門、もう一冊は色見本総覧だった。

「これも?」

顔を上げて訊ねると両親がそろってうなずいた。

立ちあがった父が部屋を出ていくと、俊介は木箱の蓋を閉じ、きっちり留め金をかけてわきに置いた。布団を抜けだし、二冊の本と兄からの手紙を持って文机《ふづくえ》に向かう。机は明かり取りの障子に面しておかれていたが、さすがに夕暮れが迫っている。電気スタンドのスイッチを入れ、抽斗《ひきだし》から鋏《はさみ》を取りだす。

母が肩に袢纏《はんてん》をかけてくれる。

「ありがとう」

礼をいうと、母はうなずいて出ていった。

まず両手で捧《ささ》げもった手紙を拝んだ俊介は、慎重に封を切った。葡萄茶色《えびちゃいろ》の線が入った罫紙《けいし》には万年筆で書かれた、ていねいな文字が並んでいる。たった二ヵ月離れているだけなのに兄の手跡が懐かしく感じられる。

拝啓と書き出され、時候の挨拶につづいて、俊介の体調を気づかう言葉が記されている。俊介は、一つひとつに答えながら読み進んでいった。

兄は東京に住む親戚の家に下宿し、府立一中補習科に通っている。日々の通学や教室での様子などが生き生きと描かれていた。盛岡中学では弁論部のエースとして鳴らし、将来は小説家になろうかとまで考えているだけに文章は流麗、闊達《かったつ》で、語彙も豊富、すらすらと読むことができた。

最近、盛岡出身の画学生と知り合いになり、油絵の面白さを聞かされたとあった。絵は俊介の方が得意だからと思い、画学生の友人に同行してもらって、神田神保町《かんだじんぼうちょう》の画材店に行き、油絵を始めるための道具一揃《ひとそろ》いと入門に最適な書籍を推薦してもらって購入したとあった。さすが兄、まず最初に本を読んで学ぶ俊介のやり方をよくわかっている。

絵なら俊介の方が得意という点にも思いあたる節があった。小学生の頃、担任だった佐藤瑞彦《みずひこ》先生——同姓だけに特別に親しみを抱いた——が文部省が定めた教育方針に則《のっと》って絵画を指導するのをよしとせず、生徒たちに自由に描かせるようにした。自由といわれてとまどう子供たちも多かったが、俊介と、もう一人、とびきり絵の上手《うま》い同級生がいて、二人の作品はいつも教室の後ろの壁に張りだされたものだった。

小学生の頃は、水彩絵の具を使った。油絵というものがあるのは知っていたが、実際に油彩用絵の具を目にしたのは、今回が初めてだ。

兄の手紙を読みつづけるうち、瞠目《どうもく》した。

……鉛製のチューブが発明され、画家たちが絵の具と画板を持って屋外に出かけられるやうになったことで、絵画そのものの歴史が大きく変わったといはれている。しかし、僕はより大きな革命につながったと考へる。それまで絵を描くためには顔料を用意し、油で溶いて、それを何色も用意しなくてはならなかった。つまり人手が要った。だが、チューブ入りの絵の具であれば、一人でも色を混ぜ、思い通りに作ることができるようになった。

つまり史上初めて自己完結する画家といふものを誕生させたのではなひか……

「画家の誕生か」

思わずつぶやいていた。手紙を封筒に戻した俊介は二冊ある本のうち、色見本総覧を手に取り、じっくりと見はじめた。赤、青、黄などふだん何気なく見ている色にも膨大な種類があり、それぞれを作る絵の具の配合について解説してあった。引きこまれ、夢中になって読み、飽き足らずにパレット上で色造りの実験を始めないではいられなかった。

数日後、喘息の発作も治まり、色見本総覧につづいて油絵入門を読破していた俊介は、木箱に入った絵の具類と画板をもって早速測候所の見える場所に行って、最初のスケッチをした。弓術や写真と同じように本で読んだ知識を実地に試してみたのだ。描いているうちに佐藤先生から受けた指導を思いだし、また、本に書いてあるほどには油絵の具が扱いやすい代物でもないことを知った。

たちまち夢中になり、めきめき上達したという点では弓術や写真と同じだ。

六月、七月、八月と学校が休みのときには、スケッチに出かけ、秋に校内で開かれた展覧会に出品し、金賞を受けた。そうなるとますます絵を描くのが面白くなる。油絵の具も使いこなせるようになるほど面白みが増していった。

翌年、三年生に進級すると盛岡中学に絵画部が創設され、俊介も参加した。精力的に絵画制作をつづけ、五月に開催された盛岡市のスケッチ競技会に出品、中学生ばかりでなく、一般の画家たちも参加した中で二等に入選した。

しかし、その頃から俊介は、またしても悩むようになった。

自分は何をしたいのだろう、と。

軍人にはなれず、英語に違和感がつきまとって離れない以上、エンジニアの道も厳しい。弓術では師範になれるほどの技量はないし、写真は何を撮ればいいのかさえわからなくなっている。

油絵も、すぐに評価されるようにはなったが、お手本通りに描いているに過ぎなかった。

　その頃、俊介は将来に対する不安を抱えつつ、ノートに詩を書き散らしてもいた。そしてある日、兄の部屋に入った俊介は、書棚にささっていた懐かしい本を見つけた。宮沢先生の童話集『注文の多い料理店』と詩集『春と修羅』である。迷わず詩集を抜いた俊介は、しおりが挟んであるのに気がついた。兄が入れたものに違いない。

　早速開き、読みはじめたとたん、俊介は動けなくなった。

けふのうちに
とほくへいつてしまふわたくしのいもうとよ
みぞれがふつておもてはへんにあかるいのだ
（あめゆじゆとてちてけんじや）

　宮沢先生が川沿いの家へ訪ねてきたあと、とりあえず詩集は兄、童話集は俊介が読むことになった。数日後、二人がそれぞれに与えられた本を読んでいるとき、いきなり兄が起きあがって朗読したのが今、俊介が見ている詩だった。

　あのときは、それほど感激もしなかったし、声を震わせる兄を、どこかせせら笑うような気持ちさえあった。

　だが、今は兄の感激が理解できる。兄の声とともに詩が躰に沁《し》みてくる。不思議なのは、（あめゆじゆとてちてけんじや）の一行だけは、兄の声ではなく、澄んだ少女の声になって響いてきたことだ。

そして……。

どうかこれが天上のアイクリームになつて
おまへとみんなとに聖《きよ》い資糧をもたらすやうに
わたくしのすべてのさいはひをかけてねがふ

ここまで読んだとき、いきなり涙が溢《あふ》れてきた。相変わらず兄の声ではあったが、兄の声だからこそ、妹を思う宮沢先生の心が伝わってくるようにも思えた。

宮沢先生であれば、泣き叫ぶようなことはせず、唇を真一文字に結び、静かに涙を流していただろう。しかし、俊介の耳には宮沢先生の慟哭《どうこく》が届いていた。

ふと顔を上げ、耳を澄ます。

蟬の声がまったく消えていた。

詩の力、否、芸術の真の力というものを感じ取っていた。

昭和四年三月下旬——。

学校は春期休暇に入り、これといってすることもない俊介は、その日自分の部屋に寝そべり、頭の下に両手を組んで天井の羽目板を眺めていた。渦を巻いたり、流れたりしている木目が何に見えるか、ぼんやり考えていただけである。

中学は三年生を修了したところで、残るはあと二年。一年生を二度くり返したものの何とか要領をつかんだので卒業には漕《こ》ぎつけられるだろう。だが、問題はそのあとだ。高等学校、大学へ進学するのか、いや、できるのか。大学は理科か文科か。将来、何をするのか。

思いはぐるぐる巡るが、中学卒業後の進路はいまだ見えない。

自分は何になるか、何ができるのか。何もかも中途半端だと感じていた。弓術にしても、カメラにしても一生を賭けるに値するのか。逆か、と皮肉っぽい反問が浮かぶ。どちらの道であれ、そのほかの仕事であれ、佐藤俊介は役に立つのか、誰かのため、何ものかのためになる人間なのか……。

思いは同じところをぐるぐる回っている。なかなか結論を出せずにいた。

頭を向けていた出入口の襖が開き、兄が顔を見せた。寝そべっている俊介に気がつき、メガネの奥で目を見開く。俊介は起きあがり、正座をした。

「お帰りなさい」

兄がにっこり頬笑んでうなずき、部屋の中を指さした。

「もちろん」

兄が入ってきて、俊介の前にあぐらをかいた。東京府立一中補習科を二年で修了した兄は、東京外国語学校に合格、入学を決めた。帰郷は両親への報告のためであった。年末年始は外国語学校受験に備えるため猛勉強をしていて帰省していない。帰ってくるのは、昨年の盆以来になる。

俊介は膝を崩し、あぐらをかいた。

部屋を見まわしていた兄が壁に掛けてある絵に目を留めた。頂上に測候所のある近所の山を中心に周辺を描いた油絵で、去年、盛岡市で開催されたスケッチ競技会で二等一席に選ばれた。

兄が俊介に視線を移し、ふたたび頬笑んで二度うなずいた。よく描けているといっているようだったが、俊介は首を振り、うっすら笑みを浮かべた。眉根を寄せた兄が手近にあったスケッチブックと鉛筆を取ってさらさらと書き、俊介に見せた。

気ニ入ラナイノカ

「個性がない」

兄が首をかしげたので、俊介はスケッチブックを指さした。

「この字は、筆跡で兄さんが書いたとわかる」

それから俊介は書棚から兄が送ってくれた油絵入門を抜き、口絵を開いて見せた。その絵は、グレーを基調とした水面に舟が浮かび、奥には港がシルエットになっていた。港の上に出た太陽のオレンジ色だけが鮮やかで目を引く。

兄に見せると、口が、も、ね、と動いた。

「そう、『日の出』だ」

俊介はページをめくった。昼下がりの森の中で木漏れ日を浴びる人々が描かれている。手前にはベンチに座る人やテーブルを囲んで酒を飲んでいる人が描かれ、奥にはダンスに興じる人々が何組も描かれている。

兄に見せると、ふたたび口がゆっくりと、る、の、あ、あ、ると動いた。俊介はうなずき、自分の絵を指した。

「あれは誰が描いたか、わからない」

しばらくの間、絵を眺めていた兄がスケッチブックを取りあげ、走り書きをして、俊介に見せた。

宮沢先生ハ自ラノ心象ヲ詩ニサレタ

思わず唇を噛《か》み、字を見つめた。心象は心のカタチだと思いだす。さらに兄が走り書きをして見せる。

俊介ノ喜ビ、哀シミハ何色カ

ついこの間、兄の部屋に入り、宮沢先生の詩を読んで涙を流したばかりなのだ。兄が走り書きをして、俊介に見せた。

オ前ノ心象ハオ前ダケノモノ

個性ハソコニアル

俊介は唇を結んだまま、身じろぎもしなかった。ふたたび兄がスケッチブックに走り書きをする。

画家ニナリタヒカ
俊介は苦笑して首を振った。

「無理だよ。どうすれば画家になれるのか、わからない。でも、勉強はしてみたいな。実物の絵を、直《じか》に自分の目で見てみたい」

それから自分でもびっくりするようなひと言を付けくわえた。

「できれば、パリにも行ってみたい」

明治の頃から志のある画家たちは、パリに行き、絵の修業をしていることは、今膝の上に置いてある入門書にも書いてあった。たった今、ふっと湧いた思いつき、魔が差したようなものだが、心のどこかでずっと望んでいたのかも知れない。

口にしたことで、自分の夢がはっきり形になったようにも思った。

兄は互いの鼻が触れそうなほど顔を近づけてきた。身を引きそうになるのを何とかこらえ、目をぱちくりさせていると兄がスケッチブックに書いた。

パリ、イッショニ行カウ
俊介は目を見開き、兄の顔をまじまじと見つめた。兄が笑みを浮かべ、まかせろというように自分の胸を拳でぽんと叩いた。

半月後。

夜が明ける前に盛岡駅から東京行き優等列車に兄と母と乗りこんだ。車内は三分の一ほど座席が埋まっているだけで、四人掛けに母子三人で座ることができた。兄弟が窓際で向かい合わせとなり、母は俊介のとなりに座っている。一ノ関《いちのせき》あたりで朝日が昇り、俊介は母にもたれてとろとろ居眠りしながら南下をつづけた。福島、郡山《こおりやま》を抜け、白河《しらかわ》を越えれば、関東に入る。宇都宮《うつのみや》あたりで昼となり、母が作った握り飯を食べた。大宮《おおみや》を過ぎ、荒川《あらかわ》にかかる鉄橋を渡れば、東京だ。上野《うえの》駅に到着したときには陽《ひ》が西に傾きかけていた。

何もかも兄さんの目論見《もくろみ》通りか——俊介は胸の内でつぶやいた。

パリと口走った直後、半ば兄に引きずられるように父の書斎に入った。あとで兄が説明してくれたが、やはり俊介をパリに留学させようと談判に行ったのだった。将来、俊介が絵で身を立てるとすれば、今のうちにパリで勉強しておくことが何より重要だと訴えた。耳が聞こえなくても絵ならば描けるし、何より才能があると滔々《とうとう》と熱弁をふるったらしい。

その様子は、俊介もかたわらで見ていた。

ついては自分も俊介とともにパリに渡り、すべての面倒を見ると大見得を切ったらしい。父の前で俊介を手で示し、次いで自分の胸に手を当てた様子がまざまざと浮かんでくる。聞いた父は大笑いし、息子二人をパリに留学させる金などうちにはないと答えた。笑う父を見て、兄は平然としていた。おそらく父が何と答えるか予想していたのだろう。そこで兄は、ならばせめて東京で勉強させたいと切り返した。兄はすでに東京外国語学校への入学を決めていたし、東京暮らしも二年に及んでいる。東京なら美術学校や画塾がたくさんある。それに美術館があり、あまたの画商がいるから盛岡にいるよりはるかに本物に触れられ、それこそ至高の勉強だとまくしたてたらしい。

絵描きで食っていけるかと父は切り返し、兄は正直にわからないと答えたそうだ。俊介には絵の才能があると確信しているが、画家として生計を立てられるとまでは断言できない。

ひるまず膝を進めた兄は、耳の不自由な俊介にできる仕事はかぎられている。それでなくとも軍人、エンジニアと夢を諦めざるを得なかった。さらに盛岡に置いたままでは、未来はもっと閉ざされていく。今のうちに挑戦させるべきじゃないかと迫った。

それは父のもっとも痛いところを突いた。

父にすれば、耳が聞こえない俊介が不憫だし、心配でたまらず、そばに置いておきたい。しかし、いつまでも親が俊介の面倒を見られないのは自明だ。さらに盛岡中学を何とか卒業しても、上級の学校に進むのが無理なのはわかっている。東京ならば、何らかの道がひらけるかも……。

さらに兄には、とっておきの切り札があるとも話した。

兄の話をすべて聞き終えた父はついに折れたが、一つだけ条件を出した。俊介が東京暮らしに慣れるまで母を同居させることだ。東京生まれの母ならば、まったく知らない土地に行くわけではない。兄弟にとっては心強く、願ってもないことだが、一人盛岡に残る父は不便だろうし、何より寂しくないのかと心配になる。

お前は気にしなくていい、と父はきっぱりといったらしい。

それからが忙しかった。俊介は父とともに中学校に校長を訪ね、退学の許可を求めなくてはならなかった。父子の訪問を受けた校長は、その場で俊介の退学を認め、さらに第三学年修了とすると約束してくれた。

俊介と母の引っ越しの準備と、ひとり暮らしを始める父の生活の算段を同時に進めなくてはならず、あれやこれやで二週間はあっという間に過ぎ去り、今日という日を迎えていた。

上野からは省線電車に乗り、池袋《いけぶくろ》まで行って乗り換えだと兄がいった。母は東京の生まれだが、ずっと南にある羽田なので東京の北側には馴染《なじ》みはないようだ。俊介にしても生まれは渋谷《しぶや》でも二歳までしかいなかったので風景に懐かしさなど感じない。

兄のあとをついて池袋駅で省線電車から武蔵野《むさしの》鉄道に乗り換え、最初の停車場で降りた。東京の停車場といっても簡素な小屋のような建物で、盛岡駅とは比べものにならないほど貧相だったが、改札口を出た俊介は、一人の男性がにこにこしながら手を挙げているのを見つけた。

その人こそ、兄の切り札にして、さまざまな目算の土台だ。

盛岡の岩手師範附属小学校で俊介の担任をしていた佐藤瑞彦先生である。偶然にも先生は、兄の上京と同じ頃、東京にある自由学園初等部の起ちあげに加わっていたのである。兄の相談を受けた佐藤先生は、自らの勤務先である自由学園のすぐ裏にある一軒家を借りられるよう手配してくれ、俊介が通うべき美術学校についても考えてくれていた。

俊介の耳のことを忘れたかのように佐藤先生が声をかけながら俊介の頭を撫でた。聞こえなくとも、先生がいっていることはわかった。

よう来た、よう来たとくり返していたのである。

明治から大正へと変わった頃から民主主義が強く求められるようになった。いわゆる大正デモクラシーの時代である。

しかし、画壇はまだまだ旧派が主流を占めていた。絵とはもっと自由なもの、心のあるがままに描かれるものであるという絵画における民主主義が叫ばれ、さまざまな画家たちが独自の画法で新境地に挑むようになるのは、ようやく昭和になってからだ。ほどなく俊介はまさにその時代の東京にやって来たことを知る。

第二章　東　京

1

昭和四年（一九二九）四月。

東京外国語学校への入学を決めた兄が帰省してきて、俊介の部屋に顔を見せた瞬間から人生が大きく変わりはじめたのだが、そのときにはまるで意識しなかった。少なくとも中学を退学し、上京して美術学校に入るなど考えてもいなかった。

今、省線日暮里《にっぽり》駅に近い寺町の小路を歩く兄の背を見ながら思う。

兄は、いつから弟を美術学校へ進学させようと考えていたのか……。

俊介の将来を心配してくれていたのは間違いない。それでも油絵の道具一式に油彩入門書と色見本総覧を添えて送ってくれたときには、将来画家をさせようとまで考えていたかどうか。ひょっとしたらたまたま俊介がパリに行きたいと口走ったことがきっかけかも知れない。

寺町というだけあってなるほどお寺さんばっかりだ——俊介は通りの両側に延々とつづく塀を見ながら胸の内でつぶやく。

寺町に入って、今はゆるやかな下り坂を歩いている。兄は手にした入学案内と門柱に掛けられた寺の名前を見比べていた。兄も初めてやって来たのだからしようがない。入学案内には最寄りの日暮里駅から学校までの案内図が出ていて、曲がるところの目印がいずれも寺になっていた。

登校初日、母が兄の同行を命じていた。懇願といった方が近い。盛岡に比べ、東京は自動車の数が圧倒的に多い。耳が聞こえない上、平衡感覚にも若干の異常を来している俊介には、左右に躰をかしげて歩く癖がついていた。後ろから接近してきた自動車に気づかず、ふらりと躰を傾けたときに車が来れば、ひとたまりもないと母は心配した。同じことを考えていたようで兄は即刻付き添いを請け合い、俊介にしても心強かった。

入学先を選び、薦めてくれたのは佐藤瑞彦先生だった。すでに兄とは話し合っていたようで、二人が並んで俊介に入学案内を差しだした。

表紙に印刷された太平洋《たいへいよう》画会《がかい》という名前を見て、俊介は思わずいった。

『太平な洋画会ですか。のんびりした学校のようですね』

そのとたん二人が大笑いした。それから瑞彦先生が太平洋を指でくるりと囲み、それから画会を囲み、大いなる思いがあるとメモに書き、俊介に見せたあと、教えてくれた。

発足当初に参加した画家たちは、ヨーロッパで学んだあと、アメリカを経由して帰国した者が多く、それで太平洋とつけたという。亜米利加《アメリカ》の文字に俊介は首をかしげた。今まで読んできた洋画の入門書には、いずれも絵画の本場はフランス、イタリアとあったからだ。俊介の様子を見て、瑞彦先生が入学案内を開いて説明してくれた。

そもそも太平洋画会は、日本洋画壇を牛耳る国立の東京美術学校、通称美校の一派、いわゆる官学派の白馬会《はくばかい》に対抗する形で結成された。白馬会、太平洋画会ともにまずパリに学んだ点では一致している。

パリという文字を目にして俊介の胸がかすかにうずいた。行けるとは思っていなかったが、パリで勉強したい、本場の絵を目の当たりにしたいという気持ちに偽りはない。

白馬会の方が一足早く帰朝し、文部省と結びついて主流派を占めただけだ、と瑞彦先生が書いた。ちょうど白馬会の連中がパリで学んでいた頃、絵の具のチューブが発明され、画家たちは絵の道具を屋外に持ちだし、明るい陽射《ひざ》しの下で描くことが流行《はや》り——上京する直前、兄に教えてもらったのを思いだす——、ゆえに日本では外光派とも呼ばれた。

先に利権を独占し、あとから来る者たちを従わせようとした恰好《かっこう》だ。しかし、画家になろうと一念発起、明治にパリにまで渡った画家たちだけに太平洋画会の面々はしぶとかった。また、彼らがパリで学んだ頃には、外光派はすでに古臭いとされていたという。画法の動向にも流行り廃れがある。次から次へと新しい画法や技術が生みだされ、あとからパリに渡った分、より新しい絵を学び、その頃、新たな芸術の都が随所に誕生していたアメリカに渡ってさらに研鑽《けんさん》を積んで帰朝した。

それだけに古ぼけた絵を押しつけられてたまるか、と鼻息が荒かった。

画法、技術の新旧はともかく、絵の描き方を押しつけられることに抵抗をおぼえるという点は、俊介にも腑《ふ》に落ちた。中学三年の春、新たに創設された絵画部に入ったものの、部長となった美術教師の指導に疑問を感じた。教師のいう通りに描かなければ、展覧会への出品も許されなかったからだ。

その点、瑞彦先生は俊介の思うがままに描かせてくれた。

絵の描き方は学校で教えられるものだろうかという疑問が肚の底にある。しかし、我流では話にならないこともわかっている。とりあえず瑞彦先生の薦めに従ってみることにした。

入学案内には、講師陣の名前がずらずら印刷されていて、今まで読んだ本に登場していた著名な画家の名もあったが、とくにこれといって惹《ひ》かれなかった。

絵画を学ぶ上で至高とされていたのは美校だが、美校で勉強したからといって優れた画家になれるわけでもない。もっとも官立である以上、中学を三年で中退した俊介には、受験資格すらなかったが……。

太平洋画会の研究所に入学することになった。美校のある上野にも近く、周辺に画家や画学生が蝟集《いしゅう》し、近辺には、画商、画材店、画集を数多く扱う書店、古書店が多い。最寄りが日暮里駅で、盛岡から上野に到着し、池袋まで行く途中に通過しており、わずかながらも縁を感じた。

やがて兄が足を止め、俊介をふり返って手を前に出した。門柱に看板が掛けられ、一風変わった書体で〈太平洋畫會研究所〉と書かれていた。

文字をしげしげと眺める。いずれ名のある書家の手になるものだろうが、ありがたみは感じなかった。兄につづいて、門を入った俊介は左手にある平屋の建物に目をやった。西洋画を教える美術学校という割りには、どこにでもある日本家屋に過ぎず、ちょっとがっかりした。

玄関で靴を脱ぎ、持参したカバンから袋に入れたスリッパを出して履いた。カバンにはスケッチブックとデッサン用の木炭や筆記具、母が作ってくれた弁当が入れてある。兄は靴下のまま、左手にある窓口へ行く。あとにつづいてのぞきこむと机が四つほど寄せられていて、メガネをかけた老人が立ちあがった。事務係らしく黒い腕貫《うでぬき》をして、ワイシャツに薄緑色をした毛糸のベストを着ている。老人は机の上にあった食パンを一枚取って、廊下に出てきた。

兄が声をかけ、小さく頭を下げ、次いで俊介を促した。

一礼した。

「佐藤俊介です。いろいろご面倒をおかけすると思いますが、よろしくお願いします」

破顔した老人の口には歯が二本しかなかった。

そこで兄は帰っていき、俊介は老人に従って廊下を進んだ。奥にはいくつか部屋があるようだ。もっとも手前の一室に入った老人が俊介を招きいれる。中学校の教室みたいで、床は板張りになっていた。まだ誰もいない。

黒板が取りつけてあるのが正面、その前にある木製の台には、石膏《せっこう》で作られたミロのヴィーナスの胸像が置かれ、ざっと十五、六脚ほどの椅子がぐるりと取り囲むように配置されていた。何のことはない。盛岡中学絵画部で見慣れた光景だ。

　老人が何かいった。俊介が首をかしげると、鼻にしわを寄せる。笑顔を見せているのだが、どことなく馬鹿にされたような気もした。老人が椅子をぐるりと手で示した。どこへでも好きなところへ座れというのだろう。

　初日でもあるので、俊介は最後列の入口に近いところを選んだ。老人が差しだした食パンを受けとる。木炭でデッサンをするとき、線を消したり、影をぼかしたりするのに使う。これも絵画部で慣れていたので、面食らうことはなかった。

　老人が出ていく。俊介は取りあえずカバンを足元に置き、部屋の中を見回した。壁の一面がガラス窓になっていて、天井には白いカバーをつけた電球が四つもぶら下がっていた。

　まるで部活動に戻ったみたいだと思いながらヴィーナスの胸像を眺めているうち、教室に誰か入ってくるのが見えた。髪を伸ばし、無精髭を生やした男で、消しゴム代わりのパンをむしゃむしゃ食っている。パン屑が髭にいくつか付いていた。薄手のコートをぞろりと羽織っているが、ボタンを留めていないので、灰色になったランニングシャツが丸見えだ。コートにもシャツにも絵の具が飛びちっていた。両手をポケットに突っこんだまま、男は俊介に近づいてくると口をぱくぱくさせた。

　立ちあがった。

「すみません。僕は耳が聞こえないんです。佐藤俊介といいます。今日からお世話になります。よろしくお願いします」

男は自分の耳を指し、次いで両手で×印を作った。俊介はうなずいた。

「はい。全然聞こえません」

そのときになって男の髪がところどころ赤や黄色に染まっているのに気がついた。じっと見ていると、男がいきなり俊介の鼻先に両手を突きだしてきた。思わず身を引くと、男は笑って鼻をひくひくさせてみせた。

匂いを嗅げというのだろう。恐る恐る顔を近づけ、嗅いでみる。絵の具の匂いがした。

次いで男は髪をつまんで揉むような仕草をする。

「手についた絵の具を拭いたんですか」

にやりとしてうなずいた男が右手を鉛筆を握るように丸め、動かす。俊介はすぐにスケッチブックと鉛筆を取りだし、男に渡した。男がさっと書き、俊介に見せる。

鬔光とあり、わきにアイミツと振ってあった。

「変わったお名前……」いいかけてはっとした俊介は頭を下げた。「初対面なのに失礼しました」

鬔光が大きく口を開けて笑い、そのあとあ、お、うとゆっくり口を動かして見せた。

「画号ですか。なるほど」

そのとき、玄関脇の部屋にいた老人が血相を変えて飛びこんできた。俊介と話している男に詰め寄り、まくし立てている。男が何か言い返し、コートのポケットに手を突っこんだかと思うと、三枚の食パンを引っぱり出して床に叩きつけ、悠々とした足取りで教室を出ていった。

初日の、それも授業が始まる前に想定外の騒動に出くわした俊介だったが、以降、毎日午前八時半には登校して、まだ誰もいない教室でデッサンを始める日々となった。

初日の騒ぎの事情は、日を追うにつれ、だんだんとわかってきた。

去年まで食パンは教室の後ろ側に置かれたカゴに山盛りになっていて、誰もが自由に取って使えるようにしてあったのだが、この年のはじめから配給制に変わったということだった。消しゴム代わりではあったが、パンに違いなく、学生たちの中には木炭の線を消すのと同時に腹を満たす者があった。木炭で真っ黒になっていようと腹が減っていれば食う。また食に事欠くくらいだから当然金はなく、授業料も滞りがちという。業を煮やした研究所がパンを配給制としたのだが、それを不満とする学生たちが同調した共産主義者たちを引き入れ、何度も争議が起こっていた。

また、鬘光が太平洋画会の先輩で、本名は石村日郎《いしむらにちろう》、入校した翌年、十九歳で二科展に入選した画力の持ち主だが、少々変わり者という評判で、クラスメートの中にはあまり近づかない方がいいと先輩風を吹かせて忠告する者もあった。女性用のドレスを着て、ばっちり化粧を決め、登校してきたこともあるという逸話にはびっくりしたが、初対面の印象は悪くない。いずれ再会するだろうという気がした。

通いはじめて三ヵ月、いつものように学校まで来た俊介は、門の扉が閉ざされた上、丸太が打ちつけられているのを見た。丸太には張り紙がしてあり、当分の間休校と記されていた。

「さて」

俊介は張り紙を見て、顎のわきを掻いた。

結局、授業が再開されないまま、夏休みに入り、そのまま研究所は閉鎖されてしまった。顚末《てんまつ》を知ったのは、八月になって太平洋画会から届いた一通の封書によってである。そこには、閉鎖された研究所に代わって、秋に始まる新学期から太平洋美術学校として再出発するという主旨のガリ版刷りの文書が入っており、入学を希望する者は願書を提出せよという。また、新たに制服、制帽を採用するので、同封された別紙に寸法を記入してあわせて送るように、とあった。

美校の猿真似じゃないか、と俊介はちらりと思った。もっとも三日もすると、制服を着て登校する学生は一人もいなくなり、俊介も麻混の半袖シャツにズボンとなった。残暑が厳しかったせいもあるが、美術学校の制服とはいえ、新品の洋服はやはりもったいなかったせいだ。その点について学校側は一切とがめようとしなかった。そもそも学校への改称、制服の採用は授業料未納の学生を追いだすことが目的だったからだろう。

俊介は生真面目に通学をつづけ、だんだんと学校の様子、仕組みが見えてきた。だが、パンフレットに教授として載っていた高名な画家たちの姿を見ることはなかった。石膏像を木炭で描くデッサン部にいるせいかも知れない。

指導はもっぱら助教と呼ばれる、若く売れない画家たちが行った。デッサンの重要性、光と影を描く技法、構図の取り方など中学時代とはまるでレベルが違ったものの、あくまでも基礎中の基礎に過ぎない。

それでも俊介は律儀に通ったし、日々ひたすら自宅と学校とを往復した。耳のせいでなかなか学友たちと馴染めず、東京はあまりに巨大すぎてうろちょろするのは少々恐かった。秋が過ぎ、冬となって、ふたたび春が巡ってきた。太平洋画会に通いはじめて一年が経とうとしていた。

学校と看板は掛け替えたものの、内実は私立の画塾のまま、何ら変わるところはなかった。一年を通じた計画的なカリキュラムがあるわけでなく、一定程度の水準に達したと判断するのはクラスを担当する助教――形の上では教授が責任者だが、顔を見ることさえなかった――であった。

級友たちに馴染めなかった理由がもう一つある。デッサン部は主に午前中に授業を行ったが、学生たちは気ままにやって来たり、来なかったりした。いつの間にか退学していたりする。そもそも卒業という概念がなかった。名ばかりの学校なので、四月に入学式があるわけでもない。

学校には、デッサン部を始め、油彩、水彩のクラスがあり、それぞれ人体部、静物部、風景部などに分かれていたが、ひっくるめて選科といわれた。厳格な規定というわけではなかったものの選科に二年、その後、指導教授を選び、本科へ進む。早い話が指導教授に弟子入りするわけだ。授業料を払うかぎり選科に通いつづけることはできたし、助教の判定がなくとも転部もできた。

本科に進んだからといって将来画家になれるとはかぎらない。画家を名乗るのにもっとも手っ取り早いのは、各種団体が主催する絵画展で入賞することだ。太平洋美術学校出身となれば、国が主催する、いわゆる官展での入賞はまず望めない。民間主催であれば、有名どころでは二科展があるものの、俊介にとってははるか遠くの存在に過ぎず、たとえ入賞できたとしても収入の保証になるわけでもない。もう一つ、本科に進み、師事する教授の口利きで小中学校の美術教師になるという道もあった。

ここで根本的な問いが湧いてくる。

そもそも画家になるとはどういうことか……。

とりあえずは画業で食っていくということだろう。では、作品を売って、生計を立てられている人間が東京に、日本に、パリをふくめた全世界に何人いるのか。ここで別の疑問が湧いてくる。作品が売れるのと、自分の絵を追求することとは、まったく次元の違う話ではないか、と。

たとえば、ゴッホだ。生前、売れた絵はたった一枚でしかなかった。レンブラントは画風が受け、売れに売れた。それで工房を設立し、弟子たちに数多くの絵を描かせ、最後に自分が手を入れて、サインすることで絵を売った。

自分の満足する絵を追求したいと俊介は考えている。生計を立てる、まして金持ちになるなど望んではいない。金が得られるのならそれに越したことはないが、たとえ食っていくために別の仕事をしながらでも絵は描きつづけたいと思っていた。

選科から本科へ進むことにためらいがあったのは、たとえ小中学校の教員という道があったとしても、生徒たちの声を聞けない自分にやっていけるのか疑問があった。さらに大きな理由があった。上京して一年、学校で教授連の作品を見て、機会があるごとに展覧会や画商で作品を見てきたが、師事したいと思える画家が現れていない。好きな画家、好きな作品はあったけれど、これこそが自分の望む絵だと確信できるものがそこにはなかった。

問いは、俊介自身に跳ね返っている。

ならば、お前は何者だ、と。


一年が過ぎた頃、俊介は油彩の人体部にも通うようになった。カンバスの作り方、溶き油の配合、構図の決め方、さまざまな描法など日々目を瞠るような学びがあり、さすが画塾に毛の生えたような太平洋美術学校とはいえ、中学の美術部とは次元が違った。たとえば、溶き油は複数を調合して使用し――中学時代は市販されている溶き油を買ってきて使った――、下地、中塗り、仕上げでそれぞれ種類も配合も違うことや、構図は観《み》る者の視線を誘導し、一連の物語を織りなすものであること等々、驚嘆し、唸《うな》り、感心することの連続であり、それらを学び、実践することで俊介は油彩というものを貪欲に吸収していった。

そうしてデッサンをつづけ、油彩画を学ぶうち、俊介の胸の内には根本的な疑問といううか、不安が兆してきた。石膏像を木炭で写しとっているのだが、どうしても全体のバランスがうまくとれなかった。

ひょっとして僕は絵が下手なのではないか……。

初夏に入ろうとする頃、寝坊していつもより遅く画室に入った俊介は、一人の学生が描いている絵を見て、呆然《ぼうぜん》と立ち尽くしてしまった。石膏像が正確に写しとられているだけでなく、石膏の質感まで表現されている。

その男は石膏像の左前、最前列に陣取り、やや背を丸めていた。左足をつねに揺すっている。いわゆる貧乏ゆすりだ。

回りこんで横顔を見た。今までに見かけたことのない顔だ。唇をへの字に曲げ、石膏像を睨む眼光が凄まじく鋭い。

何より俊介を驚かせたのは、男の手の動きが恐ろしく速いという点だ。わずかの間にスケッチブックの上に石膏像のひたいから目、鼻筋の部分がみるみる浮かびあがってくる。

スケッチブックと弁当を入れたカバンをぶら下げたまま、声もなく見とれているうちに午前の部は終了してしまった。

2

太平洋画会で学びはじめて、二度目の春を迎えようとしていた。

火曜日の午後、俊介は人体部の授業に臨んでいた。すぐ目の前には、一片の端布《はぎれ》さえ身にまとわず、両手をだらりと下げた女が木製の台に立っていた。何もない宙を見据えた眼差《まなざ》しがみょうに印象的だった。

俊介は、女の右前、最前列に陣取り、画架に立てたカンバスに筆を走らせていた。早春とはいえ、その日は朝から灰色の曇天で肌寒く、そのためモデルのすぐわきには大きなストーブが燃えさかり、座っていても汗ばむほどだ。さらに学生がざっと六十人ほど入っている。いずれも画架を立てているので、文字通り立錐《りっすい》の余地もない。女の乳首は固く尖っていたが、おそらく寒さのせいではないだろう。

モデルが立っている台のかたわらには画室に入ってきたときに羽織っていた浴衣を入れる籐《とう》カゴと木製の椅子が置いてあり、二十分間ポーズを取って、十分間は椅子に座るのを四回くり返すのだが、その二時間はずっと裸のままでいた。休憩に入ってポーズを解き、椅子に座る際にごく自然な動きを見ることができた。

むしろ学生たちの眼《め》はモデルが休憩するときの方がぎらぎらした。女の動きの一瞬を切り取り、描くことなどいくらでもできたからだ。注視が集まる中、たとえ椅子に座っていても休憩といえたのか、あやしい。

太平洋美術学校に来るモデルは必ずしも決まっているわけではない。その時々によって、やって来る女が違い、一枚の絵が完成するまで同じモデルということは少なかった。あくまでも女体の描き方を学ぶ授業である以上、背の高低、太っているか痩せているかは大した問題ではないという理屈だ。

それでもどうせ描くなら顔立ちが整い、ほっそりとしていながら乳房や腰が張り、二十歳くらいのモデルがいいというのが学生共通の思いというか、いわば人情だろう。次々にモデルが替わるのは、斡旋所《あっせんじょ》の都合といわれていた。だが、最大の理由は学校の予算、つまり高額なモデル料など支払えない点にあった。人気のあるモデルは、どうしても高名な画家や、美校からの依頼に応じる場合が多い。

そうした中、この日やって来たのは、年の頃二十四、五、細身で乳房こそこぢんまりとしていたが、腰がきゅっとくびれて、柔らかく尻の張りだした、いわゆる柳腰だ。前回の授業とは違うモデルながら文句をいう学生は一人もいなかった。

二時間が経ち、台を降りたモデルはカゴに入れた浴衣を羽織り、一礼すると画室を出ていった。すると学生たちのうち、三分の二ほどが片づけを始め、あとを追って画室を出ていく。残ったのは十四、五人だ。最初こそ面食らった俊介だが、二回目からは慣れてしまった。

今、俊介はカンバスに描いた女の目元に筆を入れていた。人体部の授業では、モデルを前にデッサンし、夕方までの時間と、モデルの来ない月、水、木はひたすらカンバスに向きあうのが決まりになっていた。俊介にしても同じで、それは決してモデルの細部についての記憶や印象をたどり、再現するための時間ではなかった。モデルを見ながらデッサンをしているとき、すでに頭の中には完成形《タブロー》があり、そこに向かって絵肌《マチエール》を作っていくのだ。

宙を見据える女の眼球とまぶたに絵の具を重ねながら知らず知らずのうちに唇をへの字に曲げていた。六十人余の男女――学生の中には、少ないながら女子もいる――の視線を真っ向から受けとめ、身じろぎもせず、何もない空間を睨んでいた女の強い眼差しがカンバス上に現れつつある。

身のうちに湧きあがる羞恥を抑えつけ、自分の裸身に向けられた好奇と、いくぶんかの情欲の入り混じった視線を撥《は》ねかえす澄んだ眸《め》が……。

俊介は自分が二つに分離する不思議な感覚を味わっていた。筆先を繊細に動かしている自分と、引いた視点でカンバスを見おろし、描かれつつある女の目元を眺めて感動している自分とに。

何だ、これは――絵を描きはじめて、初めて味わう感覚に戸惑いながらも酔ったような気分になっていく。

ああ、そうかと納得する。絵を描くとは、自分の肉体と精神、呼吸、血流、筋肉の動きのすべてを結集して、線や色に託していく行為にほかならない。そのためにはひたすら自分の内側を凝視し、そこに何が見えるかを追いかけているといってもいい。

だが……。

知らず知らずのうちに奥歯を食いしばっていた。絵の具を載せた筆が動き、描きだす女の眼差しは、俊介の内側にあるそれより曇っているような気がした。

彼女の眸はもっと透きとおっていた。

もっと澄んでいた。

もっと、もっと、もっと……。

どこか違う。何かが違う。ついに手が止まり、カンバスを凝視していたとき、肩をそっと叩かれた。叩くというより遠慮がちに手を触れたという感じだ。

目を上げる。

かたわらにワイシャツ姿の背の高い男が立っていた。人体部で何度か顔を見ているが、今まで話したことはない。

細い目をして、えらの張った顔をしている。男は申し訳なさそうな顔つきをして、画室の反対側を指し、それから目の前に両手で小さな四角形を描き、自分の胸を指した。

絵を見てくれ、といっているのだろう。

どうして僕に、と多少疑問を抱きながらも俊介はうなずき、筆とパレットを置いて立ちあがった。

少し年上のようにも見えるが、入校は俊介の方が早いかも知れない。初めて太平洋画会研究所に来てから二年近くになる。その間、美術学校と名称が変わったものの、毎日母手作りの弁当を持って通ってくるのは変わらなかった。

男が画架の前で足を止め、手で示した。

「拝見します」

ていねいに声をかけ、一歩踏みだして、まずは絵とモデルの立っていた台とを交互に見た。

俊介はモデルから見て左前に座り、声をかけてきた男は右側だったので、当然描かれている女の向きは逆になる。しかし、違っているのは、それだけではなかった。モデルは躰のわきに両腕をだらりと下げていただけなのに絵の中では左肘をゆるく曲げ、乳房の下を斜めに通って右手に添えられている。顔も右に向けたように描かれていた。モデルは正面を見ていたはずで、視線は斜め上に向けられていた。ところが、絵の中では顔を背け、頬骨から鼻の先端がのぞいているだけで、俊介が強く惹かれた目はまったく描かれていない。

かたわらに立つ男は、期待と不安が入り混じったぎこちない笑みを浮かべて俊介の横顔をうかがっていた。

「率直に申し上げていいですか」

男の口が動いた。もちろんといったようで、つづけて大きくうなずく。俊介はカンバスに視線を戻した。

「線がいいですね。太い輪郭線が女性特有の優美な丸みを表していて、ほんのり脂肪をまとった、指で押せば、どこまでも沈んでいきそうな柔らかさが表現されていると思います」

男は背が高く、意志の強そうな顎をしているが、その内側には傷つきやすく、優しい人物がいるのがわかった。線は性格というか、人柄そのものでもあると俊介は考えている。彼の素直で飾らない描線に好感が持てた。

「濃《こま》やかな神経の行き届いた、素敵な絵ですね」

見上げると男が安堵《あんど》し、心底嬉しそうな笑みを浮かべていた。俊介は言葉を継いだ。

「僕の方からも訊いていいですか」

男がうなずく。

俊介は女の左肘を指した。

「ここ、モデルのポーズと違いますよね」

男は我が意を得たりとばかりに唇を結んでうなずくと、女性の左腰のくびれた線をなぞるように手を動かした。

「腰の線を描きたかったんですか」

男がふたたびうなずく。

「なるほど。ここにはいかにも女性が出る」

　男は椅子の背に引っかけてあったバッグからスケッチブックと鉛筆を取りだし、石田《いしだ》新一《しんいち》と書いて、俊介に見せた。

「石田さんですね。何度かお見かけしているのですが。僕は佐藤俊介と申します。今後ともよろしくお願いします」

　こちらこそというように石田も深々とお辞儀を返した。

　しばらく石田の絵についてやり取りをしたあと、自分の画架の前に戻った俊介は、筆を取りあげ、目元を描きこみはじめるとたちまち夢中になった。

　画室を使えるのは午後五時までで、それ以上残って制作をつづけるには事務室に申し出る決まりになっている。その日は切り上げることにして、廊下に設けられた水場でパレットや筆をきれいに洗った。

　残業と称して画室に居残り、夜遅くまで描きつづけても終電には間に合うよう時間を見ながら道具を洗った。道具の後始末は盛岡で絵を描きはじめた頃からの習慣になっている。兄が送ってくれた道具だけに大切に使っていたのが習慣になった。

　道具をカバンに入れ、画室で残業している学生たちに声をかけ、玄関に向かう。玄関脇の事務室の窓をのぞくと老事務員と目が合ったので、会釈し、上履きを革靴に履き替えて外に出た。

　門を出たところに石田が待っていた。

「やあ、どうも」

石田もちょこんと頭を下げ、手にしていたメモ――端がぼろぼろになっているところを見るとスケッチブックの切れ端のようだ――を見せる。どこまで？　と書いてあった。

「日暮里まで歩いて、それから省線で池袋まで」

石田が小さな目をいっぱいに見開く。メモに大塚《おおつか》と書き、見せる。

「ご近所さんですね。いっしょに行きますか」

にこにこしながら石田がうなずいた。歩きだそうとしたところを止めた。

「一つ、お訊きしたいんですけど、どうして僕に声をかけてきたんですか」

石田が君が選科で一番長いからと書いた。

「一番かどうかはわかりませんが」俊介は苦笑した。「たしかに二年近いですから古狸《ふるだぬき》には違いないです」

ふたたび石田がメモを書いて、見せた。

春ニハ本科ニ？

選科は二年という不文律があるために訊いたのだろう。俊介はわずかの間、首をかしげてから石田を見上げて答えた。

「まだ決められないでいるんです。自分がこれからどんな絵を描いていくのか、そもそも画家になりたいと思っているのか。学校では絵の基本は学べるでしょうけど、絵を描くことって、そもそも学校で教えられるものなのか……」

ふいに石田が俊介の肩をばんばん叩きはじめた。破顔している。絵を褒めたとき以上に嬉しそうな笑顔で、よく見ると、小さな目にはうっすら涙まで溜めていた。

二人は日暮里駅まで歩き、省線電車でも対話をつづけた。

石田が五歳年上、本所向島《ほんじよむこうじま》の生まれであること、私立の中学に入ったが、病気のため、二年で中退しなければならなかったこと、その後、園芸を学んだが、どうしても画家になりたくて太平洋美術学校に入学してきたことなどを知った。

入学は、俊介の方がやはり一年早かった。

俊介も生まれは東京だが、二歳までしかいなかったのでほとんど記憶はなく、花巻、盛岡育ちの田舎者だといった。中学生のとき、病気で聴力を失ったこと、花巻には父親の仕事の都合で引っ越したと話したが、石田は家庭や家族についてては触れなかったので無理に訊ねようとはしなかった。

ちょうど電車が大塚駅に差しかかったとき、好きな画家を訊かれた。俊介は迷わずモヂリアーニと答えた。石田はメモにモヂリアーニもいいが、自分はセザンヌが好きと書いた。

モヂリアーニか、セザンヌか。

こうなると話の終わるはずがない。石田が手真似で酒を飲む仕草をして誘ってきた。俊介も望むところと応じた。大塚を乗り越し、池袋駅で降りると、石田の案内で東口の飲み屋街にある居酒屋に入った。知っている店かと訊いたら、石田はにこにこしながら首を振った。焼き鳥と瓶ビールを頼み、二人は自分の贔屓《ひいき》にしている画家について夢中になって対論をつづけた。

大皿に盛った焼き鳥を運んできた中年の女が俊介を見て、さかんに喋っている。何といっているのか見当もつかなかったが、とりあえず笑みを浮かべてうなずいた。女が納得したようにうなずき、ちらりと石田に視線を投げたあと厨房《ちゅうぼう》へ戻っていった。それまで下を向いて、真っ赤な顔をしていた石田が噴きだす。

「どうした？」

石田がメモに書く。

聾唖《ろうあ》者ノ相手ハ大変ダラウト君ニ同情シテタ

苦笑するしかなかった。たえず石田がメモを書き、それを読んだ俊介が口頭で答えている様子を見ていて、先ほどの中年女性は、耳が聞こえず、喋れないのは石田だと思ったらしかった。事情を知らない人間から見ると真逆に受けとられるのが何となくおかしい。

ビールをひと口飲んで、俊介は切りだした。

「ところで、石田君は本科に進むつもりかい？」

ふだんなら五歳年上を相手に喋るときには敬語になるものだが、電車の中で、石田が同級生なのだからもっと気楽にやろうと提案してきたのだ。俊介は同意した。

俊介の問いに対し、石田が難しい顔をした。しばらくテーブルの一点を見つめて唇を結んでいたが、やがて意を決してメモを書いて俊介に見せた。

なかなか教授のいう通りに描けない、とあった。何度かやり取りをするうち、石田がアカデミックな絵を描けないと悩んでいるのがわかってきた。だからこそ選科のまま、三年目に突入しようとしている俊介と話をしてみようと思ったらしい。

俊介は、学校で絵の描き方が学べるものか疑問だといったのだから、石田にしてみれば、ここに同じようなことを考えている奴がいたと大喜びしたのも無理はない。

石田が鉛筆を走らせ、ギンと書いた。

「ははぁ」俊介はうなずいた。「そこが問題なんだね」

石田が口角を下げ、重々しくうなずく。

ギンもしくはギン公、ギンちゃんなどと呼ばれる助教がいた。本名ではなく、あだ名だ。太平洋美術学校において校長に次ぐ実力者と見られ、世間に画名も通っている教授がいた。ギンは、くだんの教授の一番弟子と吹聴《ふいちよう》していたが、要は腰が軽く、骨惜しみしないので使い勝手がいいだけのこと、教授が何のかんのと用を言いつけると嬉々《きき》として走りまわっていた。

もっとも一番弟子だと威張り散らすのは、どちらかといえば大人しい学生相手にかぎられていた。大半の学生たちは虎の威を借る何とやらと馬鹿にしてあだ名をつけた。ギンは腰巾着の謂《い》いである。

俊介は、石田の絵を思いだしていた。ギンがまとわりついているのは人体部の主任教授であり、外光派の実力者とみなされ、自然界に輪郭線は存在しないと公言している。石田の絵には線があった。それも太くて、優美な線だ。

石田は書いた。

自然界ニナクトモ僕ノ絵ニ線ハアル

俊介は石田の差しだしたメモをじっと見つめた。自然界になくとも絵に線はある……、線はある……、線……、と胸の内でくり返した。

目を細め、石田の字を見つめる。そこに自分の探している何ものかが見つけられそうな気がした。

梅雨も明けようという頃、事件が起こった。人体部では、新たなモデルを使ったマチエールの制作に入っていた。その日、しばらくぶりで学校に姿を見せた人体部主任教授がギン公を従えて教室を歩きまわっていた。

教授が石田のそばで声をかけた。弾《はじ》かれたように立ちあがった石田は画架のわきで直立不動となった。教授がカンバスの前へ進み、しばらく石田の絵を見つめる。腕組みし、下唇を突きだしたり、顎のわきを引っ掻いたりした。二言、三言、石田に声をかけ、石田が生真面目な顔つきで答えていた。小さくうなずいた教授は別の学生へと移っていく。

結局、俊介のそばに来ることもなく、画室を出ていった。

拍子抜けしながらも俊介は制作をつづけたが、となりの学生が身じろぎしたのに気がつき、目を上げた。学生の視線の先には石田がいて、その背後にギン公が近づいている。教授を送りだしたあと、画室に戻ったらしい。

画室内の学生全員がギン公を見ていた。気づいていないのは、石田ばかりである。カンバスに向きあっているのと筆を使うのに集中しているせいだろう。

ギン公は背が高かった。おそらく石田とそれほど変わらなかっただろう。ただし、大の肥満漢で、痩せっぽちの石田の倍は体重がありそうだった。体格のせいか洋服を嫌い、真冬でも単衣《ひとえ》木綿の着物に紺袴という恰好《かっこう》で通し、頭はいがぐり坊主にしていた。

この日は蒸し暑かったので白地の着物に古びた袴をつけている。

何より異様に映ったのは、ギン公の足の運びだ。文字通り抜き足差し足といった体《てい》である。

何をするのか、と固唾を飲んで見守るうちに石田のすぐ後ろに達したギン公は背を丸め、石田の肩越しにカンバスをのぞきこむような恰好となった。ちょうど石田が絵の具がついたままの筆をかたわらの作業台に置き、別の筆に持ち替えたときだ。体格からは想像できないほどの素早さで石田が置いたばかりの筆を取るとカンバスに向かって突きだした。

俊介は思わず立ちあがった。

絵の具に濡《ぬ》れた筆先がカンバスに触れようとしている。いくら助教とはいえ、騙《だま》し討《う》ちのような形で学生の絵に手を入れるなど許されるものではない。それは石田に対してだけでなく、絵画を志す者すべてを蹂躙《じゅうりん》する行為だ。

ふいに突きだされた筆に気づいた石田の背が硬直する。

そのとき、カンバスと筆先の間に手を突っこんだ者がいた。もじゃもじゃに広がった癖のある頭髪、くっきりした二重の大きな目が放つ強い光、鋭く尖った鼻梁《びりょう》を見て、俊介は思わず声を上げそうになった。

あの男だ。デッサン部で図抜けて優れた木炭画を描きながら絶えず貧乏ゆすりをしていた、あの男だった。

男は、ギン公が突きだした筆先をむんずとつかんでいた。ぎりぎり食いしばった歯を剝き出しにし、顔を真っ赤にしたギン公がのしかかるように迫る。だが、はるかに小柄なその男は、傲然と顔を上げ、大喝した。何といっているのか、俊介にわかるはずはない。しかし、画室の張りつめた空気がびんと震えたのを頰に感じた。

しばらく睨み合いがつづいたあと、ギン公が筆から手を離し、半歩後ずさりする。相変わらず顔は真っ赤で、かっと見開いた目で男を睨みつけている。男は平然とつかんでいた筆を石田の作業台にていねいに置いた。

ギン公が喚《わめ》きつづけているのは、さかんに口を動かしていることでわかった。男はにやっとしたかと思うと、ギン公に向かって踏みだし、無造作に、その胸元へ手を伸ばした。

あわや……。

画室の誰もが息を嚥んだに違いない。今にも男がギン公の襟元をつかむように見えたからだ。

だが、男は至極ゆっくりとした動作で、手のひらをギン公の胸元になすりつけた。絵の具を拭ったのである。

誰かが笑いだしたのだろう。学生たちの間に笑顔が広がっている。明らかに大口を開けてゲラゲラ笑っている者もあったし、とうの石田でさえ、照れくさそうな、いつもの笑みを浮かべている。

いつの間にか俊介もクラスメイトといっしょになって笑っていた。

画室に落ちつきが戻り、学生たちがそれぞれのカンバスに向き直ったあと、石田が先ほどギン公をやっつけた男を紹介してくれた。

スケッチブックの切れ端に記された薗田猛《そのだたけし》という名前を見て、なるほど名は体を表すものだと感心した。俊介は名乗り、二人は固い握手を交わした。獰猛《どうもう》なイメージを抱いていたが、薗田の手は柔らかく、指が細かったので、ちょっと意外な感じがした。

3

練馬《ねりま》に住んでいた薗田も、俊介や石田と帰る方向が同じで、しばしば三人はそろって下校することがあった。こんなの小学校以来だろうと俊介はちらと思ったが、気恥ずかしさはなく、むしろ話をすることに夢中になっていた。

そのまま大塚にある石田の家に立ち寄り、話しつづけることが増え、天井の低い四畳半で深夜まで議論することもあった。

ある日、石田が古い新聞記事を俊介に差しだした。もう半世紀も前にスペインで発見された洞窟の壁に描かれた赤い牛の図について書かれた論考で、見出しには『石器時代のものか』とあった。

洞窟はスペイン北部の田舎貴族が自身の領地で見つけたもの——正確にいえば、貴族の幼い娘が探検ごっこをしていて偶然見つけた——で、当初は誰かのいたずら描きだろうと思われていたものだが、近年の研究によって、石器時代に描かれたものだとわかってきたという。

読みおえた記事を、俊介は薗田に渡した。薗田も読みおえたところで、石田が問いを発した。

ナゼ人ハ絵ヲ描ク？

たった今読んだ記事には、壁面に描かれているのは家畜ではなく、野生の牛であり、狩りの獲物だろうとあって、恵みをもたらしてくれた神への感謝を形にしたものではないかとあった。

なるほどと思いながら俊介はいった。

「原初的《プリミティヴ》に人間には線を描いたり、色を塗ったりする能力があるというか、欲望があるんじゃないかな。いわゆる表現衝動という奴だけど。言葉を使うようになってから詩を書いたり、音楽にしたりしたように。たぶん絵を描くというのは、言葉よりも先んじてあったんだと思う」

石田が手近のわら半紙に、本能？　と書く。

俊介はうなずいた。

首をかしげた薗田が記事を畳に置き、二言、三言いった。石田がうなずき、手にしたわら半紙と鉛筆を薗田に渡した。受けとって、書きつけ、俊介に見せる。

儀式ハ良ヒトシテ誰ガ何ノタメニ行ッタノカ

「そりゃ、村の酋長《しゅうちょう》とか、長老とか……、呪術師みたいなものじゃないか。そういう立場の人間が皆を代表して描いたんだろう」

薗田が自分が書いたメモの、何ノタメニという部分を指先でぽんぽんと叩いた。

「それが役割だったんだろう」

ふたたび薗田がわら半紙に書きつけ、俊介に見せる。

誰ガ支配者ナノカヲ明ラカニスルタメデハナイカ

俊介は首をかしげていった。

「洞窟の壁画が支配のための道具みたいだね」

そういうと薗田がいくぶん悲しそうな顔をしてうなずく。一方、俊介は胸底に澱《おり》のようなわだかまりを感じていた。先ほどから蓬髪《ほうはつ》、髭面の原始人が色のついた石で洞窟の壁を一心不乱に引っ搔き、牛を描いているる様子が頭に浮かんでいたのだが、それが幼稚な、それだけに純粋な行為であるように思いなしていた。

だが、薗田のいうことも理解できた。

だんだんと付き合いが深まるとともに、ギン公を一喝して黙らせてしまった薗田の背景を知るようになった。共産主義を信奉していて、正式な党員ではないものの、主義に与《くみ》する組織の一員ではあった。消しゴム代わりのパンが配給制になったとき、学生たちが起こした争議を煽動《せんどう》したという噂もある。

ギン公を黙らせたのにはもう一つ、より大きな理由があった。薗田の絵の技量は選科においてぬきんでていたのだ。それは学生のみならず教授連も認めるところで、とてもギン公の及ぶところではない。

別の日に薗田が持参していたスケッチブックを見せてもらったことがある。落書きと添え書きして薗田は照れくさそうに笑ったが、鉛筆で描かれた風景に俊介は目を瞠り、魅せられた。

たしかに素早く描かれたものであるには違いなかったが、一つひとつの風景を精密に写しとってある。ページを繰るうち、一枚に目が釘付《くぎづ》けになった。

一瞥《いちべつ》しただけで、省線の日暮里駅ホームから見て東の方に広がる光景だとわかった。俊介自身、同じ景色を何度かスケッチしている。根岸《ねぎし》から浅草《あさくさ》にかけての情景が細かく描かれており、浅草寺《せんそうじ》の屋根もはっきりとわかった。

スケッチブックを薗田に見せて訊いた。

「朝？」

薗田が素っ気なくうなずく。浅草寺にもやがかかり、滲んでいるように見えたからだ。実をいうと、同じ情景のスケッチを試みたものの、形やそれぞれの建物の配置を写しとるのが精一杯で、朝もやにかすむ街並みを描きたいと願いつつ、果たせずにいる。

ごく自然に漏れた。

「うまいなぁ」

わきから石田ものぞきこみ、しきりにうなずきながら何ごとかいっている。薗田の顔つきはあまり変わらない。やがてわら半紙にメモを書いて俊介に見せた。

遠近法ハ詐欺
うまいといったのは、そこじゃないんだけどと思いつつ、俊介は訊いた。

「どういうこと？」

それから薗田の説明が始まったのだが、筆談だけでは足りず、石田が持っている画集をあれこれ引っぱり出してきて、そもそもの西洋絵画の始まりから中世、近世へと画法の変遷をたどる講義の様相を呈してきた。

とくにこき下ろしたのがレンブラントの描く肖像画だ。見えるものを見えるように描くのは、一見リアルだが、三次元の空間を平面にしている時点で嘘《うそ》になっているという。

印象派は光だけを抽出し、立体派《キュビスム》は対象の形状にこだわり、超現実派《シュールレアリスム》は見えるものを見えるがままに描くことを拒否したと話が展開した。

光、色、形状、そして対象までの距離はすべて目に見えるようにそこに存在しているとはかぎらないという。

「あっ」

俊介は声を上げた。

石田、薗田がぎょっとしたように目を見開き、俊介をまじまじと見る。

「色即是空だ。老師の教えなんだ。的までの二十メートルが本当に二十メートルだとはかぎらないって」

そこから俊介は中学時代、弓術をやっていたこと、今は亡き老師について話した。

それからというもの毎日のように石田の家に集まっては議論をくり返し、梅雨が明け、夏の到来と軌を一にするように白熱の度合いがましていき、蒸し暑いある夜、ついに薗田が研究会を起ちあげようと提案した。

俊介と石田は顔を見合わせたが、薗田は美校にはすでに研究会があり、学生たちが主体となって自分たちでテーマを決め、自主的に研究活動をしていると説明した。活動は美校側も認めており、毎年予算がつく。彼らは自らテーマを選んで研究し、制作を行うのみならず、独自に展覧会を開いて発表し、機関誌まで発行して、新たな美術思想を広めている。おまけに費用はすべて学校もちというのだ。

美校にできて、我々にできないはずはないと啖呵《たんか》を切った薗田だったが、すでに太平洋美術学校の学生たちにも何人か同調者を見つけており、すぐにも合流したいと熱望しているとつづけた。

じっとしていてさえ汗が噴きだしてくる暑い夜だというのに、俊介は全身総毛立ち、ぶるぶる震えるほど感激していた。石田も思いは同じのようで、ここに三人は互いの手を固く握り、その場で太平洋近代芸術研究会という名称を決めた。

薗田の言葉に嘘はなく、翌日には同じクラスの学生三人が研究会への参加を申し出てきた。

次は機関誌の発行だ。研究会の名称にこだわりはなかったが、機関誌だけは『線』にすると俊介は主張した。ほかの名称も検討すべきだという意見が出て、実際提案もされたし、線ではなく、直線、曲線、放物線、輪郭線ではどうかという妥協案もあったが、俊介は譲らなかった。

直、曲、放物、輪郭はいずれも形容で、線こそが本質なのだ、と。

主張しながら俊介は石田をうかがった。僕ノ絵ニ線ハアルという主張は石田がしたものであり、以来、俊介は線というものについて考察を重ねていた。だが、石田は何もいわなかったし、表情も変わらなかった。

結局、俊介の主張が通った。

ひと月ほどの間に研究会の会員は三十名近くにまでふくれあがった。すべては薗田の差配による。薗田は元より太平洋美術学校内に共産主義に賛同する組織を作ろうとしていたらしかった。一昨年に始まった世界大恐慌以降、不景気がつづいており、政治に対する不満が広く国民の間に募っていた時期ではあった。また、世間でも共産主義に対して寛大な空気があり、俊介自身、毛嫌いするほどではなかった。しかし、芸術は階級闘争のための武器であるという薗田の言葉には反発を感じていた。

芸術は、もっと人間味《ヒューマニティ》のあるものでなくてはならないという俊介に対し、薗田は決まって、ヒューマニティって何だと問い返し、俊介の返事を待たず、その前に人間らしい暮らしを確立しなくてはならないだろうと殴り書きして鼻先に突きつけてきた。

秋も深まった頃、学校の画室に入ってきた石田が俊介と薗田のそばにやって来て、いいところが見つかったといった。やたら嬉しそうににこにこしている。何だと訊くとたまり場に最適な喫茶店だという。

夜な夜な石田の家に集まっては、議論を交わしていたのだが、近代芸術研究会を起ちあげ、仲間の数が増えるとさすがに毎回石田宅というわけにもいかなかった。しかし、いかんせん誰もが貧乏にあえいでおり、そうそう居酒屋というわけにもいかず、どうしても足は大塚に向いてしまった。

話す内容は、画論が中心とはいえ、どうしても杓子定規《しやくしじようぎ》に古臭い画法を押しつけてくるアカデミズム批判が出てくる。それは自分たちの学校を難じることにほかならず、白熱するほどに校内で話すのをはばかられる内容が多くなった。

研究会に予算をつけるための交渉は石田が担当していたが、研究会における議論の内容は学校当局者に漏れ伝わっているようで、そちらの方はなかなか進展しなかった。おまけに秋風が立つようになると、公園の一角に集まり、吹きさらしの中でというのもさすがにつらい。

結果的に石田の家に戻っていくことになる。ときには四畳半に六人、七人と集まり、全員がいっせいにタバコを吸えば、狭い上に天井の低い部屋はもうもうたる煙に満ち、痩せこけた学生どもを燻製《くんせい》にしているような状態となった。

そうした状況下、石田が見つけてきたのは、太平洋美術学校から歩いて二、三分のところにある喫茶店で、店主は演劇にのめり込むあまり北海道から出てきた御仁であり、芸術や芸術家、とくに金のない若者には理解があるという。

その日の夕方、石田とともに俊介、薗田と連れだって出かけた。

学校から少し西に行ったところにうねうね曲がった道路があった。かつての川を暗渠《あんきょ》にしたもので、通称へび道、そこを北にいって交差点を渡ったところの右側にその店はあった。よく通りかかる場所ではあったが、どうして今まで気づかなかったのか不思議だと俊介がいうと石田が開店したばかりとメモに書いて教えてくれた。

狭い通りがぶつかる十字路を右に入ったところで、どうだいというように石田が胸を張って手で示した。その先には、板壁の二階家があり、入口のわきに看板が出ている。

何より目を引いたのは、家屋全体がびっしりとツタに覆われ、出入口のドア以外埋めつくされている点だ。

石田がドアを引き開けたとたん、豊かなコーヒーの香りがむぅんと押しよせてくる。石田を先頭に俊介、薗田とつづいた。石田が右を向いて、片手を挙げた。入口のわきがカウンターになっていて、そこにウィスキーの瓶や食器類を並べた棚を背にして、明るい茶のセーターを着た四十がらみの男がにこやかにうなずく。小粋な蝶《ちょう》ネクタイに洒落《しゃれ》者《もの》といった印象を受ける。

石田が連れを紹介する。俊介を指したときには、耳を指さしたので聞こえないといってくれたのだろう。主人と互いに会釈を交わした。薗田も挨拶し、三人は出窓の前のテーブル席についた。石田に勧められるまま、俊介と薗田が奥に並んで座った。

出窓の内側には布製のカバーをかぶった電気スタンド、小さな絵を入れた額が置かれていたが、窓の外は真っ暗だ。びっしりとツタが壁を覆っていたのを思いだす。

俊介はあらためて店内を見まわした。カウンター前に四人掛けのテーブル席が二つ、中央に丸テーブルがあって、肘かけのついた木製の椅子四脚で囲んである。壁際には同じ造りの椅子が並べてあるので、丸テーブルはもっと大人数でも囲めるようだ。丸テーブルのわきにストーブが置いてあり、金網で囲んであったが、火は点いていない。床は木製のブロックが敷きつめてあった。

開店したばかりというが、建物自体は新しくない。以前も商店だったのかも知れないが、まるで記憶になかった。

店主が銀色の盆にコーヒーカップを三つ載せて運んできた。おそらく石田が注文したのだろう。カウンターのわきに品書きが張りだされていて、珈琲《コーヒー》十銭とあった。破格とまではいかないが、かなり安い。店主がソーサーに載せたカップを三人の前に置き、中央に陶製の大きな灰皿を置いた。さっそく薗田がポケットからタバコを取りだし、一本をくわえてマッチで火を点ける。

店主がカウンターに戻り、薗田が宙に大量の煙を吐いた。にっこり笑って何かいう。聞こえなくても意味はわかる。俊介も同じことをいった。

「気に入った」

石田は澄まして二度、三度とうなずき、カップを持ちあげてコーヒーをすすった。

喫茶店には、ちゃんとした名前があったのだが、研究会に所属する学生の間ではない〝穴〟という隠語が通ってしまった。由来は出入口以外はツタが覆い、窓から光も射さないところだ。同時に店主は〝穴〟のオヤジと呼ばれるようになった。そこには、学生たちの限りない愛着がこめられていた。〝穴〟のオヤジは、手元にあるのは時間と大いなる夢だけという画学生たちを損得抜きで、親身になって応援してくれたからだ。

研究会の起ち上げにあたっては、最年長の石田をリーダーとし、その下で薗田が組織作りと運営、俊介が機関誌『線』の発行に責任を持つような恰好となった。話し合って決めたわけではなく、何となく、だが。

当意即妙、柔軟に行こうと石田がいった。

研究会発足からたった一ヵ月で機関誌『線』第一号刊行にこぎつけた。俊介は必死に頑張ったが、実際のところ、会員たちを鼓舞し、動かしていくことに長けていた薗田に負うところが大きいのは認めざるを得ない。

一方、石田による学校側との予算交渉は難航し、美校のようにはいかなかった。官立の美校は幅広く市民の声をすくい上げるという大義名分があるのに対し、私立の太平洋美術学校では、本来の美術教育に専心しなくてはならないというのだ。

しかし、それが建前であることは誰の目にも明らかだ。単純にいえば、金の問題。美校は政府から毎年予算が出ていたが、太平洋美術学校は学生たちが納める月謝、上部組織である太平洋画会会員の会費、そのほか寄付などでやりくりしており、学生が有志——つまりは勝手に起ちあげた研究会の面倒までは見切れなかった。

俊介は、編集責任者として創刊号に巻頭言を書き、若き芸術家に対し、檄《げき》を飛ばした。

昭和六年夏、俊介は十九歳になったばかりだが、焦燥に炙《あぶ》られてもいた。今、声を上げておかないと取り返しのつかない事態になる、とひしひし感じていたのだ。

二年前、アメリカで起こった株式の大暴落に端を発した不況は、世界大恐慌といわれるほどに深刻化しており、日清《にっしん》、日露の両戦争に勝利し、列強の一つと数えられるにいたった大日本帝国も渦中に巻きこまれていた。極度の貧困に、東北地方の冷害が重なり、国民は飢餓状態にまで追いつめられていたのである。

政府は活路を外国、具体的には中国大陸と南方アジアへの進出に見いだすと声高に叫びはじめたが、国民には閉塞感が蔓延《まんえん》し、そうした世間の空気と連動するように共産党、社会主義者が政府に対する抗議集会やデモをくり返した。もはや思想、信条の問題ではなかった。現実的な飢えから来る深刻にして切ない運動なのだ。

ところが、政府はこのような非常時こそ国民の意思統一を図らなければならないとして、徐々に共産主義者、社会主義者の弾圧を強めていった。そこに反発が起こる。そうした騒然とする風潮の中、俊介は芸術を志す者こそお仕着せの教育ではなく、自らの望むところに従って行動しなければならないと蹶起《けっき》を促した。

学校の支援を受けず、学生たちの力だけで研究会を運営し、二ヵ月後の九月中旬、『線』第二号を刊行した。

無我夢中で走りまわった成果だが、実のところ俊介に達成感はなかった。巻頭言はまだいいとして、肝心の投稿論考で薗田に打ち負かされた印象が強かったからだ。俊介が絵画の歴史を中心に、今自分たちが取り組むべき方向を示唆したのに対し、薗田は絵画、ひいては芸術が本来担うべき役割を論じたのである。

石田の家でくり返し議論しあった、芸術はその時代時代に即して、民衆の苦しみを和らげ、より住みよい世界を作る武器としての役割があるという論考だ。俊介は抵抗を感じたが、創刊号に並んだ二人の論考を読み比べてみれば、俊介の文章はいかにも付け焼き刃で教科書を引き写したような生硬さがあった。薗田はある友人からもらった手紙にあった問いと、それに対する薗田自身の回答という、一風変わった形式の文章を寄せた。冒頭から引きこまれる文章に、俊介は舌を巻いたが、編集責任者として黙っているわけにはいかない。

第二号で巻き返しを、と意気込んだが、結果的には返り討ちにあった。ならば第三号で、と力みかえったのだが、さすがに資金繰りが苦しくなってきて、第二号から二ヵ月後に出すというわけにはいかなくなった。

そのままずるずると秋になり、冬が近づいていた。

ますます焦燥を募らせていたが、手立てがまるで浮かばない。日々、〝穴〟で宙を睨み、唸っていたのである。

そんなある日、会員の一人がまん丸な顔をした男を連れてきた。研究会にも名を連ねているとのことだったが、今まで話をしたことはなかった。俊介が立ちあがると、その男は、洒落た替え上着の内ポケットから縦長、革装の手帳を出し、さらさらと書いて俊介に見せた。

麻生三郎《あそうさぶろう》

俊介はうなずき、男を見た。眼光がやたら鋭く、ぎらぎらというよりギロギロという方が似合いそうな気がした。

「佐藤俊介です。よろしく」

一礼したもののおざなりで、心ここにあらずの体と見えただろう。実際、その通りの状態だった。

停滞する研究会活動に急展開が訪れる。池袋の方に建築中の貸しアトリエを見つけてきた石田が有志何人かで借り、自分たちの制作拠点を持とうと提案したのだ。俊介はその話に乗った。研究会の今後について打開策が見いだせず、倦《う》んでいたせいだ。

自分たちだけの共同アトリエがあれば、制作に打ちこめる。

そう、僕は描かなくちゃ。

俊介は久しぶりに胸が躍るのを感じていた。一つ、おやと思ったことがある。薗田が不参加を表明したためだ。しかし、そのことに砂粒ほども不安を感じなかった。共同アトリエで制作に没頭する自分の姿が頭を埋めつくしていたからである。

4

共同アトリエにかかりきりになり、〝穴〟にやって来るのはほぼ半年ぶりになる。俊介はいくぶん緊張し、無沙汰に恐縮しながらドアを開いた。

しかし、〝穴〟のオヤジは驚いた顔も見せず、ツタにふさがれた出窓の前にあるテーブル席を示した。まるで昨日も一昨日も変わらず来ていたような振る舞いにほっとし、いくぶん感激しながら椅子に腰を下ろしてコーヒーを注文した。

運ばれてきたコーヒーを一口すすり、ほっと息を吐《つ》いて俊介は胸の内でつぶやいた。

相変わらず薄いや……。

出がらしというほどではないにしろ、〝穴〟のコーヒーは軽く、薄かった。それでいて香り高い。俊介は、兄の影響もあって手ずからコーヒーを淹《い》れるようになっていたが、自宅で飲むのは胃にずしんと来るほど濃かった。兄の好みだ。すっかり慣れてしまい、今では俊介一人で飲むときもたっぷり豆を使うようになっている。

だからといって〝穴〟のコーヒーが物足りないわけではなく、その味わいには、いくつもの思い出がまとわりついており、何ものにも代えがたい。

中央の丸テーブルには、太平洋美術学校の制服を着た若い男が三人座っていた。一人は油できちんと髪を整えていた――まるで昔の石田のように、と俊介は思った――が、あとの二人はぼさぼさ頭、そろって制服の肘や足元に乾いた絵の具がこびりついている。一人は椅子の脚に大判のスケッチブックを立てかけていた。

そのうち学生たちは連れだって店を出ていった。ドアを開けたときに明るい陽光が射しこみ、まだお天道さまは高いだろうに、と思ってしまった。かつて仲間たちと〝穴〟にやって来たときには、たった一杯のコーヒーですっかり暗くなるまで話しこんだものだ。そんなことをくり返していれば、店主としてはコーヒーをどんどん薄くせざるを得なかっただろう。

カップが置かれたままになっている丸テーブルをぼんやり眺めていた。

太平洋近代芸術研究会を結成し、一時は三十人ほどにも同人を増やしたが、機関誌『線』を二度発行した頃、つまりわずか三ヵ月あまりで活動休止状態に陥ってしまった。今なら理由はわかる。薗田の熱が冷めてしまったためだ。勉強家で理論派というだけでなく、組織作りと運営にも長けていて、早い話、石田や俊介をはじめ、会員たちは薗田の指図通りに動いていたに過ぎなかった。

最年長の石田を代表のようにしていたが、皆を引っぱっていく真のリーダーはやはり薗田であった。

出会って間もないときから薗田とは意気投合した。しかし、薗田が絵画芸術を階級闘争の武器とする点だけは本能的に受けいれられなかった。絵を描くのは、もっと根源的で素朴な衝動によるものと俊介は考えていた。そうでなければ、どうして観る者の心を揺りうごかせるか。聴力を失い、いくつもの未来を閉ざされ、ようやくしがみついた芸術、絵画が闘うための道具のようにいわれたのではたまらない。

昨年、近代芸術研究会の中でもとくに純粋に絵画技術の向上に向きあう仲間五人とともに新たなグループを結成することにした。

六人に共通していたのは、モヂリアーニ好きという点だ。日本橋の洋書店で画集を見たり――くだんの洋書店では貧乏画学生のために一冊だけ自由に見られるようにしてくれていたのだが、ひっきりなしに学生たちが手に取るものだからボロボロになっていた

――、古書店に出た別の画集を仲間の一人が買い、〝穴〟に持ってきたものを回して飽きることなく眺めまわしていた。

寄るとさわると、何かにつけ、モヂ、モヂと呼び、熱弁を交わしていたものの、誰も実物のモヂリアーニ作品を見たことがなかった。

とりあえず会の名前を決めようとなった。六人がそれぞれさまざまな名称を提案したもののなかなか決まらなかったとき、石田がわら半紙に赤荳《あかまめ》と書いて、皆に見せた。

その着想に全員がまいってしまった。

モヂリアーニは恋人をアリコ・ルージュという愛称で呼んでいたことは美術誌に紹介されており、モヂリアーニ信奉者の間では常識となっていた。その愛称を日本語に訳すと赤荳になる。発案者が自分ではないことを悔しがった者もあった――俊介もその一人だ――が、全員一致で赤荳会になった。

俊介は悔しまぎれに、どうしてクサカンムリが乗っかっているのかと訊ねた。石田の答えはサウイウ字体モアルと書き、一風変ワッテイル方ガ恰好ガイイと付けくわえた。皆が納得し、俊介にしても元より反対しているわけでもないので大きくうなずいた。

まずは活動拠点であり、創作の現場となるアトリエを持とうとなったのだが、今年になって、石田が池袋にほど近い長崎町に建築中のアトリエ付き住宅の話を聞きつけてきた。もともとは金持ちの老婦人が画家志望の孫のために新築したのだが、何人もの画家、画学生たちが見学したいとやって来た。周囲の土地も所有していた老婦人は、アトリエを建て、賃貸することを思いついたのだという。周囲に住宅はなく、畑か雑木林しかなかった。

上野、谷中《やなか》は、美校を中心に私立の美術学校や画塾、それらをあてこんだ画廊、画材店、モデル斡旋所などが集まり、貧乏画家や画学生が多く住んでいたが、人気が出るにつれて家賃も高騰しており、転居先を探している者が多かった。注目を集めたのが池袋周辺なのだ。

パリでは、高台の田園地帯にある芸術家たちの集落をモンマルトル、それより家賃が安く、川べりの低湿地にあった貧乏芸術家たちが集まった地区をモンパルナスと呼んでいた。やがて高台にある上野をモンマルトルになぞらえ、低地というほどではないにしろ、手つかずの自然が多く残っている池袋周辺をモンパルナスに見立てるようになっていく。

長崎町に土地を持つ老婦人の狙いは的中、次々に貸しアトリエが建てられていった。石田が見つけてきたのも、そのうちの一軒だった。石田が代表して借り主となり、仲間の一人の実家が旧家でそこそこ財産もあったため、彼の父親に保証人になってもらうことになった。六人で共同使用し、家賃十二円は均等割とした。

四月に建物は完成し、六人は赤荳会の看板を掲げて気勢を上げ、ついでに太平洋美術学校を退学した。気分だけは一本立ちの画家となったが、当然、絵を描いて収入を得、それだけで生活できたわけではなく、単に自分たちのアトリエということに酔っていたに過ぎない。

アトリエは十五畳ほどの板張りで、四畳半の和室がついていた。天井は高く、北向きの屋根に天窓が切ってあった。天窓が北向きなのは、終日安定した光が真上から射しこむようにするためで、そのほか庭に面した壁には、大きな作品を搬出できるよう背の高い窓が切られるなど、アトリエとしての機能が充実していた。便所と水場はあったが、風呂はない。アトリエの中央には石炭を焚くダルマストーブまで据えつけられている。

五月に契約が済み、各人が道具を運びこんだ夜は、当然のごとく祝いの酒盛りとなった。あまり酒に強くない俊介だったが、その夜は大いに飲んだ。結局、夜が白々明けるまで騒ぎ、飲みつづけた。

翌日も日が暮れるとすぐに酒盛りとなった。さらにその翌日にはまだ陽が高いうちから飲みはじめることになった。

さすがに四日目ともなると、石田が全員にアトリエを持った意味を思いださせた。

ところが、一ヵ月、二ヵ月と経つうち赤荳会内部がぎくしゃくしはじめた。もともと議論好きな連中の集まりではあった。赤荳会どころか、近代芸術研究会を発足させる前から〝穴〟に集まり、何時間でも議論を戦わせていたのだ。作家論、技術論、政治に関わる思想、哲学と話題は多岐にわたり、ときには大激論の末、取っ組み合いになることさえあった。

〝穴〟に集う人間は、全員がわら半紙を切って紐で綴《と》じた手製のスケッチブックを腰に下げていた。気が向けば、さっとスケッチするためであり、何より俊介を独りぼっちにさせないため、いつでもメモを書いて見せてくれたのである。

　俊介の方も議論をつづけるうち、わざわざスケッチブックを使わなくても、相手の口の動きやテーブルの上に指で書いてくれるだけで読みとれるようになったし、さらには宙に書いてくれれば、反対側から指の動きを見ているだけで相手のいわんとしていることがわかるようになった。

　赤荳会が結成されてもその点は変わらない。

　ところが、アトリエができて一ヵ月もしないうちに石田が変わり始めた。もともと几帳面《きちょうめん》で、常識的で、髪をきちんと整え、洗い立てのワイシャツを着ていた。それが髪と髭を伸ばすようになり、同じシャツを何日着ていても平気で、絵の具が飛びちっていても気にする様子もなく外出するようになった。

　外見ばかりでなく、話す内容も変わってきていた。とくに俊介と真っ向からぶつかったのが天才論だった。偉大なる画業は天才にのみ為《な》せる業で、世間的な常識にとらわれているようでは決して到達できないというようになったのだ。

　コーヒーカップを置き、深くため息を吐いた俊介の脳裏に石田との決裂が決定的となった日の光景が蘇《よみがえ》ってきた。

「線一本引くのでも、色を選ぶのでも、そこにはきちんとした技術的な裏付けがある。

だからまず技術を身につけなければならないだろう。それが基本だし、基本がきちんとしていなければ、結局は自己満足で終わってしまう」

そう主張する俊介に対し、石田はわら半紙にひと言書いて示した。

屁理屈《へりくつ》

つづけてひらめきこそすべてだし、ひらめきを得るためには、常識に縛られているようではダメだし、お前のいう基礎もまたひらめきを縛りあげる鎖にほかならないとつづけた。

「もちろんひらめきは重要だよ。だけどそこに到達するまでには技法、技術を追求する必要があるし、絵画だけでなく、文学、音楽、哲学についても学ばなくちゃならないんじゃないかな」

口角を下げた石田がしばらくの間、俊介を見つめていた。出会って以来、初めて目にするきつい眼差しにたじろぎそうになる。何とか踏んばった。石田がスケッチブックに何ごとか書きつけ、俊介の鼻先に突きつける。

ソレデ画家ニナレルノカ

返答に窮した俊介を眺めていた石田は鼻をつまんで引っぱったあと、かたわらに座っていた山内為男《やまのうちためお》をふり返って何かいった。山内は西洋貴族を思わせる、彫りの深い容貌をしている。戦国時代の武将山内一豊《かずとよ》の末裔《まつえい》という旧家の嫡男で、アトリエを借りる際、保証人となってくれたのが山内の父親でもあった。近代芸術研究会でも中核メンバーの一人で、赤荳会発足にあたっては真っ先に賛同した。

石田の言葉に山内もふっと笑った。

俊介は顔が熱くなるのを感じた。

「僕の前でひそひそ話は意味がない。君たちが怒鳴りあったところで、何も聞こえないんだから」

このところ、石田はアトリエにやって来ても、同じく天才論に拘泥する山内とばかり議論——俊介には単なるお喋りにしか見えなかったが——を交わすだけになり、昼日中から酒を飲むことも増え、ちっとも筆を執ろうとしなくなっていた。

今も酒の匂いが鼻を突いている。

俊介には突然どす黒い憤怒《ふんぬ》が湧きあがってきた理由がわかっていた。石田の問いが核心を突いていたからだ。美術学校をやめ、自分たちのアトリエをもったのは、いわば背水の陣だ。しかし、画家となるべき道は見いだせず、日々精進しているつもりでも同じことをくり返しているだけで進歩しているようには思えなかった。焦っていた。それはおそらく石田、山内、そのほかのメンバーにしても同じだったろう。

このままでいいのか——。

焦燥はさらなる焦燥を呼び、誰もが泥沼の中でのたうち回っていた。何とか打開策を、と話し合った結果、誰からともなくヌードを描こうという意見が出た。とにかく描くことだ。太平洋画会を飛び出して以来、ヌードを描いたことがなかった。即座に全員が賛成し、山内が自分たちの払えるモデル料で来てくれそうな女に心当たりがあるといい、その日のうちに一人の女性を連れてきた。

正直なところ、俊介はあまり期待していなかった。赤荳会で払えるモデル料などたかが知れている。

ところが、予想はものの見事にひっくり返された。やって来た女性はちゃんと名乗ったのだが、誰も憶えようとせず、端が赤くなった長い髪、細面、痩せた躰つき、何より両方の目尻がきゅっと持ちあがった、ややきつい顔立ちからアリコと呼び交わすことに即決した。モヂリアーニが描いた恋人の肖像にどことなく似ていたからに他ならない。

今、アリコはアトリエの中央に据えられた、ところどころ色が抜け、黄色っぽくなった緑色の布張り寝椅子に身を横たえ、両手を頭の後ろで重ね、両足を大きく開いている。全裸。ふつう素っ裸にされた女は羞恥のあまり弱々しくなりそうなものだが、アリコは傲然と顔を上げている。

アリコとの約束は三日間で、今日がその最終日だった。

ところが、石田と山内は酒を飲み、お喋りをしているだけで一向に絵を描く様子がなかった。アリコを連れてきたのは山内だが、石田とともにスケッチすらしようとはしなかった。二人はまだくすくす笑いつづけている。俊介は小さく首を振り、アリコに向きなおった。

何とか心を落ちつけ、デッサンをつづけようとしたとき、アリコが目を動かした。視線は俊介の肩越しに後方へ向けられている。何が起こっているのかは察しがついたが、それでもゆっくりとふり返った。石田と山内が立ちあがり、何かいっていた。とくに俊介に向かってではなく、全員に告げているようだ。

やがて二人はアトリエを出て行った。残った俊介とあとの三人は顔を見合わせたが、肩をすくめ、それぞれが制作中の絵に向きあい……。


目の前の椅子に客が座り、俊介の思いは中断された。

麻生三郎がしばらくとでもいうように片手を挙げる。まだ太平洋美術学校に在籍しているはずだが、当然のように制服姿ではなく、いつものように洒落た上着を着ていた。

オヤジが近づいてくると注文をする。

口元がコーヒーと動いたのがわかった。

〝穴〟に来たのは、ひょっとしたら近代芸術研究会の誰かに会えるかも知れないと期待したからだ。研究会は活動を休止していたが、正式に解散したわけではない。そこに現れたのが麻生だ。ちょっと出来すぎのような気もする。

「よく僕がここにいるってわかったね」

麻生が自分の大きな目を指し、右に左に動かしてみせる。何でもお見通しとでもいうように。それからにやりとしてテーブルにガ、ク、セ、イと指で書いた。

「三人組の？」

俊介が訊きかえすと麻生がうなずいた。先ほどまで〝穴〟にいた太平洋美術学校の学生から聞いたということだ。コーヒーが運ばれてきて、麻生が一口飲んだところで切りだした。

「赤荳が空中分解したんだけど、知ってる?」

麻生が小さくうなずき、まっすぐに俊介の目を見た。

「石田《パン》と山内《タメ》が全然描かなくなっちゃったんだ」

近代芸術研究会を起ちあげた頃から中核メンバーは互いをあだ名で呼ぶようになっていた。石田は迷える子羊を先導する牧羊神でパン、山内はモヂリアーニ好きからモヂを希望したが、これは俊介が猛反対し、そのうちタメないしはタメヲ、ときにはダメヲとひどい呼ばれようもした。共産主義者の薗田はボルシェビキからボル、俊介はフルポンと呼ばれた。フルーツポンチの略だが、その意味は鮮やかな色をたくみに使いこなすが、どこか甘いということだ。名付け親は山内で、ひょっとしたらモヂを却下されたことの意趣返しだったのかも知れない。

「昼間っから酒飲んで、議論ばかりしていた」

麻生がテーブルに、ナ、ゼと書いた。

「ひらめかないそうだ。彼らにいわせると、絵を描く上で何より大事なのはひらめきというんだな。僕みたいに技術にこだわっているのは、常識に縛られているのと同じで、それじゃひらめきは降りてこない。自分たちはあえて規格外に暮らしているといっていた」

　下唇を突きだした麻生が眉間にしわを刻み、しばらくの間考えこんでいたが、やがて俊介を見て小さく顎をしゃくった。

　お前はどう思うのかと訊いているのは、すぐにわかった。

「もちろんひらめきは大事だ。何を描くか、どう描くのか、ひらめかなければ、どこから手を着けたらいいのかもわからない。それは理解できる。だけど、お喋りしたり、酒を飲んだりしてるだけじゃダメだろ」

　麻生の眉間に刻まれたしわが深くなり、小首をかしげた。

　俊介は言いなおした。

「ひらめきは天才のものだとか、絵を描くには才能が必要だとかいって、全然手を動かさないのは本末転倒だよ。ひらめきなんて、そう簡単に降りてくるものじゃない。ぼーっと考えてもしようがないから、何も浮かばなければ、とりあえず手を動かせってところかな……、と僕は思う」

　語尾がしょぼくれ、俊介はうつむいた。石田が突きつけたメモが脳裏を過《よぎ》っていったからだ。

　麻生が手を伸ばし、二の腕をぽんぽんと叩いてくれて、気分が少しよくなった。俊介はつづけた。

「赤荳がぎくしゃくするようになったのは、僕に原因があるのかも知れない。技法とか、線とか、いろいろ面倒くさいことをいったのと……」

目を伏せ、唇を嘗めた。麻生の手は動かなかった。目を上げた。麻生がまっすぐ俊介の目をのぞきこんでいる。

「アリコのことだ。うちの専属にしようって話をしていたモデルなんだけどね。僕が彼女に夢中になりすぎたのかも知れない。それで独占というか……」

小さくうなずいたところを見ると、麻生もアリコについて知っているようだ。次いでテーブルにタ、メと書く。

「そう。今、二人はいっしょに住んでる」

アリコをアトリエに連れてきたのは山内だったが、二人が付き合っていたと知ったのは赤荳会が解散したあとだ。少なくとも俊介はそれまでまるで気づかなかった。

麻生がテーブルにスキダッタノカと書く。

しばらく見つめたあと、俊介は答えた。

「そうだね、好きだった。でも、恋愛みたいな感じではなかった。彼女はモヂが描いたアリコ・ルージュそのものだった。彼女を描くことで少しでもモヂに近づけるんじゃないかって……、夢見てたんだろうね」

赤荳会が解散したあと、二人は同棲《どうせい》しはじめた。だが、結婚は難しいだろうと誰しも予想していた。山内の実家は、歴史ある旧家だけにいろいろ厳しそうだった。二人の関係に実家がいい顔をしていないという話は山内自身から聞いている。そうなるとよけいに応援したくなるのが人情だ。

麻生が肩越しに背後を指す。出入口のドアがあった。どこかへ行こうというのだろう。

「いいよ」

二人は同時に立ちあがった。

5

数センチにまで顔を近づければ、そこにはごつごつとした朱色や白の絵の具が積みかさねられ、渦を巻き、波打っているだけだ。だが、わずかに顔を引くと、忽然《こつぜん》と新巻鮭《あらまきじやけ》が現れる。鰓《えら》に通された荒縄で吊《つ》られ、身の一部を切り取られていた。たった今、包丁を入れられたように切り口がみずみずしい。

タイトルも画家の名も美術誌で何度も目にしていたが、実物を目の当たりにするのは初めてだ。しばらくの間、身じろぎもせず凝視していた俊介は、はっと気づいて、大きく息を吐いた。危うく窒息するところだ。

絵のわきに貼られたラベルには、鮭、高橋由一《たかはしゆいち》、一四〇×四六・五センチメートル、明治十年頃と素っ気なく記されているに過ぎない。

〝穴〟を出た麻生は、へび道にははいろうとせず左に曲がり、ゆるやかな坂をくだり始めた。次の丁字路を右にくだっても太平洋美術学校へは行ける。だが、あっさり通りすぎ、まっすぐ坂を下りつづけた。寺の塀に挟まれた坂を下りて右に曲がったとき、東京美術学校に向かっているな、とちらりと思った。美校の生け垣沿いに歩き、付属の陳列館に入ったときも黙って従った。

麻生についてやって来たのが『鮭』の前だった。

高橋由一が明治維新の前、洋書を蕃書《ばんしょ》といっていた時代から油絵の技法を学び、我国初ともいうべき油彩画を描いた人物だというくらいは知っている。ラベルに記されている明治十年といえば、自分が生まれる三十五年前、『鮭』と題されたこの絵が描かれてから六十年近く経っている。

よほど手入れがしっかりしているのだろう。まるで絵はつい最近描かれたようにしか見えなかった。

麻生をふり返ると、いつもの縦長の手帳を取りだして鉛筆を走らせ、俊介に見せた。

好キ、唯一無二ノレアルガアル

うなずき返し、ふたたび絵に視線を戻す。たしかに、とうなずいた。塗られた絵の具はでこぼこで、荒っぽい。ぶら下げた新巻鮭を正確に写生するだけならもっとうまい連中はいるに違いない。

だが、麻生のいう通り、ここに新巻鮭が存在しているという現実感《レアル》があった。

並んでいる絵を見ながらゆっくりと歩いた。数点先に気になる絵があった。展示室に入ったとき、まず『鮭』にときめいたのだが、もう一点、がつんと惹かれた。

今までにも何度か展覧会に足を運び、展示室に入ったとたん、目が釘付けになる絵に出くわした経験はあった。何がいいとか、どこが優れているとか、言葉にして説明するのは難しかったが、とにかく足を踏みいれたとたん、躰の芯をがっしりつかまれてしまう。

『鮭』と並んで心をつかまれた絵の前へ移動し、じっくり眺める。銀縁のメガネをかけた男の肖像画で、左肩を前に躰を斜めにしている。フロックコートを羽織り、中にはハイカラーの白いシャツを着ていた。細面で、鼻梁が高く、やや厚めで小さな唇は結ばれ、両端の跳ねあがった太い眉とあいまって強い意志が現れている。視線がまっすぐこちらに向けられているところを見ると自画像かも知れない。

しばらくの間、睨めっこをしたあと、ラベルに目をやったとたん、思わず声を漏らしそうになった。

自画像、藤田嗣治《ふじたつぐはる》、六〇・六×四五・五センチメートル、明治四十三年

またしても自分が生まれる前に描かれた作品だが、驚かされたのは、たった今描きあげたといわんばかりにつやつやしていたことだ。

藤田は太平洋美術学校の一部学生には狂信的な人気があり、俊介も名前くらいは知っていた。まだ美校の学生だった頃、教授をつとめていた黒田清輝《くろだせいき》の指導が古臭いと批判し、卒業してほどなくフランスに渡って、パリに住んだと聞いている。

麻生がまた手帳に走り書きをして見せ、にやりとした。

コレガアルト聞イタカラ
俊介は笑みを返してうなずいた。太平洋美術学校の一部学生というのは、教授たちの指導に対して批判的な一派であり、俊介たちが起こした近代芸術研究会のメンバーとも重複している。

アカデミズムを徹底的に批判し、拒否する姿勢を鮮明にしていた連中だ。それだけに天下の美校で教授にして日本洋画壇の重鎮である黒田と大喧嘩《おおげんか》となれば、人気が高まっても不思議はない。反骨は若者の、とくに芸術を志す者たちの特権であり、それだけでも藤田が憧れの的となるのに充分だった。

あらためて藤田の自画像を見てみると、ほんのわずか首をかしげ、まっすぐにこちらを見ている顔つきは傲岸不遜そのものといえる。

パリに住んだ藤田は、ピカソ、キスリングなど最先端を行く画家たち、詩人のコクトーなどと親交を結び、一躍人気者になったとまで噂されていた。憧憬がますます大きく、深くなっていったのは無理もない。

ところが、藤田がパリで暮らしはじめて間もない大正三年にヨーロッパで大きな戦争が起こった。パトロンたちが逃げだしたパリで、藤田は貧乏のどん底に落ちながらも何とか持ちこたえた。それから四年ほどして戦争が終わり、ふたたびパリが活気を取りもどすとともに藤田人気も息を吹きかえし、しかも厳しい戦中をパリで耐え抜いたということで、以前にも増して声望を集め、尊敬されるようになった。

今になって自画像が展示されるようになった理由は、俊介にも察しがついた。戦争が終わって、藤田の人気が復活したことにくわえ、大正十三年に黒田清輝が亡くなって美校内部の勢力図が変わったからだ。あくまでも噂で聞いているに過ぎなかったが。藤田人気が盛り返し、黒田が亡くなって、かれこれ十年ほどになる。本当のところなどうかがい知る由もないが、いずれにせよ長年にわたって倉庫の奥にでも放りこまれていたであろう藤田の自画像がこうして見られるだけでも俊介にはありがたかった。

展示室のもっとも奥の壁には、たった一枚だけ掲示されていた。遠くからでも湖の畔《ほとり》に腰を下ろした青い縞《しま》の浴衣を着た女性が団扇《うちわ》を使っている、あまりにも有名な絵——黒田清輝の『湖畔』だ。離れたところから見るとぼんやりとした印象しか受けなかったが、すぐ近くまで行ってみると……、よけいぼんやりした。

絵を見たまま、俊介はつぶやいた。

「何だか薄っぺらだね」

場所柄、さすがに大声ではいえない。となりで麻生が笑う。忍び笑いが聞こえるようだ。細められた目がその通りといっている。

俊介はもう一度展示室を見渡した。

『鮭』と藤田の自画像だけが鮮烈な輝きを放っているような気がした。

どうしてなのだろうか——俊介は考えこみながら展示室を見まわした。

どうしてなのだろう、と美校の陳列館から帰ってきてからも考えつづけた。黒田が描いた有名な絵からはぼんやりとした印象しか受けなかったのだから掃除や手入れのせいとは思えなかった。『鮭』と藤田の自画像はたった今描きあげられたばかりのようにつやつやしていたし、力強かった。

美校陳列館を訪ねて数日後、俊介はふたたび谷中を訪れていた。絵の具を何本か買い足すためである。画材店となると上野、谷中周辺に多く、それぞれの店が豊富な商品を取りそろえているので欲しい色を求めやすかったし、今まで見たこともない絵の具や道具類、画集や美術誌のバックナンバーに出会えるので、足が自然と向いた。

見知っている店をはしごしながら路地から路地へと歩きつづけるうち、今まで足を踏みいれたことのない小さな店を見つけた。ガラスのはまった引き戸は開けはなたれており、左の壁には絵の具や筆を並べた棚、右側には新品のカンバスが置いてあった。

こんな店があったのか、と思いながら俊介は中に入った。奥が帳場になっていて、白い顎髭を伸ばした年寄りが座っている。おそらく店主だろう。焦げ茶色の着物に印半纏を羽織っている。つるっ禿げなのに顎の下に長く伸ばした髭がたっぷりとあるのがちょっとおかしい。会釈したが、まるで反応がない。よく見ると目をつぶり、髭に顔を埋めるようにしている。居眠りしているようだ。

棚に目を戻す。品揃えは意外に豊富だった。絵の具を並べた棚から赤系統と青系統で、今までなかなか使う機会のなかった色のチューブを一本ずつ取りだし、帳場をふり返った。店主が目を開き、口を動かす。

チューブを持ったまま、近づいた俊介は二本のチューブを差しだしながらいった。

「すみません。僕は耳が聞こえないもので」

店主がうなずいて、チューブを受けとる。金を払い、絵の具をカバンに入れた俊介はふと口にした。

「この間、美校で『鮭』という絵と藤田の自画像を見たんですよ。もう何十年も前に描かれたものなのにまるで仕上げたばかりのように見えて。何だか不思議でした」

ずっと気になっていたからだろう。ほんの雑談のつもりで口にしただけだ。ところが、店主が手元にあったわら半紙に書いた。

勁《つよ》イカラ
勁という字が珍しい。たるみがないという意味だ。

目を上げ、口を開きかけたが、店主は俊介の前に人差し指を出し、背後の棚をふり返り、下段をあさりだした。

店主が棚から引っぱり出したのは、縁が擦り切れた美術雑誌だ。次いで帳場の小机の上にテレピン油の缶を置く。絵の具を溶くのに俊介もよく使う、馴染みのある油だ。それから雑誌を取りあげ、ぱらぱらとめくったあと、目的のページを見つけたらしく開いて俊介の前に差しだし、指さした。

雑誌を受けとり、示された箇所を読みはじめた。

高橋由一研究と題された論考が掲載されていた。参考文献には、由一の晩年、長男が出版した父の履歴が挙げられていた。店主が指したところには、ちょうどテレピン油と書いてあった。

由一は嘉永《かえい》年間、西洋の石版画を目にして、それまで見てきた日本や中国の絵とは違って景色や、その中にいる人々の様子がありのままに描かれていることに衝撃を受け、以来、西洋画の道を志すことになる。剣術師範の家柄に生まれついたものの、剣術があまり好きではなく、むしろ幼い頃から絵を得意としていたとある。

芸は身を助くを地で行ったのが由一だろう。藩主の近習《きんじゅ》を務めていたとき、図画取扱を命じられ、おかげで狩野派《かのうは》に学ぶことができた。しかし、藩にはお抱えの絵師がいるし、そもそも剣術師範の嫡男であった。それでも絵を描きたいという思いは捨てられず、悶々《もんもん》としていたときに石版画に出会った。

世は幕末の動乱期、いわば何でもありの時代で、絵に執着しつづけた由一は、ついに藩主から西洋画ならと許された。お抱え絵師の仕事とぶつからないというわけだ。そして藩主の推挙もあって、文久二年《ぶんきゅう》――ペリーが浦賀《うらが》に来て九年後になる――、ついに幕府洋書調所画学局に入所し、本格的な油絵の勉強を始める。

洋書調所というくらいだから、西洋画に関する文献の翻訳も大切な仕事だったが、今はありふれているテレピン油も当時は初めて目にする単語だった。とにかく文献を翻訳し、成分や使い道、効用を解き明かしていったのだが、何しろ適切な訳語すらない。文献を参照しながら当時手に入れられる、性質の似た油を次から次へと試していった。

俊介が読んでいる雑誌には、幕末の動乱などどこ吹く風で、日々調所に集まっては、ああでもない、こうでもないと議論し、絵の具や油を試作しては紙や布に塗り、発色や乾き具合などを調べていった由一の様子が記録されていた。五里霧中《ごりむちゅう》、どこまで模索がつづくのかわからない中、ほんの少しずつ手応えを得て進んでいく苦労は、もちろん並大抵ではないだろう。しかしながら実に楽しそうでもあった。

わかる、と俊介は思った。

ある色が欲しくて、いろいろ混ぜ合わせ、溶き油を変えたりしているうちに、思い通りの発色を見たときには、無性に嬉しかった。それと雑誌に書かれている画学局の様子が、〝穴〟や赤荳会、石田や山内の部屋、太平洋美術学校で話し、笑い、肩を寄せ合ってモヂリアーニの画集をのぞきこんでいたときの仲間たちと重なった。

店主がまたわら半紙にひと言書き、俊介に見せた。

フォンタネージ
俊介はうなずいた。あの日、由一の『鮭』と藤田の自画像に圧倒されたあと、麻生とふたたび〝穴〟へ戻った。出窓の前のテーブルが空いていたので、コーヒーを注文した。話麻生も興奮していたようだ。たった今見てきた藤田の自画像について語りだした。話しているうちに段々激してきて、やがて顔を真っ赤にして、大きな目にいつもに倍した眼光を宿し、唾を飛ばしながらまくし立てた。

しばらくしたところで、俊介は頰笑み、首を振った。ようやく俊介には聞こえていないことに気がついた麻生だったが、平然といつもの手帳を取りだした。

日本の洋画は、退歩している、と書き、黒田が元凶とつづけた。俊介は何度もうなずいた。絵画の技術や、絵そのものの出来を追求するのではなく、美校を舞台とする縄張り争いに終始しているうちに、あたら有為の才、つまりは藤田のような者を排斥して、古臭くなった自分たちの立場を守るための政治的な動きばかりしている、というのだ。

そうした中、フォンタネージの名も出てきた。フォンタネージはイタリアの画家で、明治九年に開校した工部美術学校の御雇《おやとい》外国人教師となったが、二年ほどでイタリアに帰ってしまった。

せっかく本場の画家の謦咳《けいがい》に触れるチャンスを得ながら日本の画学教育界は生かし切れず、権力志向の強い連中だけが生き残り、のさばり、ひいては画壇全体を牛耳ったばかりではなく、国粋主義の台頭と相まって日本画奨励、西洋画排斥の動きへとつながっていく。工部美術学校が廃され、あらたに設立された官立の美校には、当初西洋画科がなかった。

フォンタネージが日本を出ていくと、画学科から多くの学生が離れた。偉ぶりたい連中ばかりが残った工部美術学校に失望しただけでなく、絵を描くことの本質を追求したかったのだろう。

絵とは何か、描くとはどういうことか……。

そのフォンタネージと由一とに親交があった、と雑誌の論考に書かれていて、あの日の麻生の様子を連想した。

由一の方から接近したのだろう、と俊介は思った。明治維新となって十年ほど経っていたが、由一の画道追求の熱意は決して冷めていなかったはずだ。

それから店主は、筆談、身振り手振り、ほかの雑誌や書籍などを引っぱり出して、堅《けん》牢《ろう》な下地作りと溶き油の調合について熱心に教えてくれた。

かれこれ二十数年前、美校の生徒が来て、俊介と同じように由一の絵を不思議がったという。彼こそ藤田嗣治であり、俊介が見た展覧会の中で由一と藤田の絵だけが輝いて見えた秘密だと明かした。

ふいに店主が悲しげな顔になった。

「どうしたんですか」

店主がまたわら半紙に走り書きをする。

原《はら》田《だ》直《なお》次《じ》郎《ろう》がもう少し長生きしてくれたら、と。原田は由一の下で学び、その後、ドイツに留学するなどしたが、三十六歳で早世している。原田もまた圧倒的な画力を持ちながら暗いと評され、画壇本流に冷遇された。

あるいは、政治的な駆け引きに長けた連中に嫉妬され、恐れられたともいえる。

画材店を出た俊介は、まるで呪文でも唱えるようにくり返し、つぶやいていた。

「勁い絵……、勁い絵……、勁い絵か」

坂をくだりつづけ、下り坂の終わりまで来た。目の前に省線の線路が通っている。ここまで来れば、鶯谷《うぐいすだに》駅は目と鼻の先だ。

立ちどまって、眼前に広がる光景を眺めやった。立派な瓦葺《かわらぶ》きの屋根が並んでいるのは寺だ。周囲を小さな家と田んぼが囲んでいる。浅草寺の屋根はひときわ大きく、ひと目でわかる。その向こうに蛇行して流れる隅田川《すみだがわ》、対岸にはまた田んぼ、あとは家、家、また家がつづき、遠くはかすんでいた。

東京。

小さく見える家の一軒一軒に父がいて、母がいて、子供たちがいて、朝に夕にちゃぶ台を囲み、夜には同じ場所に布団を敷いて眠る。藺田が精緻に描いたのは、日暮里駅から見た光景だったが、高台に立って、北を一望している点ではさして変わらないだろう。同じように一軒一軒の営みに思いをめぐらせたろうか。

藺田のことだからきっと……。

あらためて俊介は自分が何のために絵を描くのか考えていた。

第三章　画家になる

1

昭和九年（一九三四）二月。

いったい誰がこんなことを……。

腹の底から湧きあがってくる、くらくらするほどの憤怒に、俊介は膝の震えを止められずにいた。

モヂリアーニの裸婦は、向かって左に頭を向け、横たわっている。折りたたんだ毛布に上体を載せ、顔は起こして、目はまっすぐにこちらに向けられていた。表情は驚くほどおだやかで、唇にはうっすら笑みが浮かび、すべてを赦《ゆる》す慈愛に満ちていた。

これこそアリコ・ルージュ、画家が愛し、画家を愛した女性にほかならない。

右腕をきつく曲げ、伸びた毛布の縁をつかみ、人差し指だけが伸びている。豊かで、均整の取れた胸乳《むなぢ》が上を向き、左膝がきつく曲げられ、右足は投げだされている。左手はへその下に置かれていた。

この左手こそが問題だ。パステルで塗りつぶされ、無惨に、醜悪に改竄《かいざん》されている。

元々、左手の指は緩く曲げられ、下腹のなだらかな丸みをやわらかく包んでいた。美術誌等で何度も紹介されており、信奉者《モヂリアニアン》なら誰もが知っている。しかも裸婦像においては、古典的ともいえるポーズなのだ。

ところが、今、目の当たりにしている手は硬く指を伸ばし、股間を覆っている。ただ隠すためだけに塗り重ねられた指の線は稚拙で堅苦しく、当然ながらそこだけモヂリアーニのしなやかさが失われていた。

いったい誰が、何の権利があって……。

画家が一本の線を引き、ひと色を置くまでに、どれほど自分を追いつめ、それでも抑えきれず湧きあがってくる衝動を表現するまで、吐き気がするほど逡巡《しゅんじゅん》し、探り、否定し、また探りして、たどり着くものか。それらを一切無視して、無様な線を加えている。

確信した。

こういうことを平気でやれる連中が戦争を起こす。

長年恋焦がれ、ようやく巡り会えたモヂリアーニは、文句なく素晴らしかった。だが、見入り、魅入られる前に怒りがすべてをぶち壊した。

二月二日から九日間にわたって、現代フランス絵画巨匠たちの名品が日本劇場で公開されることになった。長年パリに暮らした日本人コレクター福島繁太郎《しげたろう》が帰国するに際し、持ち帰った名品の一部だという。今日が最終日で、俊介は初日、二日目と来て、今日また三度目となったのだが、モヂリアーニの前に来るたび、めまいがするほどの怒りはついに変わらなかった。いや、目にするほど憤怒の熱と圧力は上昇してきた気がする。

マチス、ドラン、ブラック、ユトリロ、スーチン、そしてモヂリアーニにルオー、ピカソの代表的ともいえる作品が展観されており、福島の慧眼《けいがん》ぶりが表れていた。それもそのはず、福島は単なるコレクターにとどまらず、パリにおいてフランス人の第一級評論家、編集者と組んで美術誌を刊行していた。もちろんフランス語によってであり、英語版も制作された。つまり福島の眼力はパリで認められていたということだ。

今世紀初頭、パリで頭角を現しはじめた画家たちを、パリ派《エコール・ド・パリ》と呼んだのも福島が最初だと展覧会に来て知った。盛岡から上京し、太平洋画会研究所に入り、〝穴〟で、自分たちが起ちあげた研究会――思いだすたび、胸にかすかな痛みをおぼえる――で、仲間たちと夢中になって話した画家たち、作品の数々は、エコール・ド・パリに属するものが多かった。古典的な作品も実物、模写、画集、美術誌などで見てきたが、若い画家たち、画学生たちの胸を締めつけ、熱くさせるのは、エコール・ド・パリだ。

だが、作品が新しすぎて実物が日本にはないという憾《うら》みがあった。それが今回、すべて実物が並べられているのである。たった一点、モヂリアーニに対する無粋な冒瀆《ぼうとく》、万死に値する改竄をのぞいて……。

ルオーの前に立つ。今回展示されている十点の内の一つで、もっとも気に入っていた。中央に街路が描かれ、道の真ん中に三人が立っている。一人は大人、あとの二人は子供だ。暗い天空には月が描かれ、月の光に照らされ、銀色に輝く街路には空と左右の建物

——レンガ造りなのか、暗いオレンジ色をしている——が映り、月光を受けた三人の影が手前に長く伸びていた。

街路に立つ男の足元を見ながら思う。

何層、塗り重ねられているのか。青があって、オレンジがあって、黒があって、白があって、ここは削られていて、拭き取られて、また筆が重なっていって……。

見ているうちに俊介は、絵の具の層の狭間《はざま》に滑りこんでいき、いつの間にか黄色みがかった法衣を着て、両手を組みあわせている男のとなりに立っている。深い。ため息が出そうになるほど深い絵の具の層だ。一枚一枚は硬質で透明な琥珀《こはく》のように見えながら実に温かく、軟らかい。となりに立つ二人の子供の姿も見える。だが、三人とも顔をうつむかせ、じっと地面を見つめたままで俊介に目をくれようともしない。

建物の壁、入口、窓を見る。天に突き刺さる塔を、そのわきで群青の空にぽっかり浮かんだ月を見る。荒々しい筆あとは、画家の息吹そのものだ。

荒々しい？　違う。どの筆も慎重に、しかも極限まで張りつめていながら、確信に満ち、細部までの気配り——計算といってもいいかも知れない——をもって揮《ふる》われている。

どれほどの時間、絵の中にいたのかわからなかった。ふたたび絵の前に戻った俊介は深々と息を吐く。そのときになってしばらく息を止めていたことに気がついた。

次、また次とじっくり時間をかけ、絵の中へ潜っていく。

いずれの画家たちの作品も、画集や美術誌の写真で見るかぎりにおいて、荘厳さに溢れ、近寄りがたい波動を感じさせた。しかし、実物はどれも呆気《あっけ》ないほどに親しみやすく、温かく迎え入れてくれるようだ。まるで近所に住む気のいい小父《おじ》さんが、機嫌よく迎えてくれる感じだ。

やあ、よく来たな、と。

そしてピカソの前にたどり着く。

ピカソの名を知って、もう何年になるのだろう。上京し、太平洋画会研究所に入った頃にはその名も、いくつかの作品も知っていた。ピカソは相まみえるたびに大いなる変貌を遂げていた。それぞれの時代に名前が冠され、つねにパリの、世界中の画家たちの前衛《まえ》を走り、次から次へと新たなる絵画世界を提示していた。

そして今、ピカソは古典に戻りつつある。古典的手法で古典的モチーフを描く。今までよりわかりやすくなったのか。否。ピカソは、いつでもわかりやすかった。ただし、簡単に解釈することを許さない。わかったつもりになれば、絵の向こう側でせせら笑う。

黙って、前に立て、見ろといわんばかりに……。

青を背景として、ゆるやかにウェーブする豊かな髪の女が左下に目を向けている胸像だ。使われている色も、タッチも簡素でわかりやすい。

しかし、女の白い肌が大理石で造られた神殿のように見えてくる。見るほどに一歩ずつ階段を踏みしめ、上っていく感じだ。

ピカソは造形している。身のうちの衝動を、すべての思いを形にしている。もはや言葉に置き換えることは不可能だろう。ピカソが造りだした空気を呼吸し、空間に立ち、向きあうだけだ。

これが画家……、何という連中か……。

すべてを見た。目を閉じれば、展示された作品の一つひとつ、その細部までまぶたの裏に描きだすことができるまでになっていた。それほど強烈に焼きつけられた。

俊介は引きずられるようにふたたびルオーの前に戻った。黒く太い線が暴れ、一瞬にして同時に永遠という途方もない物語が描かれていた。

脳裏に鮮やかに蘇る光景があった。石田がスケッチブックの切れ端を突き出している。

自然界ニナクトモ僕ノ絵ニ線ハアル

じっとルオーを見つめているうちに底なしの渇望がわいてきた。

線だ。線を描きたい。僕は、僕の線が欲しい。

ルオーに背を向け、大股で出口に向かった。

福島繁太郎コレクション展覧会最終日の翌週、俊介は、谷中の小さな画材店に老店主を訪ねた。絵の具をいくつか買わなくてはならなかったのだが、それ以上に老店主と話がしたかった。

先週、モヂリアーニ、ルオー、ピカソなどを見てきたと切りだすと、店主も展覧会が開催されたことは知っていて、いつものように走り書きで、感想を求められた。店番があるので、行けなかったようだ。俊介は一点一点、思いかえしながら、話しはじめたが、やがてモヂリアーニに加えられた愚かな改竄に対する怒りがむらむらと蘇ってきた。

「愚かというにもほどがある。そもそもモヂが描いたポーズにしても古典的なものです」

俊介の言葉に店主が深くうなずく。

「それに彼女の目を見れば、慈愛に溢れていることは子供にだってわかります。丸めた指を伸ばして隠すなんて。あんな愚行をやった連中の頭の中には、猥褻《わいせつ》な事柄しかない腐った脳みそが充満している。とにかく腹が立って、腹が立って」

喋るほどに憤怒がこみ上げてくる。

店主はうなずきながら聞いていた。

俊介は大きく息を吐いた。喉がひりひりしているのに気がついて、自分が大声でわめき散らしていたのだとわかって顔が熱くなった。

「すみません」

店主が穏やかな笑みを浮かべ、いいんだというように二度、三度とうなずき、手元のわら半紙に、ルオーと書いた。瞬時に月光に照らされた街路が浮かんでくる。

「凄かったです。琥珀を透かしてのぞいている感じがしたんですけど、いつの間にか僕の方が絵の中に取りこまれている感じでした。目の前に法衣を着た男と、二人の子供が立ってて、僕は絵を見ているはずなのに絵の中に入って通りの両側に建っている家や塔や、空にぽっかり浮かぶ月を見上げてる感じがして」

店主が嬉しそうに目を細め、また、うなずいた。

「あれ、何なんでしょうね。すごく不思議だった」

店主が鉛筆を動かし、下地と書き、となりにグラッシと書き添える。俊介はうなずいた。

透明技法《グラッシ》は、絵の具に溶き油を混ぜ、薄くしたものを何層にも塗り重ねていく手法で、ルオーの絵に用いられているのは察しがついた。ルオーだけでなく、ピカソも、そのほかの画家たちにも同様の描き方が見られた。しかし、画法としてはいささか古典的で、今は流行らない。

さらに店主が書いた。

夜気ヲ描ク
俊介は大きく目を見開いた。

「それで僕は絵の中に入れたんだ」

眼前にルオーの絵がありありと浮かんでくる。いくら目を凝らしても見ることのできない空気が描かれていた。見えなくとも、そこにあるのだから描くことはできる。自然界に線はない。だけど絵の中にはある。何度もくり返した言葉がまたしても脳裏を過っていく。

俊介はうなずいて言葉を継いだ。

「それは何となくわかりましたけど、最近は流行らないんです。プリマの方が多くて」

プリマとは、プリマ描《アラ・プリマ》きというイタリア語から来ているといわれ、これは一度で、という意味になる。要は下地の上に一塗りで絵を完成させていく手法だ。

ふたたび店主の手が動き、なぜ、と書いた。

「勢いが出るんです。浮かんだ発想をすぐ絵にできます」

グラッシがあまり使われなくなったのは、時間がかかりすぎるからだと教えられた。重ねて描く際、前に塗った絵の具の層が完全に乾くのを待たなくてはならない。その点、プリマであれば、乾ききらなくとも次々に描き重ねていけるし、ひとつ下の層との混合、融合も味わいと見られていた。

「完成までがとにかく早いんですよね」

ふたたび店主がさらさらと書き、のぞきこんだ俊介はにやりとした。教授連ノ手間省キとあったからだ。

たしかにグラッシを教え、生徒に習得させるのには大変な時間がかかるだろう。

店主が手を伸ばし、下地という字をぽんぽんと指先で叩いた。次いで帳場の小机の抽斗を開け、一冊の和綴じの書物を取りだして、ぱらぱらとめくったあと、目当ての箇所を見つけたようで開いたまま、差しだしてきた。

受けとった。一見して印刷したものではなく、誰かが手書きした文書を綴じたものだとわかった。多少癖のある筆文字だったが、読めなくはない。

画学局といっても本職の絵師はいない。儂にしたところで、多少狩野派をかじったくらいのもので、局の者は蘭語《らんご》専門ばかり。仕方がないんで、毎日蘭語の技術書を翻訳しておった。そこには何といっても大事なのは下地作りだとあった。

大和絵《やまとえ》にしても下地にはいろいろあった。紙本、絹本はいうに及ばず天井画や絵馬ならば板に直接描かなくちゃならない。ちゃんとした大和絵なら紙本だろうと絹本だろうとちゃんと裏張りをして、礬水《どうさ》引きをするだろう。そいつがちゃんと乾くのを待って……

俊介は目をあげた。

「これは？」

店主が手で表紙を見ろと示す。開いたところに指を挟んでおいて、表紙を見ると、縦長の紙が貼ってあり、そこに中身と同じ癖のある字で、『由翁《ゆおう》語録』とあった。

「由翁って、高橋由一のことですか」

聞いたとたん、店主が眉間をぎゅっと寄せ、ぎょろりと目を剝いて睨みつけてきた。

俊介はあわてて言いなおした。

「高橋由一先生のことですか」

店主がにっこりして、うなずく。

「この本を書かれたのは？」

店主はにこにこしたまま自分を指さした。目を見開く俊介に、店主は手元のわら半紙に山形の生まれと書いた。

それから自分の来歴を語りだした。筆談が中心だったので、時間がかかった。

店主は明治二年、山形の寒河江《さがえ》近郊で小作人の次男に生まれた。幼い頃から絵を描くのが上手だったのだが、たまたま見よう見まねで描いた地元の図絵が巡察に来た役人の目にとまった。縁はどこに転がっているかわからない。

利発な子ではあったが、まだ明治も初めの頃で、田舎の小作人の倅《せがれ》が学校へ通うなど考えられない時代だったが、くだんの役人が書生として山形市内の自宅に住まわせてくれただけでなく、その頃できたばかりの小学校にまで通わせてくれたという。

学校では好成績だったが、さすがに県庁小役人では書生を中学に通わせる余裕はなかった。小学校を出たあと、店主は県庁の給仕として働くようになった。

転機は明治十七年秋に訪れた。どのような経緯があったのかは店主も知らなかったが、鬼といわれた元県令の三島通庸《みしまみちつね》と由一が知り合いで、県令自ら指揮して大規模な土木事業を行い、その業績を由一の手によって絵画にしようとしたのである。

そのときに描かれた風景画は、『山形・福島・栃木三県下新道景色石版画三帖《さんじよう》』として今に残っている。三島は山形県令を務めたあと、福島県令に転出、さらに栃木県令を兼任することになった。土木建設の業績を認められた結果である。由一が山形に来たのは、三島が三県の県令を歴任している時代であり、一大事業として三県をつなぐ大規模道路工事を成功させた頃だった。

三島は、山形時代に県庁舎、師範学校、県警察本署等々数多くの大型建造物を造っており、由一には山形市街地を描かせている。

今は画材店の店主におさまっているが、当時は県庁の給仕をしていた。それで親代わりであった役人が、こいつは絵が得意だからと由一の手伝いをさせようとした。もっとも絵の手伝いなどできるほどの技量はなかった、と店主は走り書きした。

ただし、暗記力に優れ、また几帳面な性格もあって、日々由一がいったことをきちんと日記に書きとめていた。県の記録よりも詳細だったために重宝されたのだが、ここに目をつけたのは由一の長男だった。

後年、この長男が『高橋由一履歴』という書物をまとめるとき、山形にいた少年給仕を思いだして連絡してきた。山形時代の記録があるか、という問い合わせだったが、それが機縁となり、店主は上京、由一の長男の書生となった。履歴編纂《へんさん》の手伝いをするようになった。そのおかげで由一の話を直に聞くことができたのだという。

今、俊介が手にしている『由翁語録』は、履歴を作る際に書いた原稿を整理して綴じたものだった。

店主は元々絵師もしくは洋画家になる技量はなかったし、そのつもりもなかった。記憶力と几帳面さで由一の長男を手伝っただけで、履歴が完成すれば、山形に戻ろうと考えていた。ところが、親代わりであった県庁の役人が急死してしまう。実家は相変わらずの小作農で、帰る場所とはならなかった。

そこで由一の長男が知り合いの画材商に話をつけてくれ、多少とうは立っていたが、丁稚《でっち》奉公することとなった。それが今の商売にまでつながる起点という。

縁はどこで、どうつながるかわからないものだ。店主がさらりと書いたひと言には万感がこめられている気がした。

人生成リ行キ、齢《よわい》六十過ギリャ、呆気ナシ

あらためて俊介は、店主と語録を交互に見て、恐る恐る切りだした。

「是非とも拝読したいので、お貸しいただけませんか」

店主はにっこり頬笑んでうなずいた。それだけでなく、長男が編纂したという『高橋由一履歴』という立派な本まで貸してくれた。

その夜から夢中になって読んだ。由一は現在の栃木県にあった佐野《さの》藩の藩士、それも剣術指範の家に長男として生まれた。ところが、由一は剣術よりも絵を得意としていたという。当時の藩主が譜代大名堀田《ほった》氏の出身で、しかも堀田氏には蘭学をさかんに採り入れる家風があった。この影響で当の佐野藩主も開明的で、由一が絵の道に進むことを許し、それが機縁となって西洋の石版と出会うこととなったと記されていた。

のちに由一が洋書調所画学局の一員となれたのも藩主の計らいだとしている。

画材店の店主が記した語録は、読んでいて楽しかった。幕末から明治初期にかけて、手探りと創意工夫で洋画の技術を明らかにし、習得していく様子は、日々発見と興奮に満ちていた。

俊介はノートに抜き書きをするだけでなく、弓術や写真のときのように知った技術を一つひとつ実地に試してみた。土台作り、道具、絵の具など、今なら簡単に手に入るものを試行錯誤しながら手作りしていた様子がうかがえる。自分の手で試してみたのは、下地作りであり、溶き油や絵の具の配合である。

明治になる前の古ぼけた話なのに、押しつけ一辺倒のアカデミズムと違い、俊介に新たなる発見を次々ともたらした。

2

パリに行きたい、実物の絵を見たいと口走ったのが東京に出てくるきっかけとなった。今になれば、まったく間違ってなかったと俊介はしみじみ思った。実物を目の当たりにすると画家の思いが直に伝わってきて、俊介の衝動に火を点けた。描きに描きまくった。ひたすら描いた。

そして、ついにここまで来た。

昭和十年九月。俊介は今、一枚の絵の前に立っていた。絵は縦九十八センチ、横百三十センチで、描かれているのは建物群だ。下辺には赤茶色の地面、中央から右いっぱいに黄褐色の二階家、左に青い壁の三階建てが並び、一階はカフェーになっていた。奥に同じ高さの二棟があった。背景には黄白色で、背の高いビル群が重なるように並んでいた。すべての建物が太く、黒々とした輪郭線で縁取ってある。

目を右に向ける。壁に白い縦長の紙が貼られていた。

〈入選〉　佐藤俊介『建物』

絵の支持体《ベース》は、板に厚手の紙をべったり糊付《のりづ》けしたものだ。ペインティングナイフに大盛りの絵の具をすくい、力一杯押しつけるように塗りこむとき、ナイフを跳ね返してくる強靭《きょうじん》さが柄を押さえる親指に感じられ、そこが気に入って採用した。

ひと塗りごとの指先の感触が心地よいのは、辛抱強くマチエールを作っていく上で何より重要だ。指に返ってくる心地よさがある種の中毒性を生み、息詰まるほど繊細で神経を使う作業に熱中させ、精根尽き果てるまで継続するには欠かせない。実際、二時間、三時間をほんの一瞬にしか感じさせないくらい集中し、手を止めたときには息が切れ、めまいがしたものだ。

日劇大ホールでルオーとピカソに相対したとき——残念ながら大好きなモヂリアーニは芸術に対する無粋な冒瀆への憤怒が先だってしまった——、彼らは絵を描いているのではなく、造形しているのだと知った。

スケッチをして、それをもとに下絵を描き、下絵の枠線からはみ出さないように色を塗っていくといった、ちまちました作業をしているのではなく、絵の具をナイフや筆でこねつつ、自らの内側にふくれあがるもやもやした黒い何ものかを支持体にぶつけ、形にしようと格闘している。字義通り、格闘だ。その様子が絵を見ているだけでありありと浮かんだ。

もちろん絵画の原理、原則は大事だ。そもそも基本となるセオリーを無視して描いたのでは、自由などではなく、単なるデタラメ、独りよがりに過ぎない。だが、セオリーに従って描いているうちに、身の裡《うち》に盛りあがってくる衝動がセオリーを食い破って、外に飛びだしてくる。

なるほど世間から見れば、壁に掛かっているのは一枚の油絵に過ぎない。しかし、それはあくまでも世間の取り決めに過ぎず、アカデミズムですらない。たしかに油絵といわれるものかも知れないが、身の裡にふくれあがる衝動に身をまかせ、ひたすら走りつづける画家にとって世間などどうでもよく――ゆえにしばしば画家はアウトローといわれる――、絵画制作にあたっているときに周囲の出来事を気にしている余裕などない。

造形するとは、そういうことだ。

美校陳列館で数十年前に描かれた高橋由一『鮭』の真新しさに驚愕《きょうがく》し、その後、たまたま訪れた谷中の小さな画材店の老店主に由一の絵は勁いと教えられた。

以来、勁い絵とは何か考えるようになった。

ルオーとピカソ等々の前に立ったときも、いずれの絵もたった今描きあげられたばかりのようにぴかぴかに輝いていた。そのときも画材店の店主に彼らの絵の素晴らしさと、モヂリアーニが受けた無粋な仕打ちへの怒りを夢中になって喋りまくった。そのおかげで『由翁語録』と『高橋由一履歴』を借りられた。

どちらものめり込むように読みふけったことで、頭の中にぎゅうぎゅう詰めにされた知識がきれいさっぱりふっ飛び、まずは由一が幕末に手探りした支持体作りを愚直に追体験しようと決めた。

一号大の支持体――中には、油絵の具の粘着性に耐えられるよう折り重ねた和紙もあった――を作り、並べていった。布地では、綿布、絹布、麻布などの素材、厚み、織り方の違いを比べ、板も手に入るかぎり杉、檜《ひのき》、胡桃《くるみ》、松、樫《かし》と試していき、板に布や紙を貼る方法も試行した。それぞれの素材に合わせて、下地作りも試してみて、絵の具の食いつき、発色、描く際の筆触などを比べた。

出来上がった下地には、もちろん絵を描いた。描くうちに求めるようになったのは、またしても線だ。モヂリアーニに夢中になっていた頃と違ったのは、ルオーのように太々《ふてぶて》しい線であり、ピカソのように造形していくことだった。

あまりにもルオーの影響を受けすぎ、線が似てきていることに悩んでいたとき、またしても麻生がいつもの黒い手帳を取りだして、さらさらっと書いた。

完璧ナ模倣ガデキレバ、大シタモノ、オ前ガルオウニナレル

物真似シタクライデ、消エテシマウナラ俊介ノ線モ大シタモノジャナイ
ソンナモノニ価値ハナイ、諦メロ
にやにやしてしまった。確かに物真似したくらいで消えてしまうなら個性とはいえない。さらに麻生が書いた。
ルオウノ五割増シヲ行ケ、俊介ナラデキル
麻生に背中をどやされ、また愚直に取り組み、さまざまな画法を試すうち、何とか自分らしい造形ができはじめたと感じるのに一年半かかっていた。
手応えがあった。
そうして『建物』を二科展に出品した。入選できるという確信まではなかったが、ある程度の自信があったのは事実だ。それでも入選したことは素直に嬉しかった。
聴力を失って十年になる。盛岡中学に入り直し、弓術、カメラとやり、兄が道具を送ってくれて油絵を始めた。半年ほどで盛岡市の競技会で二等に選ばれたが、まるで個性のない絵に満足できなかった。東京に出てきた理由は、そこにある。満足できる線が描けなかったこと、そして選択肢がかぎられていたことだ。
二十三歳の俊介にとって、十年は決して短くない。生きてきた時間のほぼ半分だ。しかし、ようやくスタートラインに立ったに過ぎないことも自覚している。
二科展は、文部省美術展覧会、通称文展から分離して民間の美術団体として大正三年に結成された二科会が主宰する展覧会である。大正初期、渡欧していた画家たちが次々

に帰国し、ヨーロッパ、とくにパリの息吹を感じさせる作品を発表しはじめた。ところが、文展では明治期から活躍している重鎮が権力を独占しており、帰朝したばかりの画家たちは新参者として扱われた。そこで文展を新旧二つの科に分け、それぞれ独自に審査、品評すべきだと訴えた。これが聞き入れられず、ついに袂《たもと》を分かった。

俊介の画風からして、二科展を目指すしかなかった。

最後に自作にちらりと目をやり、特別展示室と看板の掲げられた部屋に入ったとたん、圧倒された。まるで空気の密度も温度も違うように感じられたのである。

入口から見て、右の壁面に二点、正面に一点と三点が飾られている。

これほどとは……。

あらかじめ聞いてはいたが、目の当たりにすると息を嚥まずにはいられなかった。特別展示室には藤田嗣治の作品が並んでいた。圧倒されるのは、まず大きさだ。どの作品も横長で、縦一メートル、幅二メートルほどもある。

僕の絵の倍はある……。

正面の壁には、五人の裸婦を描いた作品が掲げられていた。三人が立ち、二人が膝立ちをしている。背景には巨大なベッド、その上に縞の猫、右端の女の足元には白い犬が描かれていた。

順路など無視して……、否、引きよせられて正面の裸婦たちに近づいた。

巨大な絵であるには違いなかったが、隅々にまで神経が行き届いており、髪の毛ほどの隙も緩みもない。大作でありながら繊細の極致にある藤田の技巧の前で、俊介はしばし呼吸を忘れた。

あらためて右の二作を見て、ふたたび正面の絵を見たあと、左の壁へ移動した。藤田に圧倒されたあとは、その他の画家たちには申し訳なかったが、集中力がつづかない。

それゆえさらりと流すつもりで目を向けた絵にふたたび息を嚥んだ。

な、な、何だ、これは……。

目を動かし、作者の名前を見る。野田英夫《のだひでお》とあった。名前は美術誌で見たことはあったが、実作を目の当たりにするのは初めてだ。ふたたび絵に目を向け、またしても息がつづかなくなるまで見入ることになった。

肩をぽんと叩かれ、ふり返った。ノーネクタイではあったが、ワイシャツの上に黒っぽい替え上着を羽織っている。俊介は目を見開き、相手をじろじろと見てしまった。相手ははにかんだような笑みを浮かべていた。

「見違えましたよ、石村さん」

とたんに相手の口角がぐいと下がり、それでなくても取っつき悪そうな顔が険悪になる。あわてていい直した。

「靉川《あいかわ》さん」

やや口角は持ち上がったものの、今度は右の眉が大きく上がった。

「靉光さん」

にっこり頬笑んで、二度、三度とうなずく。なかなか扱いにくい。

二科展の展示会場——東京府美術館を鬘光といっしょに出た俊介は〝穴〟に向かった。コーヒーを注文したあと、鬘光がポケットからわら半紙を綴じた手製のスケッチブックを取りだし、結婚と書いた。

「結婚されたんですか……、桃田《もも た》さんと?」思わず口走り、俊介は顔がかっと熱くなるのを感じた。「すみません」

鬘光が結婚したと知ったのは、たった今なのだ。その相手として思い浮かぶのは一人しかいなかったが、その女性と結婚したのか確信はなかった。

だが、鬘光はうなずいた。

やがて〝穴〟のオヤジがコーヒーを運んでくる。鬘光と俊介の前にカップを置き、鬘光と話を始めた。時おり笑っている。

ふと俊介は、まだ中学生だった頃に母を泣かせたのを思いだした。食卓を囲んでいるとき、父、母、兄の三人が何かの拍子に大笑いをしたことがあった。何がおかしかったのか、何を話していたのかわからなかった。

食後、台所で洗い物をしていた母にいった。

『皆で僕を笑ってる』

ふりかえった母がその場にしゃがみ込み、俊介を見上げて、いきなり顔をくしゃくしゃっとさせたかと思うと大粒の涙をぽろぽろとこぼした。手を伸ばしてきたので、踏みだした。母が俊介の顔を両手で挟み、口を動かした。

ごめんよ、ごめんよといっているのが何となくわかった。

何を謝っているのかというようなことをいった。だが、母の唇は動きつづけ、そのまま俊介を抱き寄せた。しばらくの間、俊介の躰に両腕を巻きつけた母が小刻みに震えているのがわかった。着物の袖を通して、腕に母の涙を感じた。

あとから思えば、俊介は単にひがんでいただけだが、母は俊介の耳が聞こえなくなったのは自分のせいだと自らを責めつづけていたと悟った。以来、二度とひがみを口にすることはなく、激情が湧きあがっても、ゆっくり、大きく息を吸って、肚に収めたままにしておくようになった。

〝穴〟のオヤジと談笑している鬘光を見ながら、みょうな因縁だなと思わざるを得なかった。六年前、初めて太平洋画会研究所に行った日、授業が始まるのを待っているときに髪の長い学生が現れた。髪といい、シャツといい、そこらじゅうに絵の具のこびりついた汚らしい恰好で、消しゴム代わりの食パンをむしゃむしゃ食いながら、物珍しげに俊介を見ていたものである。その後、事務係の老人が教室にやって来て、二人は言い合いになった。

初対面となったあの日、近所に来ていた鬘光が空腹を紛らわせようと太平洋画会に立ち寄った。タイミングが良かったのか、悪かったのか、事務係はちょうど俊介を案内して教室に来ており、玄関脇の事務室を空けていた。そこへやって来た靉光が事務室に入りこんで何枚かの食パンをポケットにねじこんだのである。

そのまま帰れば、騒ぎにはならなかったものの、教室をのぞいてみる気になった。事務係に出くわさなかったのは、単なる偶然か、靉光が身を隠していたのかはわからない。とにかく教室までやって来たら、そこに俊介がいたというわけである。

最初の出会いから二年後、近代芸術研究会の同人が靉光を知っていて、伝説の男を見に行こうと俊介を誘った。当時、靉光は池袋の古ぼけたアパートの四畳半に住んでいた。

のちに赤荳会が近所にできたりして、何度か靉光を訪ねたこともあった。

靉光の住んでいた部屋に足繁《あししげ》く通っていた女性が岩手出身とわかり、さらに聾啞学校の教師をしていたところから靉光との交流がさらに深まった。その女性が桃田キエといった。

出会いからほどなく靉光の本名が石村日郎であることは太平洋美術学校で知った。広島県の山間部にある農村の生まれだが、六歳のとき、広島市内にいる父方の叔父の養子に出されている。叔父夫婦に子供がなく、靉光は六人兄弟の次男、養子に出されたときには長兄のほか、姉と妹がいるだけであった。養子に出されたあと、二人の弟が生まれている。

大人の事情からすれば、次男で、あとは女の子という状況であれば、養嗣子に出されたとしても無理からぬところだ。だが、小学校にあがる前とはいえ、すでに数え年六歳、実家周辺の自然に馴染み、何より二つ下の妹を可愛がっていた男の子にとっては、あってはならない親の裏切りだった。

ゆえに石村日郎という名を嫌い、霙川光郎《みつろう》なる変名で通し、略して霙光を号にして、そう呼ばれるのを好んだ。太平洋画会に残されたデッサンには、いずれも霙川光郎と署名している。

霙という変わった字をどのように引っ張ってきたものか。霙には、雲のたなびく様子という意味があるが、霙光自身は、十代半ばに辞書をひっくり返しているうちに見つけ、形が気に入って選んだだけらしかった。形が気に入って、というのが画家っぽい。

当時、霙光は大阪のデザイン会社に入っていた。子供の頃から絵を描くのが好きだし、うまかったので、いずれ絵を学びたいという望みはあったものの、養親には美術学校に通わせる余裕などなく、働きながら自力で画塾に通ったという。

俊介は霙光がテーブルの上に置いていた手製のスケッチブックを指して訊いた。

「拝見しても？」

霙光がうなずき、スケッチブックを取って手渡してくれた。その後も〝穴〟のオヤジとお喋りをつづけている。

最初に描かれていたのは、女性の横顔を細い筆を使って描いたスケッチだ。半袖のシャツには水玉が並んでいる。まぶたが半分ほど下りて、目は足元に向けられていた。頬の膨らみにまだ幼さが残っている。目には哀しみが浮かんでいて、噛みしめた唇が泣くまいとこらえている。
奇妙だったのは、絵全体をぐしゃぐしゃっとした線で消していることだ。壺《つぼ》
一枚めくると次は静物だった。花瓶と壺が並んでいる。これも筆で描かれていた。
の横腹に不思議な紋様が描かれているが、これまた線で乱暴に消してある。その次は牛
らしき動物の絵だが、輪郭を描いたところで消してあった。スケッチは一点ごとに進捗
具合が違った。しかし、ぐじゃぐじゃの線でかき消してある点はどれも同じだ。
鬘光と薗田の絵は、精緻という点でどちらも甲乙つけがたい。違いは、わかりやすさ
にあった。薗田の絵はわかりやすい。理屈が先に立っているせいかも知れない。遠近法
なんぞは詐欺だといいながら、薗田はセオリーを大切に描く。
〝穴〟のオヤジがカウンターの内側に戻り、足を組んだ鬘光がコーヒーをすすった。俊
介はスケッチブックを持ちあげて訊いた。
「どれも線で消してありますが、構想と違ったんですか」
鬘光が答えようとして、ふっと笑い、人差し指をちょいちょいと曲げた。俊介はスケ
ッチブックを返した。鬘光が何も描いていないページを開き、走り書きして俊介に向け
た。
意味ガワカルトツマラナイ
次いで今書いた文字を消すように鉛筆をぐるぐると動かしてめちゃくちゃな線を引き、
それを自分の胸にあててみせた。

俊介はうなずいた。

「少しわかります」

鬉光がうなずき返す。俊介は言葉を継いだ。

「一枚の絵があって、そこに牛が描いてあると、展観者は、牛かと思って、もう絵を見なくなる。ちゃんと見ろといいたくなります」

鬉光が嬉しそうに何度もうなずく。そう、そう、それぞれといっているようだ。

「僕が描きたいのは、僕の内側にある、ぐにゃぐにゃ、ぐじゃぐじゃとした黒い塊のように思えるときがある」

鬉光が我が意を得たりといわんばかりの顔をして顎を突き上げ、ぐじゃぐじゃの線を描いたスケッチブックをかざす。

「そう、そんな感じです。何ものなのか、名前なんか付けちゃつまらない。意味なんかつまらない」

話しながら、今は鬉光の妻になったというキエに感謝していた。耳が聞こえないとつい声を張ってしまいがちになるが、そこは聾唖学校の先生だけに、俊介にかつて住んでいた音のある世界を思いださせ、発声を矯正してくれた。おかげで誰に対していても無駄に声を張ることが少なくなった。

夕暮れまで俊介は鬉光との交流を心から楽しんだ。

実は、鬉光のタブローを見たのは、去年のNOVA美術協会展が初めてである。人物画を中心とした五点ほどだったが、クレヨンや不透明水彩描法による色彩と独得なフォルムに強烈な印象を受けた。そこには、入念に下地を作り、色を重ねていくことで生みだされる鑁光だけの勁さがあった。

〝穴〟の前で鑁光と別れた俊介は、急ぎ足で府美術館に戻った。すでに閉館してはいるが、掲示板の前で待ち合わせをしていたのだ。

待ったのは、わずかな時間でしかなかった。

展示会場の階段下で立っていた俊介は肩を叩かれ、顔を向けた。美しい女性が笑みを浮かべている。それから自分の腕時計を差し、両手を合わせて拝むような仕草をする。

「いや、遅れてないですよ。さあ、こちらです」

俊介は階段のわきにある掲示板のところへ女性を連れていくとポケットからマッチを取りだして擦った。

ぽっと点いた火を手で囲い、慎重に掲示板に近づける。そこに貼られた入選者一覧表に佐藤俊介の名前があった。

女性がこの世のものとは思えないほど美しい笑顔を見せる。

彼女の名は、松本禎《まつもとてい》子《こ》といった。

3

〝穴〟では、一週間にわたって俊介の個人展を開いてくれた。今までにも一度個人展を行ってくれているが、今回はいわば二科展入選の凱旋《がいせん》祝賀会である。小品ばかりだが、七点が飾られていた。一応、値札は付けてあり、相変わらず売れなかったが、お祝いが主旨なので落胆はなかった。

昼過ぎ、ふらりと現れた男は背が高く、肩幅が広かった。髪はぼさぼさだが、鼻の下にたくわえた髭はきれいに整えられていた。年の頃なら三十くらいか。毛玉のいっぱい付いた黒い厚手のコートを着て、古びた編上靴《へんじょうか》を履いている。

鼻先が触れそうなほど絵に顔を近づけ、太い眉の下でやたらぎらぎらした大きな目を剝き、たっぷりと時間をかけて一点一点、丁寧に見ていった。

大男は、大きな背中を丸め、絵をのぞきこんでいる。

俊介は入口に近いテーブル席で麻生と向かいあっていた。個人展開催中、時間の許すかぎり〝穴〟にいて、見に来てくれた人の相手をしようと考えていた。手持ちぶさたなときには、いつも持ち歩いているスケッチブックに落書きをしていれば、いくらでも時間つぶしができると考えていたのだが、案外に盛況で、少なくとも俊介がいる間、客足は絶えることがなかった。中には、しばらく会っていない知り合いもいたが、二科展入選のおかげか、見知らぬ同級生や遠い親戚が増えたような気もした。

大男は、今、六号ほどの風景画を見ていた。ほかの絵よりたっぷり時間をかけている。盛岡市内のスケッチをもとに三年ほど前に描いた油絵だ。微動だにしない男を見ていた麻生が俊介に向きなおり、目顔で知った顔かと訊いてきた。俊介は首を振った。麻生がさらに〝穴〟のオヤジに視線を移したが、オヤジも首を振る。

すべての絵を見終えた男が俊介のテーブルまでやって来た。俊介は立ちあがり、オヤジが水を入れたグラスを載せた盆を手に近づいてくる。

男の口が動いた。俊介は頬笑んで、静かにいった。

「ごめんなさい。僕は耳聞こえないんです」

なおも男が口を動かすので、救いを求めるつもりで麻生を見た。ところが、麻生はオヤジと顔を見合わせ、大きく目を見開いている。

そのとき扉が開いて一人の男が入ってきた。盛岡出身の男で、やはり画家を目指している。俊介は数年前から盛岡市内で行われる展覧会に出品しており、東京でも同郷の人たちとは交流があった。彼もそうして知り合った一人だ。

俊介に笑顔で挨拶したあと、大男に向かって話しかけた。大男の答えを聞いて、笑いだす。麻生とオヤジはぽかんとした顔で二人のやり取りを聞いていた。

すぐに謎は解けた。同郷の画家志望の男が大男を俊介の個人展に誘ったのだ。大男は澤田哲郎《さわだてつろう》、やはり盛岡の出身だという。

生粋の盛岡訛《なま》りがきつくて、麻生も〝穴〟のオヤジも澤田が何といっているのかわからなかったようだ。

体格がよく、野武士を思わせる太々しい風貌とあいまって、三十手前にはとても見えなかったが、大正八年生まれの十六歳と知って、今度は俊介が目玉をひん剝いた。

とりあえず四人でテーブルを囲み、それぞれコーヒーを注文した。互いの紹介を終えたところで、澤田が口を開こうとしたので、俊介は自分のスケッチブックと鉛筆を渡した。

澤田が一行書いて、俊介に見せる。

岩乗《がんじよう》サウナ絵デス
絵を強度で褒めるとは、少しばかり不思議な言い回しだが、俊介には嬉しかった。何より岩乗という字が気に入った。

「それを目指しているから」

俊介の言葉に澤田が深くうなずく。

それから俊介は、となりにいる麻生を手で示し、彼に誘われて美校の陳列館に行き、高橋由一と藤田嗣治の作品を見て衝撃を受けたことから語りはじめ、去年二月にルオーやピカソの実物を目の当たりにしたと話した。

「本当に好きなのは、モヂリアーニだけどね。仲間にいわせると、僕のモヂ好きは、ほとんど病気の域で。それで澤田君は、どんな画家が好きなのかな？」

一つこくんとうなずいた澤田が背後をふり返り、俊介の絵を指さした。

〝穴〟で澤田を相手にとくとくと支持体や下地作りについて話した際、老主人が営む小さな画材店について話した。主人の手書きによる『由翁語録』と、高橋由一の長男が刊行した『高橋由一履歴』を借り、幕末から明治初期にかけて当時の画家たちが手探りで悪戦苦闘した歴史を読み、俊介自身、同じように下地、溶き油などを試してみたことまで披露した。

身を乗りだしたのは麻生だ。太平洋画会に通った麻生にとっても谷中は庭のようなものであり、画商、画材店、額縁店などに馴染みはあったが、俊介のいう店には行ったことがなかった。語録と履歴を借りたのは、福島コレクション展を見た翌週で、読みふけり、必要なところはノートに抜き書きしたりして、返したのは二ヵ月か三ヵ月後のことだ。その返却が画材店を訪れた直近の最後であり、かれこれ一年半前になる。

そんなに来てなかったたっけ、と自分でも驚いた。支持体、下地、さまざまな描法の実験を夢中になってくり返し、ようやくある程度満足のいくタブローを作りあげることができるまでに、それだけの時間がかかった。

行こうと俊介は声をかけた。澤田がついていってもいいかと訊いたので、三人でいっしょに訪ねてみることにした。〝穴〟を出て、とりあえず坂を下り、谷中墓地の方へ向かう。上野桜木町《さくらぎまち》に入って、左、右と曲がったところに画材店はあった。そうしてようやくたどり着いたのだが、引き戸は閉ざされ、ひとけはまるで感じられなかった。

引き戸にはめられたガラスには幾重にも丸く、乾いた雨だれの跡が重なっていて、しばらくの間、誰の手も触れていないことがわかる。俊介はガラスに顔を近づけ、いろいろ角度を変えてみたが、中は暗くて、自分の顔が映るばかり、様子はわからなかった。

ガラスから顔を離し、引き戸の周りを見る。看板どころか、看板が掛けられていた痕跡すら見ることができなかった。

俊介は麻生と澤田をふり返った。

「閉まってる」

二人がうなずく。俊介はつづけた。

「本日休業という感じじゃないね。しばらく休業してるのか……」

語尾を濁したが、麻生も澤田もうなずいた。店主は年寄りだったから、と思いかけてやめた。今になって店や店主の名前をちゃんとメモしておかなかったことを悔やんだ。詮ないことではあったが。

澤田が麻生に何かいったようだ。麻生がうなずき、俊介を見るとゆっくりと口を動かした。

び、こ、う、といっているようだ。おそらく美校の陳列館に行ってみたいと澤田がいったのだろう。〝穴〟にいたときから由一や藤田の名前が出ている。常設展示されていることだし、俊介も久しぶりに見たくなった。美校までそれほど遠くない。

ぶらぶら歩きながら向かった。麻生と澤田はお喋りをつづけていたが、時おり麻生が首をかしげ、何かを訊きかえすと、今度は澤田が首をかしげるのがおかしかった。澤田が何かいい、盛岡訛りのせいで麻生にはわからず、訊き返すと、今度は澤田が東京言葉に置き換えられずに困っているといったところだろう。

俊介は二歳で花巻に引っ越しているので、家の外で飛び交う花巻の言葉に何の苦労もしないで馴染んだ。むしろ十歳で盛岡に移ったときの方が教室で級友たちが何をいっているのかわからず困惑したものだ。同じ岩手でも花巻と盛岡でそれほど言葉が違う。

美校陳列館に入って、すぐに大きく特別展示室という看板がかかった部屋があった。今まで何度か来ているが、一度も見たことがない。麻生をふり返る。麻生も首を振った。大きな扉が開けはなたれているので出入りは自由のようだ。

部屋に入ったとたん、真っ先に目に飛びこんできたのは、正面に飾られている巨大な絵だ。五人の裸女が描かれ、三人が立ち、二人がひざまずいている。二科展で特別展示されていた藤田嗣治の大作だった。その右側に二点、いずれも同じ二科展で展示されていた絵がある。向かって左の壁には、大小五点が並んでいて、その中には、以前に見た美校在学中の藤田が描いた自画像もあった。

美校陳列館にやって来た目的の一つが藤田の絵を見ることにあったので、その点は好都合だったが、何とも釈然としない気分になった。麻生も唇をとがらせ、小さく首を振っている。

澤田だけが吸い寄せられるように右の壁に向かう。麻生と目を見合わせた。呆れかえったといわんばかりの表情から似たような思いを抱いていることが察せられた。

節操がない！

たしかに藤田は美校の卒業生であり、画力もある。だが、必ずしも美校の教えに従順とはいえず、それゆえ教授連や学校当局から疎まれていたのではなかったか。それが渡仏し、パリで当代一流の画家たちと交流し、パリ画壇で認められると日本での評価もひっくり返った。まさに手のひら返しだ。

文部省主導の帝展に叛旗《はんき》を翻し、市井の美術団体として独立した二科会が藤田を評価し、その作品の公開に力を尽くすのはまだうなずけるとして、官立の美校が二科展で展示されていた藤田作品をそっくり移動して、特別展示室まで設けているのだ。

とはいえ、藤田の素晴らしさはちっとも損なわれない。絵そのもののように藤田は勁いのだ。澤田はつい先ほど〝穴〟で俊介の絵を見ていたときと同じように熱心に見入っている。

いや、僕の絵を見ているとき以上か、と苦笑せざるを得なかった。

たっぷりと時間をかけて藤田を鑑賞したあと、三人は常設展示室に入った。高橋由一の『鮭』もそこにあるはずだ。

展示室左前方に『鮭』があるのをいち早く見てとって、俊介は展示室に入った。すぐ右から自分に向けられる視線を感じて何気なく目をやった。

立ちすくんでしまった。

麻生が足を止め、ふり返る。俊介は一枚の絵を指さした。麻生が拍子抜けしたように笑った。以前にも見たことがあるのだろう。俊介は絵に近づいた。タイトルは、高橋由一先生像、画家の名前は、原田直次郎とあった。

画材店の老店主がわら半紙に走り書きした文字がありありと浮かんでくる。

原田ガモウ少シ長生キシテクレタラ
麻生が俊介をのぞきこむ。俊介は由一の肖像を指さしていった。

「画材店の店主《おやじ》にそっくりだ」

麻生が笑い、先に進んでいた澤田がふり返った。


奇妙な形をした南国の花の下に、ひどく下手くそな字で〈でいご〉と書かれた紙が引き戸のガラスに貼ってあるのが目印になっていた。

もっとも目印は三日ともたず破られる。すると翌日、別の誰かが同じ花の絵を描いて貼る。描き手には不自由しない。三畳ほどの土間に湾曲したカウンターだけ、七、八人も入ればいっぱいになる店だが、いつも十人以上が押し合いへし合いしていた。

俊介は、麻生と並んでカウンターのもっとも奥に押しこまれていた。左肩を壁につけ、右肩にはずっと麻生の腕がくっついていた。今夜も盛況、客は画家が多かったが、詩人、小説家、脚本家、哲学者、評論家と一見多士済々《たしせいせい》だが、いずれも自称だ。そして若く、貧しかった。

店を切り盛りしているのが沖縄出身の美人姉妹というのが人気の理由だ。とくに妹は目鼻立ちのくっきりした、際だった美人なのだが、顔立ちばかりでなく、立ち振る舞いにもきりりとしたところがあった。

その妹にしても三十を過ぎているらしく、決して若いとはいえなかったが、何よりひと言も二言も多く、屁理屈をこねたがる客をぽんぽんやっつける歯切れの良さが受けているらしかった。夜ごと、さまざまな男が言い寄っては呆気なく、そして木っ端微塵《こっぱみじん》に撃墜される様子は名物ショーにもなっている。

まるで聞こえなくとも俊介には充分楽しめた。

酒は泡盛一辺倒。コップ一杯六銭と破格の安さだった上に、ハーフと注文すれば、三銭で半分より多めに注《つ》いでくれる。ハーフ二杯なら六銭で一杯以上飲めるのは、ありがたかった。

カウンターの中ほどで、一人の酔客が躰を揺らしながら立ちあがり、となりの、やや年配の男を指さして何か喚いている。ほかの客たちはにやにやしながら見ているだけ。どの席でもひっきりなしに議論が交わされ、熱くなってくると怒鳴り合い、罵り合い、つかみ合って、殴り合う。すっかり見慣れた光景だし、妹に言い寄っては撃墜される男たちと並んで、喧嘩はもう一つのショーだ。派手な大立ち回りほど喝采を浴びる。

喧嘩をしている当人同士は、はやし立てて火に油を注いでいる酔っ払った野次馬たち、とりわけ美人姉妹に受けることを目指していた。

泡盛を口に運びながら平然としていた年配の方の客は、和服姿でベージュの襟巻き、縮れた癖毛が左右に広がり、顔は無精髭で覆われている。一方、突っかかっていった若い方は、ところどころ黄色や赤、青の絵の具のついた、灰色の菜っ葉服を着ていた。こちらも髪が長く、髭を生やしている。

若い男は、学校になる前の太平洋画会研究所にいたが、学校として再スタートしたときには入学しなかった。その後、俊介たちが起ちあげた太平洋近代芸術研究会には参加しており、付き合いは結構長い。俊介も麻生もよく知っていた。

この男の口癖は、描くゆえに我ありで、芸術のためなら命も要らぬという姿勢はいっそ清々《すがすが》しい。直情径行、猪突猛進《ちょとつもうしん》、思いこんだら一直線に突っこんでいく姿は、ふだんから芸術こそ生きる道と公言しながら、生きるためには多少の妥協も必要と世間と折り合いをつけている仲間を鼻白ませ、襟を正させる力がある。惜しむらくは、思いこむことが多すぎる点だ。画法一つとっても、あれをやればこれもやるとばらばらな上、それぞれの道に邁進してしまうので、なかなか上達しない。

年配の男は高名な詩人で、この店につどう客たちの尊敬を一身に集めていた。人格者ゆえに尊敬されていたわけではない。やることなすことデタラメで、だらしなく、界隈《かいわい》の路地で酔いつぶれている姿は誰もが見かけていた。人格者ではなく、真逆の性格破綻のところに芸術家気質が現れている。しかも彼の書きつける詩の一行が読む者の胸を深々と抉《えぐ》っていく。

ふいに年配の男の表情が変わった。両目をかっと見開き、立ちあがったかと思うと、若い方の胸を両手で思いきり突いた。若い方はたまらず、となりで飲んでいた客の上に倒れかかる。

だが、そのままでは済まさない。今度は若い方がカウンターに手をついて、低い位置から年配の方に頭突きをかませた。年配の男はすでに相当酔っ払っており、となりの客どころか、そのとなりの麻生にまで倒れこんだ。

店内は大騒ぎ、誰もが両手を打ち、大口を開けて、煽《あお》っている。

目の前でくり広げられるドタバタは、俊介には一切無音だ。しかし、チャップリンよりキートンよりマルクス兄弟よりはるかに派手でおかしい。それをたった三銭、ハーフとはいえ泡盛付きのかぶりつきで見られるのだからこれ以上の見ものはない。

美校陳列館を出て、澤田と別れたあと、俊介は麻生と上野駅から省線電車に乗った。どこへ行くという相談はなかったが、池袋で下り、東口に蝟集している小さな飲み屋街にやって来た。でいごの花が目印の泡盛屋もそのうちの一軒だ。

笑って見物していた俊介だが、先ほどから画材店の老店主について考えていた。由一の肖像を見て、店主だといった俊介に対し、麻生は尊敬する由一の姿を真似るようになっても不思議はないと応じた。

俊介もその通りだと思う。語録を自製してしまうほどの入れこみようならば、白髯《はくぜん》をたくわえるくらい自然だろう。

由一は明治二十七年に亡くなっている。

泡盛をほんの一口すすり、いつもより飲んでるなと思い、しかし、ふわふわ心地よい中で俊介は結論づけた。

幽霊でもいい、あの人は高橋由一だ、その方が面白い。

若い画家と、やや年配の詩人の取っ組み合いはまだつづいている。


深夜、帰宅して部屋の裸電球を点けると、窓辺に置いた文机の上に俊介宛の封筒が載っているのに気がついた。手に取って、ひっくり返してみる。差出人は二科展事務局となっている。

机の前に正座し、スタンドを点けて、ていねいに封を切った。たった一枚の文書が入っていた。入賞の知らせだ。昭和十年、第二十二回二科展には絵画三千九百二十七点、彫刻百七十八点が出品された。そのうち特待に選ばれたのは画家八人、彫刻家一人、推奨——どういう意味なんだろうと思った——画家三人、彫刻家一人、そして絵画の入賞は三百六十九点、彫刻四十九点と記されていた。

唇を結び、大きく息を吐く。

封筒には、もう一枚紙が入っている。引っ張り出してみると、郵便為替で金額は百円だった。

中学生の頃から絵を描いていて、初めて金になった。百円というのは微妙だ。これまで絵を描くのに費やしてきた金額には到底及ばない。それでも自分が絵を描いて金を稼いだことには違いない。

嬉しくないのか、と自らに問う。

嬉しいことは嬉しいのだが、何だか狐につままれたような不思議な感覚の方が強い。職業として画家になれれば、と考えてはいた。食っていける仕事として目指していたのだ。一方である種の修行のようにも感じている。為替を手にしていても、欺《だま》されているような、世間に対して申し訳ないような少々複雑な気持ちになる。

ふたたび通知を手にした。

三百六十九点。

「とりあえずは、まあ、第一歩ということで」

声に出してつぶやいてみたものの、画家になれたという実感はなかった。

4

初めて野田英夫の作品を目の当たりにしてから二ヵ月近くが経っていた。以来、野田を取りあげた美術誌を買いあさり、掲載されている写真や記事を丁寧に切り抜き、色刷り図版だけで一冊、モノクロ図版と記事をもう一冊に分け、貼りこんであった。机の前に画架を立て、スケッチブックを載せ、机の上に色刷り図版のスクラップブックを置いていた。スクラップブックの後ろには本を何冊か置き、もたせかけてある。ページを開いたままにしておくために文鎮を使った。

模写は、全体のスケッチから始めた。まずは構図を把握するためだ。

野田の絵は、屋外と屋内を、写真でいう二重露光のように重ねて描いてあった。その二つの情景も上下とか左右にきっちり分かれているわけではなく、互いにもう一つの領域を浸食するように融合している。

全体の構成を把握してから部分に取りかかる。最初に手をつけたのは、やはり主役、中央に大きく描かれた男性像だ。

男は首をやや前傾させて、左肩を前に出している。頭部左側から左肩へつらなる線を手製の竹ペンで引き、左肩からやや内側へ切れこんでいく柔らかな上腕部を肘まで描いたところで、俊介は大きく息を吐いた。

左に置いたスクラップブックの写真と、たった今自分が引いた線との間を何度も視線を往復させて比べる。スケッチブックには、すでに男性の上半身が鉛筆でスケッチしてあった。探りに探ったので、鉛筆の線は重なりあい、黒光りしていた。

何か違うなぁ——俊介は唇をへの字にした。

それから屋外部分だけを抽出してスケッチしてみた。

白い建物はたいそう立派で、屋敷といえそうだ。小高い丘の斜面を利用している。頂上に玄関のある母屋があり、斜面を下ってほかの階が設けられ、地下室もあるようだ。もっとも低い階は厩《うまや》になっていて、入口のわきには馬車の大きな車輪が立てかけてあった。

母屋の玄関から丘を降りる斜面には階段があり、階段を下りたところに男が一人立っていた。男の立っているあたりから湾曲した道が描かれ、絵の下辺、つまり手前には門柱と上部を槍《やり》のように尖らせた鉄柵が描かれている。広々とした前庭は立木で囲まれていた。

屋敷の奥は盛りあがった畑で、緑の畝の様子からして綿花が植えられているのだろう。背景の青空には、白い雲が浮かんでいる。青々とした畑と空と雲の色合い、強いコントラストからすると夏だ。

三度目のスケッチは室内風景だけを取りだした。左に紐でまとめられたカーテン、中央に大きく男性が描かれている。この男性像は、前庭に立つ男とまったく同じポーズをしていた。右足を後ろに引き、左足を踏みだした恰好で、左肩を前に出した半身になっていた。男の左側、絵でいうと右に大きな花瓶に活《い》けられた花束が描かれていた。花は朱、黄、青、白と彩り鮮やかで、中央の白いテッポウユリがアクセントになっている。

大きく描かれた男の足元が割れ、ギザギザになった床材の縁がリアルに描かれ、そして地下の空間には赤毛で白い洋服姿の少女が肩から上をのぞかせている。少女は右手で口元を覆い、両目は何かを訴えるようにまっすぐこちらを見ていた。

俊介は建物、少女、花束を抜きだし、それぞれスケッチしてみた。原画は、縦一メートル、横一メートル半ほどだったので、こうしたスケッチを組み合わせてみれば、ほぼ原寸大を再現できるだろう。

「こんなもんか」

息を吐き、立ちあがった俊介は部屋の一角に敷いた新聞紙のそばに移動し、しゃがみ込んだ。一号大のカンバスが十個並べてある。マチエールを作るための実験をしていた。

初めて野田の作品を目にしたとき、透明技法を多用していることに気がついた。ちょうど薄茶に塗られた部分だったが、カンバスの織り目が透けていて、下書きの鉛筆の線まではっきりと見てとれた。発色や絵の具の食いつき具合からして下地を作っているはずだが、何もかも透明で、極限まで薄く塗られていた。

硬化しかかっている琥珀のように見えた。琥珀は松ヤニが何億年も経て、石化した宝石であり、ときに古代昆虫や植物が埋もれているものもある。

マチエールを琥珀にしようとしている野田の画法に勁い絵を見いだし、何とか自分のものにできないかと思っていた。しかし、簡単ではなかった。絵の具や溶き油の量、種類を変えて、十個作ってみたのだが、満足の行く風合いは出ていない。

カンバスではなく、板に布を貼ってみようか、と胸の内でつぶやく。

あれこれ脳裏で模索し、ふたたび息を吐いて首を振る。

「ローマは一日にしてならず、だ」

琥珀のマチエールにたどり着かないまま、カンバス上での模写を始めるしかなかった。中央に立つ大きい方の男の上半身を写す。鉛筆で線を何度も探ったあと、この線と決めたところを竹ペンで描きこんでいる。

筆やナイフでも描いてみたのだが、一定の太さを保ちつつ、柔らかな線とするにはペンがちょうどよかった。金属製だとどうしても固い線になってしまうので、竹を適当な太さに割り、先端を削ってとがらせ、切れ目を入れてインク溜まりとしたものを使った。ルオーにつづき、野田の線に魅せられた。モヂリアーニとも違う、細く、一定の太さを保つ線だ。

野田の絵を見て引きよせられたのは、絵の具を塗った上に輪郭線を描くという手法だ。背景が透けて見えるような感じがした。その手法がいくつもの物語を一つの絵に重ねるのに有効な働きをしている。

人と建物が入り混じり、カオスとなっているのが街だと俊介は思いなしていた。だが、重厚に塗り重ねるばかりでは同時に表現することができない。しっかり作った背景に建物や人を線描してしまうという大胆不敵な手法を新鮮に感じた。

どこまでも真似をしてみればいい。いつか麻生がいってくれたように、ルオーを完璧に模写できれば、俊介はルオーになれる。それは不可能だ。とことん真似することで、ようやく違いが見えてくる。その違いこそ、俊介の個性なのだ。

焦るな、焦るな。

自分にいい聞かせた。ルオーとピカソを見てから絵は描くのではなく、造形するのだと気づいた。その後、これが自分の線と納得できるようになるまで一年半を要した。だからこそ単純に時間だけで計れるものではなく、吐き気がするほど模写をくり返さなくては野田の線を自分のものにすることなどできない。野田と出会って、まだ二ヵ月でしかなく、ようやく油彩の模写にたどり着いたばかりなのだ。

そのとき、部屋の入口に母が顔を見せた。

俊介はうなずき、竹ペンを置いて立ちあがった。父が呼んでいるのだろう。何の話か、想像はついていた。

文机の前で横向きになり、座布団にあぐらをかいた父は両切りのタバコをくわえ、マッチで火を点けた。マッチをかたわらの火鉢に捨て、ふうっと煙を吐く。

俊介は父の前で正座し、両手を膝に置いていた。

父はタバコを吸っては火鉢の上で灰を落としている。文机の上には分厚い校正刷りの束が置かれ、その上に赤鉛筆が一本転がっていた。父が取り組んでいるのは、父と兄とが信仰する宗教団体の教祖の言葉をまとめた、教団初の刊行物で、もっぱら聖典と呼ばれている。

くだんの教団に先に入信したのは父で、兄も父に感化されて入信している。教団に対して、俊介は複雑にして抜き差しならぬ関係にあったが、いまだ入信にはいたっていない。

東京外国語学校に入学した当初、兄は共産主義にのめり込んだ。明治の御代《みよ》が終わって大正時代が幕を開けると一般大衆の間に民主化運動が広まり、自由、平等、人権尊重などのスローガンが飛び交い、中でも労働者一人ひとりにこそ人間らしい権利が認められるべきとする共産主義は人気が高かった。

しかし、兄はやがて疑問を抱くようになる。同じ主義主張を持つ人間が団結し、組織を拡大していくところまではいいとして、組織が大きくなるほど内部では主導権争いが激しくなり、党幹部たちが権力闘争に血道を上げるようになる。

猿山のボス争い、と兄がメモに書いてみせてくれたことがある。

俊介にも少しだけわかった。近代芸術研究所を設立しながら、赤荳会には参加しなかった薗田を見てきたからだ。絵画に関しては気の合う仲間であり、技量に優れ、尊敬もしていたが、芸術を階級闘争の武器としてとらえる点だけは最後まで納得できなかった。それに薗田の関心は、組織作りにあるようだ。二十人、三十人と増えていくならまだしも赤荳会は五人以上にはなりそうもなかった。

兄は新興宗教の、何よりも人間の生命を重視し、生命力こそすべてという教えに共鳴していくようになる。くだんの教団に入信したのみならず出版部門を担当し、やがて機関誌を発行するための出版社を起業するに至った。

文机を前にした父はタバコを喫《す》いつづけていた。長くなった灰がだらりと垂れさがり、今にも落ちそうになっている。

父はもともと信仰心に篤《あつ》いところがあった。十代の終わりにはキリスト教の信者になろうとしたこともあったと聞いている。しかし、心底のめり込んだのは法華経であり、きっかけは俊介の病気にある。

父が信仰に篤い人であるのは間違いないが、今入信している教団に対して、どれほど信心ないし信用しているか、俊介は少しばかり疑問を抱いている。

昭和四年秋以降の世界的な恐慌は、俊介にしてみれば、対岸の火事ほどにも現実味がなかった。しかし、銀行業を営んでいた父には深刻な打撃があった。同じ頃、東北では数年にわたって冷夏による凶作がつづいたことも関係している。

あとになって父に聞かされたのだが、世界的な恐慌のあと、父が経営していた銀行でも取り付け騒ぎが起こり、社宅にまで債権者が押しかけてきたらしい。昭和五年、六年と銀行経営はどんどんと苦しくなっていった。

先行きに大いなる不安を抱いていた父がいろいろ救いを求める中で出会った教祖とすっかり意気投合し、盛岡支部長を務めるようにまでなった。

俊介が父の信仰心にわずかながらも疑念を抱くのは、ここだ。リンゴ酒醸造から銀行設立に転じ、その銀行が左前になった直後から教団に急接近している。信仰心も篤いが商機を見る目もあった。

俊介と教団の関係が複雑というのは、まずは経済的な理由がある。赤荳会発足時、画学生から独立した画家となったが、絵を売って生計を立てるには至っておらず、兄の仕事を手伝うことで生活の面倒を見てもらっていた。

さらにもう一つ、昭和九年二月、運命の出会いがあった。

当時、教団幹部を務めていた禎子の父親が急逝したのである。そこで盛岡から父が上京し、兄とともに葬儀一切を取り仕切ることになった。祭壇に飾る遺影の額縁を制作する仕事が俊介に任され、そこで禎子と初めて会った。美しさに衝撃を受けたものの、団体幹部の娘であり、そのときすでに大手出版社の敏腕編集記者として活躍していた禎子と、耳が不自由な上、将来を見通せない画家である自分とはあまりにかけ離れている。

ところが、葬儀の打ち合わせで何度か顔を合わせるうち、徐々にではあったが、お互いに好意を抱くようになった。俊介は禎子の美貌だけでなく、聡明《そうめい》さに強く惹かれるようになり、禎子は絵に対する俊介の純粋な熱情と才能を認めてくれた。

禎子の父の葬儀が無事終了したあとも二人は時々会い、絵画展や映画に行き、食事をしたりしていた。

だが、二人に結婚というゴールはない。禎子にも事情があったためだ。父親を失ったとき、すでに長女が他家に嫁いでいたので、次女で、ちゃんとした職業にも就いていた禎子が戸主となり、母とまだ学生だった妹の生活を支えなくてはならなかったからだ。

またしても転機が唐突にやって来る。去年の夏、盛岡に見切りをつけた父が上京してきて、兄の起業した出版社を拡大、教祖の言葉をまとめた聖典を大々的に印刷する事業に乗りだすことになった。自宅を本社とし、久しぶりに家族がそろって同じ家に暮らすようになった。

今、父の机の上に置かれている聖典の校正刷りは、一年余をかけて、ようやく刊行の目処《めど》がついた証《あかし》にほかならなかった。

父、母、そして兄も、俊介が時おり禎子に会っており、互いに好意を抱いていることも知っていた。それは禎子の母、妹も同じだったが、肝心の俊介と禎子が結婚を頭から否定していた。

今夜、父が書斎に俊介を呼んだ理由はわかっていた。一週間ほど前、禎子から封書が届いた。手紙には、ちゃんとしたお祝いをしましょうとあり、時間と場所が記されていた。俊介はありがたくお受けすると返事を出していた。

九月に二科展初入選を果たし、その後、友人や県人会などが祝賀会を催してくれたり、さまざまな会合に呼ばれるなどばたばたしているうちに、あっという間に時間が経ってしまったのだ。

両親は手紙の内容も俊介の返事も知っているはずはないが、タイミングとしてはある意味絶好、ある意味最悪といえた。禎子と会うのは、明日の夜なのだ。

短くなったタバコを火鉢に捨てた父が膝を正した。

俊介はためらわず前に出て、父の手を取った。

「わきまえております。禎子さんもきっとわかってもらえると思います。明日、会うことになっているので、きちんと話をしてまいります」

ほんの数センチ先で、俊介をじっと見つめる父の目が濡れている。

どうして、と思わざるを得なかった。

父も母も、そして兄までも俊介の病気をそれぞれ自分のせいだと思いこんでいた。いくらそんなことはあり得ないといっても三人は自分を責めつづけ、何とか俊介の力になろうとしてくれていた。

耳が聞こえなくなったことは不便ではあるが、決して不幸ではなかったと俊介はしみじみ思う。


翌日、俊介は午後三時頃には家を出て銀座《ぎんざ》までやって来た。待ち合わせ場所は、有楽町《ゆうらくちょう》の日本劇場前で、約束の時間までは二時間ほどもある。早めに家を出てきたのは、銀座をスケッチしたかったからだ。

晴海《はるみ》通りに面したビルにぴたりと背をあて——後ろから近づいてきた人に声をかけられてもわからないので隙間を作らないよう気をつけていた——、二号ほどの大きさに切りそろえた画用紙をたこ糸で綴じた手製のスケッチブックに鉛筆を走らせながら、俊介は胸の底が抜けていくような失望にとらわれ、唇を嚙んだ。

最初に引いた線が変に緊張してぎこちなく、思い描いていたようなしなやかさがなかった。

こいつはダメだな……。

たった一本線を引いただけでタブローまで行き着くか否か、だいたい見えてしまう。無理に手を動かしているうちに手応えを感じてくる場合もあるが、手探りで何とか形にしようとしているようでは、果てしない工程を経てタブローにたどり着くまで描きつづけられるものではなかった。

そこへたどり着けるときには、何もかも自然だ。手が勝手に動き、自分は傍観者となって、あれよあれよという間に現れる絵を、呆然と、半ば感嘆しながら眺めている。決して自惚《うぬぼ》れではない。いってみれば、自分が目と手に分離し、一方は画家、一方は観覧者となっていく不思議な感覚なのだ。

しかし、今は何も浮かんでこない。ともすればスケッチブックを閉じたくなるのをひたすら我慢しながら手を動かしつづけていた。スケッチをしているときに何気なく引いた一本の線が何ものかの形となり、光となって、タブローに生きることもあるからだ。

放りだしてしまうのは簡単だが、スケッチブックを閉じてしまえば、そこで終わってしまう。雲散霧消してしまう。それは単に一枚のタブローが失われるだけではない。生まれてから今日まで蓄積してきた、何千、何万ものスケッチや、絵の具、溶き油の配合といった試行錯誤が全部消えてしまうことを意味する。

それにしても——目を上げ、俊介はふと思った——四角いコンクリート製の建物の狭間もまた路地というのだろうか。

そのとき、目の前を一人の女が左から右へ横切っていった。不機嫌そうに顔をしかめ、わずかに少し目を細めていた。それほど高くない鼻の下で、への字になった唇が突きだされ、洋風にウェーブのかかった髪が上下していた。灰色のコートは首のところまできっちり閉じられ、左のわきの下に焦げ茶色の小さなバッグを抱えていた。肘に吊り紐をかけた左手は手首がくるりと返り、白い革の手袋をつけていた。右手はコートのポケットに突っこんだままだ。何といっても交互に蹴りだされる、鮮やかな朱色の靴が目を引いた。

女が通過したのは、ほんの一瞬、時間にして一秒もないだろう。それでも縦長に使っているスケッチブックの下半分、左側に女の様子を描きとめていた。先ほどまでの停滞が嘘のように鉛筆が走る。

実際に女がどのような様子だったかは大した問題ではない。一瞬で見てとったイメージを凝視し、スケッチブックに描きとめておくことが肝心なのだ。もし、アトリエでタブローにしようとすれば、何よりこのイメージが肝心で、目の前にあるものをそのままカンバスに写しとることに実は意味がない。そのままに写しとりたければ、カメラを使った方がはるかに手っ取り早い。

大事なのは、自らの裡にもやもやした何ものかが兆すことであり、その何ものかを凝視しつづけて、ようやく絵の造形が始まる。

スケッチブックから目を上げた。上半分には、目の前にあるビルの狭間が描いてある。狭間は一メートルもないだろう。それでも奥にある別の建物がのぞいていて、壁面に規則正しく窓が並んでいる。ガラスは雨と埃《ほこり》で艶を失っていた。左のビルは一階部分が化粧タイルで覆われ、右のビルは土台まで石造りになっている。

もう一度スケッチブックに視線を落とし、描き加えることも修正も必要ないと納得すると、スケッチブックをコートの左ポケットに、鉛筆を右ポケットに突っこみ、背をあずけていたビルから離れた。

数寄屋橋《すきやばし》に向かって歩きだす。冬の夕暮れが足早に近づき、空は一面重い雲に覆われている。それでもまだ充分に明るかった。石を敷きつめた歩道が左右いずれかに傾いたり、波打っているように感じることはない。

歩きながら、たった今のスケッチを思いかえす。とっさに女を描いた理由はわかっていた。脳裏を離れない野田英夫の絵のせいだ。野田の作品は、これまで見たこともない手法、モンタージュで描かれていた。立ち尽くし、見とれて、時間を忘れたのは、そこに、この数年にわたって求めつづけてきた答えがあったからだ。

俊介は、街を描きたかった。

建ちならぶビルディング、行き交う人の群れ、さらには自動車や自転車、汽車、電車のすべてがあって街になる。いずれかが主役で、ほかが脇役や背景、小道具ではなく、すべてが混然となって蠢いているのが街だ。

人物だけなら描けた。建物も描けた。両者を重ねると一つの情景にはなったが、それは俊介の抱く生き物としての街というイメージにはほど遠かった。

街をそっくり描くのに、野田はさまざまな対象や情景を重ねあわせ、ところどころ透明にするなどして、見事に融合させていた。この手があったか、と思った。以来、習作を重ねているものの、満足できずにいる。

数寄屋橋の歩道を歩く。師走のせいか車道の交通量が多かった。自動車の群れの中でひときわ大きな市電がゆっくりとやって来る。靴底に重く、規則的な震動を感じた。市電の窓には、人がいっぱいだ。東京に出てきて、六年になるというのに、銀座や有楽町、そのほか繁華な場所に来ると、いつでも大勢の人がいるのを不思議に感じた。

橋を渡りきると日本劇場が見えてくる。建物の威容は認めつつも、あまり好きにはなれなかった。俊介は、もっと単純で無骨な建物を好んだ。病気のせいで平衡感覚に支障を来すようになってから、つねに水平、垂直の直線を探す癖がついている。同じ日本劇場でも裏からの眺めの方がいい。表玄関は主張が強すぎ、街から浮いているように思えてしようがなかった。

待ち合わせの約束をした劇場前の広場、日比谷《ひびや》寄りにほっそりした禎子の姿があった。足を速め、近づく。

俊介に気がついた禎子がにっこり頰笑んだが、その笑みはすぐに曇り、目がさっと左に向いた。彼女の目の動きを追う。広場の反対側、劇場に近い場所に数人の男たちが立っていた。上等そうなコートを着た男がマイクを握り、足元には大きなスピーカーが置かれていた。男たちの後ろには立て看板が四枚立てられている。どの看板にも太い筆文字が踊っていた。敵という文字だけが朱色だ。看板をくわしく読まなくとも、彼らの声が聞こえなくとも、何といっているかは察しがつく。

禎子に向きなおった。

「不便だね」

俊介の言葉に禎子は怪訝《けげん》そうな顔を見せた。俊介は言葉を継いだ。

「目蓋《まぶた》があるのに、耳蓋《みみぶた》がないのは」

禎子が一瞬目を大きく見開き、次いで笑顔になった。俊介は胸の内でつづけた。

僕なんかちょっと目を逸らすだけで、音のない世界に入って、美しいあなただけを見ていられる……。

5

「陸軍中将？　どうして大将じゃないの？」

禎子の声が聞こえた。いや、そんなはずはなかった。俊介は相変わらず無音の世界にいる。聞こえたような気がしただけだ。俊介が呆然として、見つめていたためだろう。

禎子があわてて手元に置いた手帳に書きこもうとする。

俊介は笑みを浮かべていった。

「大丈夫だよ、わかるから」

禎子が取りあげた鉛筆を手帳の上に戻す。あらためて哀しみが湧いてきた。一度も禎子の声を聞いたことがないし、これからも聞くことはない。

俊介は目の前にある背の高いグラスを取りあげ、シャンパンをひと口飲んだ。シャンパンが酒であることは知っていたが、実際口にするのは今夜が初めてだった。見た目は細かな泡が浮いてくるので、サイダーのようだったが、ちっとも甘くなく、意外にアルコールも強い。かつて父がリンゴ酒を作っていて、ほんの少し飲ませてもらったことがあったので、どことなく馴染みは感じた。

二科展入選が発表された直後、俊介は禎子を夕暮れの東京府美術館に呼び、二人で掲示板を見た。仕事の都合で、夕方まで動けなかった禎子は展示室には入れなかったものの、二人には充分だった。

そして今日、あらためてお祝いをしている。

場所は日比谷にあるホテル内のレストランで、禎子が決めた。彼女は雑誌編集記者として、著名な小説家、大学教授、画家たちを取材し、原稿依頼などもしてきて、接待にも長けていた。一方の俊介はホテルの名前くらいは聞いたことはあったが、足を踏みいれたことはない。

昨夜、俊介は兄にホテルについて教えて欲しいといった。禎子の発案で、ホテル内のレストランで食事をすることもあわせて告げた。兄は手近にあったわら半紙を引きよせ、まず、本邦随一と書いた。

それから兄はホテルの由来、歴史、格式等々をじっくりと教えてくれた。筆談まじりであったが、ゆっくりと話してくれれば、唇の動きで何といっているか察することもできるようになっていた。

そうした兄の教えのおかげで日比谷公園の方から回りこんで門に入ること、ホテルは建物としては二代目だが、竣工《しゅんこう》日が大正十二年九月一日だったことも知っていた。当日は夕方からお披露目パーティーが予定され、ホテル内は準備で大わらわだった。そうした中、正午になろうとするとき、のちに関東大震災と呼ばれる強烈な地震が襲った。もちろんパーティーは即刻取りやめとなったが、建物自体はびくともしなかったという。正面玄関の威容に俊介は気圧《けお》されるのを感じた。

ところが、禎子ときたら慣れた様子で玄関に入り、迷うことなくレストランへと進んだ。堂々たる姿に惚《ほ》れ惚《ぼ》れし、同時に禎子といっしょであれば、地球のどこへ行っても怖いものなしだと思った。

「実際に大きな部隊を動かすのは中将で、大将になると神棚に祭りあげられてしまって何もさせてもらえない。だから軍隊の最高位は中将なんだ」

すらすら答える俊介を、禎子はわずかに首をかしげ、怪訝そうに見ると手帳にさらさらと書き、俊介に見せた。

どうして、そんなことを知ってるの？

「兄さんの入れ知恵だよ。それで小学校の二年生のときには、そんな生意気なことがいえたんだ」

まだ花巻にいた頃だ。夏の日の夕暮れ、級友たちと陣取り合戦をしたあと、公園の真ん中にある時計塔の下でお喋りをしていた。一人がいった。

『やっぱりシュンちゃんは陸士に行くのか』

『当たり前だ』

答えたのは、俊介ではなく、別の級友だ。小学生の頃、成績優秀であれば、将来は陸軍士官学校に進んで将軍になるのが当然という風潮があった。もちろん学校一の秀才佐藤俊介もそうすべきとクラスの皆が信じて疑わなかった。俊介自身も、だ。

父も俊介には軍人になれといっていたし、兄も自分は文の道に進むからお前は武の道を行けと応援してくれ、軍隊についていろいろ教えてくれた。考えてみれば、そのとき、兄もまた小学生だったのだから知っていることなどたかが知れている。だが、俊介にしてみれば、兄ほど何でも知っている人間は、この世にまたとないと思っていた。いまだに同じように思っている節があった。実際、このホテルのことも……。

ふとホテルについて訊ねたことを父に話したのかも知れない、と思った。すぐにどうでもいいことだと思いなおした。もし、兄が話したのだとしても、父と同じように俊介と禎子の将来を案じたからに違いない。

　俊介にしても、禎子にきちんと話をしてくると大見得を切りながら、話の糸口さえつかめずにいた。禎子の顔を見て、何気ないことをお喋りしているのが無性に楽しい。若い男女の出会い《ボーイ・ミーツ・ガール》の絶妙さは、神の差配としか思えない。同時に残酷でもある。そもそも俊介の病気がなければ、父だけでなく、兄までが教団に入信することはなく、教団がなければ、禎子の父と知り合うこともなく、従って禎子と出会うこともなかった。

　思いをふり払い、俊介は言葉を継いだ。

「兄さんは、将軍になるとしても五十くらいだといってた。僕が病気にならずに陸士に行ってたとして、五十といえば、昭和三十七年だ。はるか未来だね。考えてもしようがないけど」

　禎子が手を伸ばしてきて、俊介の手に重ねた。ひんやりした指の感触が心地いい。

　このまま、時間が止まればいい……、何を馬鹿なことを……、きちんと話さなきゃ……、グズグズしてるほど禎子さんの傷は深くなる……、事情はお互いにわきまえて……、ああ、何てすべすべの指なんだ……、今夜のところはまだ……。

　野田の絵を初めて見たときに衝撃を受けたのは、油絵のマチエールの上に線描を重ねている点だ。こんな手があったのかと素直に感心した。

　油彩と素描は別物、と俊介は思いなしていた。ところが、その二つを重ねるという技法があった。しかも野田ほど自在にやってのける画家を見たことがなかった。

　俊介は、街を描きたかった。街にはいくつもの物語があった。人、建物、乗り物、さらに陽光や風、雨、木々、草花それぞれに物語があって、ときに並立し、ときに重なり合い、たいていの場合はでたらめに存在している。そうした要素のすべてがカオスとなってこそ街であり、俊介はそれを一枚のタブローにしたいと考えていたが、単に重ねて描けばいいというものではない。

　野田はすっかり乾いた油絵の上に、大胆不敵に別のモチーフを線描してしまうという手法で、街、もしくはある情景に含まれる物語を重層的に表現してみせた。しかも単純に二つ、三つの情景を重ねて描くのではなく、自在に異なる手法を出し入れし、駆使していたのである。

　模写しているうちに野田の巧みさに舌を巻くようになった。二つのモチーフを一つに重ねて描く際、混じりあう部分は単色の濃淡、明暗で描くグリザイユに似た技法を使い、その上に線描を重ねている。それぞれのモチーフは単独で描かれている箇所があり、それは鮮やかに彩られている。中間部分からモチーフを明確に打ちだす部分へのグラデーションがまた見事で、移行をスムーズで自然なものとしている。

　それは観察者としての人間の内面そのものだ。たとえば、目の前に街が広がっているとして、全体と景色の細部を同時に見ているわけではない。全体をぼんやり眺め、何かが気になれば、注視して、はっきり見定めようとする。そのときの目の働きは、意識にのぼらないほどすんなりしたものだ。

ぼんやり眺めていることと注視の双方を一枚のタブローにすれば、人間の内面そのものを表現できるのでは、と思いついたものの、なかなか手法が思いつかず、試行錯誤をつづけているとき、野田が現れた。

そして、あの日——禎子と待ち合わせて、二人でお祝いをした日、俊介は晴海通りでスケッチをしていて、目の前を行き過ぎた女性をとっさに描いた。今、制作しているマチエールには銀座や有楽町の点景を重層的に描いており、その真ん中に大きく、あのときの女性の姿を線描していた。やや不機嫌そうな横顔、曲げた肘に引っかけた焦げ茶の革のバッグ、投げやりに蹴りだすハイヒール……。

顔は線描のまま、くっきり表情を出し、下にいくに従って描きこみが詳細になり、ハイヒールの朱は鮮やかに入れるつもりでいる。グリザイユのグラデーションは、頭の中にでき上がっていた。

無我夢中で細筆を動かしているとき、ふいに人の気配を感じ、ぎょっとして見上げた。母がかたわらに立ち、両目を吊り上げて睨んでいる。口を開いた。俊介は母が発している音を予想して出した。

「お」

母がうなずく。つづいて唇をすぼめ、やや突きだす。

「う」

しかし、母は首を振った。言いなおす。

「ふ」

母がうなずく。次の音は予測できた。

「ろ」

母がうなずく。

「わかった。でも、もうちょっと待って、今すごく大事な……」

ところが、母は強引に俊介の左腕を取って引っぱりあげた。筆を置き、不承不承立ちあがる。母は風呂場まで俊介を引っぱっていき、脱衣場の鏡を指さした。

顔を映してみる。前髪が実にカラフルだ。赤、青、白、緑の絵の具がついている。絵を描きながら夢中で前髪を掻きあげた結果だ。禎子にお祝いをしてもらって、一週間ほどになるが、その間、風呂に入っていない。それどころか、食事の時間もデタラメで、眠くてどうしようもなくなると画架のわきにごろりと横になって眠り、目が覚めたらまた絵に向かっていた。もちろん着替えもしていないので、セーターにもズボンにも絵の具が点々とこびりついている。

鏡に映る自分の顔を見て、誰かに似ているような気がした。答えはすぐに浮かんだ。初めて太平洋画会研究所に行った日、ふいに現れた霽光《てら》の姿にぎょっとしたものだが、今、自分が同じ顔をしている。あのときの霽光は奇を衒っていたわけではなく、夢中で描いていただけなのだろう。

いつの間にか自分も同じことをしていると思ったらおかしかった。堪《こら》えきれず笑いだしてしまった。ぎょっとして目を見開く母に向かって、何度もうなずきながらいった。

「わかった、わかった。ちゃんと風呂に入る。湯船に浸かる前にはよく洗うから心配しないで」

今日は大晦日《おおみそか》で、家族そろって夕餉《ゆうげ》の食卓を囲むのが習わしになっている。俊介はまだ禎子との食事の顛末を両親や兄に告げていない。


元日は、早朝から父と兄が教団本部に出かけるため、大晦日の夜に家族そろってご馳走を食べ、最後を蕎麦《そば》で締めることになっていた。もっとも家族が一つ屋根の下で暮らすようになったのが、去年なので、今年で二回目に過ぎない。

床の間のついた客間に大きな座卓を置き、すでに母心づくしの料理が並べられていた。床の間を背にする席には父が座り、兄と俊介は父の右前に並んだ。廊下につづく襖にもっとも近いところに母が腰を下ろす。

すでに兄と俊介は正座していたが、母は書斎に父を呼びに行っていた。

時間をかけて風呂に入り、すっかり絵の具を落としてきた俊介は下ろしたての下着、ワイシャツを着て、濃いグリーンのカーディガンを羽織っていた。兄も風呂に入り、身支度を整えていたが、セーター姿だ。一年の締めくくりとはいえ、家族の席なので堅苦しい恰好は必要がない。

両手を膝に置いた俊介は座卓に置かれた箸を見つめていた。まだ父にどのように話すべきか、決まっていなかった。湯に顎まで浸かっているときには、禎子との交際をつづけることを父にもう一度懇願してみようかと考えたが、その先が見通せない。いたずらに時を浪費しては、俊介はともかく禎子にとっていいことはない。だが、すっぱり諦めきれるわけはなかった。また禎子に会えば……。

襖が開き、父が入ってきた。父につづいて母が入り、膝をついて襖を閉める。父は床の間を背負って座った。母が座卓に向きなおる。

ちょうど一年前、父は懐から紙を取りだし、家族に見せた。そこには、終わりよければすべてよしと記されていた。昨年、父は盛岡から東京へ移り、教祖の言葉をつづった聖典を刊行するため、会社を設立した。波乱はあったが、夏には家族そろって一軒家に住めるようになり、教団での活動も順調に進んでいた。一年を総括し、翌年に向けての方向性を一家の長として厳かに宣した恰好だ。

今年は何をいうのか。

いや、その前に俊介から切りだすか。

ここに至って、なお、俊介の肚は決まらない。我ながら情けないと思わざるを得なかった。

父が右手を懐に入れ、折りたたんだ紙を取りだすと自分の前に広げて母、兄、俊介に示した。兄は目を大きく見開き、口をあんぐりとさせた。母はうつむき、座卓に視線を落としている。

俊介ヲ松本家ノ婿養子トスル

思わず母をうかがった。まだ顔を上げようとしていない。兄の顔を見れば、初めて知らされたことがわかる。母はあらかじめ聞かされていたのだろう。

父が兄に向かって、何かいった。兄がにこにこしながらうなずき、答える。父が俊介を見た。異存のあるはずはなかった。しかし、何と答えたものか、言葉が浮かばなかった。

「はい」

それだけいうのが精一杯だ。すぐに母に顔を向けた。

「母さんは……」

母が顔を上げ、真剣な眼差しを俊介に向ける。次の瞬間、にっこり頬笑んで深くうなずいた。

年が明けると、あれよあれよという間に佐藤家、松本家の婚姻、つまりは俊介の婿入りがまとまり、すぐに結納の運びとなった。

俊介にとって望外の喜びは、禎子の母が下落合《しもおちあい》で新築中の一戸建て住宅を借りることを決めたのだが、そこには二十畳ほどもあるアトリエが併設されていた点だ。そのことでひょっとしたら大晦日よりかなり早い段階で、俊介と禎子の結婚話は進んでいたのかも知れないと思った。

それでも父が大晦日まで俊介に告げなかった理由が母にあることは察せられた。母にしても俊介と禎子の結婚に反対だったわけではないが、それでも障害を負った末っ子を手放すのに、躰の一部を切り取られるほどの痛みがあったに違いない。納得するまでに時間が必要だったろうし、父も強引に話を進めることはできなかった。

あの日、と俊介は思う。禎子と日比谷のホテルにあるレストランで二人きりの祝賀会を開こうという日の前夜、俊介は父の手を取って、禎子との結婚を諦めると告げた。すでに松本家との間で互いに了解をしていたとしても、母の心情を思いやって、俊介には何もいえなかったのだろう。

二月三日、俊介は禎子と結婚し、下落合の家で禎子、義母、義妹との四人暮らしが始まった。

佐藤俊介は松本俊介となった。

住宅は、淀橋《よどばし》から埼玉県の川越《かわごえ》に至る私鉄の沿線にあり、中井《なかい》駅北側の小高い丘にあった。丘の周辺一帯を所有している旧家が一大文化村として造成に乗りだし、このため近所には作家、画家、学者などが多く住んでいた。

禎子の姉は、著名な航空力学博士にして設計者に嫁いでおり、もともとこの地所に家を構えていた。義姉の紹介でアトリエ付きの新築住宅が借りられることになり、しかも俊介が二科展入選という実績のある画家であるため、文化人割引で家賃も格安に設定されていた。敷地面積百五十坪のちょっとした邸宅であった。

俊介は結婚前後の慌ただしさにくわえ、本格的な自分だけのアトリエを整えるため、多忙を極めていた。二科展以後、少しずつ絵が売れるようになったが、入賞賞金の百円を上回る値がついたことはなく、生計を立てるところまでは至っていない。

結婚して三週間後、早朝から家の中は重苦しい空気に包まれていた。思いつめた顔をしている禎子に訊いた。

「何があった?」

禎子はよくわからないというように首を振り、家の中でも持ち歩いている手帳に戒厳令が出たと書いた。

翌朝、配達された新聞を見て、俊介は驚愕する。一面に黒々とした見出しが並んでいた。

青年将校各所を襲撃

首相、内府、教育総監即死

侍従長重傷、蔵相負傷す

記事を読んだが、要領を得ない。昭和十一年二月二十七日、朝。ちょうど二十四時間前、東京は珍しいほどの大雪に見舞われていた。

何が起こったんだろう——俊介は胸の内でつぶやいていた。

第四章　綜合工房

1

昭和十一年八月。

八月に入って、連日、暑い日がつづいていた。その日も朝から太陽が照りつけ、午前中に早くも摂氏三十度を超えていた。

午後、ひょっこりと澤田哲郎がアトリエを訪ねてきた。とくに急ぎの仕事があるわけでもなかったが、胸の底がささくれたように感じていた俊介は、面倒くさいなと思った。

画架には、三十号ほどの建物の絵を載せてある。暗い赤を基調としているが、全体に厚ぼったい、ありていにいってしまえば、野暮だ。そのことが胸底をささくれ立たせていた。

澤田が画架の前にほんのわずか立ち、すぐに壁に掛けた制作途上にある別の絵の前にある絵へと移動したとき、俊介は胸の内でつぶやいた。

やっぱり――。

壁には二点掛けてある。一点はブルー、もう一点は赤を基調としたモンタージュ作品だ。去年、野田英夫の絵を見てから取り憑かれたようにスケッチを始めていたが、年末に一つの手がかりをつかんだような気がした。

いくら力んでみても、手がかり、足がかりがなければ、空回りするばかりで断崖絶壁を登っていくことはできない。晴海通りをスケッチしている最中、目の前を不機嫌そうな顔をした女が通りすぎていった刹那、その姿、とくに朱色のハイヒールを描きとめた。そこに手がかりを見つけたような気がしたのだが、実際にマチエールの制作にかかるとグリザイユの微妙な調子が想定したように発色せず、一時休止して、赤い建物に手をつけたのだった。

とにかく暑かった。二十畳のアトリエの、北側に面した四つの窓、東の壁に切った作品搬出用の細長い窓、出入口もすべて開けはなってあるが、ねっとりした熱い空気が押しよせてくるばかりで風を感じるには至っていない。三ヵ所に皿を置いて蚊遣《かや》りを焚いている。暑く湿った空気と、蚊遣りの煙が混じりあって、べっとりと腕に張りついてくる気がする。

蒸し暑いのは、天候のせいばかりではない。アトリエの奥、冬場にはストーブを焚く台の上に炭を熾した七輪が置いてあり、半分ほど水を張った大鍋がかけてあった。そろそろ沸騰する頃だろう。たまらなく蒸し暑いというのに鍋から湯気が立ちのぼっているのが見えている。

アトリエに入るなり、澤田が大鍋に湯を沸かしたいといい出した。俊介は七輪を運び、筆やパレットを洗うときに使っている古い鍋に水を汲んで持ってきた。その間に澤田が炭を熾していた。

くわえて、その澤田だ。西側の壁に掛けた絵の前に立ち、腕組みをしていた。癖毛が左右に飛びだした長髪、むさ苦しいほど密集した髭が暑苦しい。ところどころ穴の開いた半袖シャツに緑色のズボンを穿《は》いて、裸足だ。肩から斜めにかけ、くすんだ黄土色の布製バッグを提げている。

何度も使ったあとにばらしたカンバスの生地を流用し、外側に二つ、蓋付きのポケットが付いていて、中にも大きめの内ポケットが作られている。それはなかなか恰好がいい。前にそういって褒めたことがあるが、自作だと面白くもなさそうに答えた。

澤田は、実に手先が器用な上、まめでもあった。

ふたたび画架の前に戻った澤田はしばらく建物の絵を眺めていたが、やがて俊介をふり返った。ぎょろりとした目でまっすぐに見つめている。俊介は肩をすくめた。

「ご賢察の通り、あまり進んでいない。何だか、ごてっとした感じで」

分厚く絵の具を塗り重ねすぎているのは確かだが、本当のところでは、昨年二科展に入賞した作品とあまり変わらないように思えて、そこが気に入らなかった。一度成功すると、どうしてもそこに自分を寄せていこうとして、結果的に同じことをくり返してしまう。

澤田がにやりとしてうなずいた。わかってるよ、という顔つきが憎らしいが、本当のことなので、それほど腹は立たなかった。

「湯が沸いたよ」

声をかけると澤田は、いろいろな道具類を並べた棚から取っ手のついた小さな金属製の器と柄の長いスプーンを取る。どちらも顔料などを溶かす際に使っていた。いいかとでも訊くように両方を持ちあげてみせたので、うなずいた。

七輪のそばにきて、器とスプーンを置いた澤田が斜めに提げたバッグから広口の瓶を取りだした。中身は淡い茶の透明な液体だ。瓶の蓋を外し、器に移す。

獣じみた臭いが広がった。

澤田が目を上げる。俊介はうなずいた。

「膠水《にかわすい》だ」

澤田は器の取っ手を持って沸騰した湯につけ、スプーンで膠水をゆっくりとかき混ぜた。沸騰させてしまったのでは膠水の定着力が落ちるくらいは俊介も知っていた。だから澤田が湯煎し、さらにスプーンでかき混ぜていることにも驚かなかったが、膠水を裏打ちとして紙本や絹本に塗るのは日本画の基本だ。油絵ではやらない。

俊介は画架のわきに置いた小物入れ——小さな車輪をつけて、どこにでも動かせるようにしてあり、抽斗が四段になっている——から手拭いを取りだして、澤田に渡した。湯煎を終えれば、次は不純物を取りのぞくために漉《こ》さなくてはならない。

湯煎を終え、澤田は空になった広口瓶に手拭いを被せ、膠水を注ぎこんだ。それを持って、アトリエの中央に置いた作業台へ移動する。あとについてきた俊介がよほど不審げな顔つきをしていたのだろう。バッグから麻紐で綴じたわら半紙を取りだし、鉛筆で何ごとか書いたあと、俊介に見せた。

師匠ノ手口

俊介は眉を上げた。

「師匠って、誰かの弟子になったのか」

気取ってうなずいた澤田がゆっくりと口を動かす。読んだ俊介はぎょっとして訊きかえした。

「藤田？　藤田って、まさか……」

澤田が髭もじゃの顎をつんと持ちあげたかと思うと、実に嬉しそうな笑みを浮かべて深くうなずいた。

それから藤田の弟子になるまでのいきさつを教えてくれた。澤田は盛岡の生まれだが、盛岡中学の受験に失敗し、市内で二番といわれる中学に入った。何が幸いするかわからない。そこで一人の同級生と親友になる。親友は東京に出てきて、若き詩人として活動しているのだが、中学の頃から澤田の画才を認めていたという。

親友が私淑する詩人が藤田嗣治の知り合いで、親友も藤田に知遇を得ていた。聞きつけた澤田が親友に頼みこんで、藤田の弟子にしてもらったということだった。

弟子といっても、澤田がしているのは雑用、それにモデルらしい。

どちらも納得できた。澤田は手先が器用だし、気の利く男であった。また、背が高く、体格もがっしりとしている上、彫りの深い顔立ちで、その容貌は怪異といってもいいほどだが、モデルとしては画家心を実にそそる。

澤田がアトリエの隅に置いてあった支持体を取ってきた。広口瓶と支持体を示す。俊介はうなずいた。澤田が持ってきたのは、四号ほどの大きさで、板に布を貼ったものだ。まだ下地も塗っていない。

作業台に支持体を置いた澤田が膠水を塗りはじめる。

一通り塗りおえたあと、一日乾かす必要があるといい、ついで手拭いにくるんだ膠を取りだし、差しだした。膠水を作るには、適量の水に一晩浸《つ》けて、膠を軟らかくしておく必要があった。

水と膠の比率をメモにしてくれたあと、広口瓶の中にスプーンを入れ、何度もすくって見せた。とろみ具合を体感しろ、といっているようだ。俊介は澤田の真似をして、スプーンですくっては瓶に戻すのをくり返した。今まで見てきた膠水より、ほんのわずかだが、とろみが強い。

翌日、澤田はまた昼過ぎに現れ、今度は俊介が膠水を作ることになった。

アトリエの出入口から廊下を挟んで八畳の座敷があった。床の間も設《しつら》え、客間として使っている。そこに座卓を持ってきて、中央に七輪に載せたすき焼き鍋が用意してあった。着物姿の禎子が銚子《ちょうし》を持ち、澤田が差しだす猪口《ちょこ》に酒を注いでいた。禎子の着物は白黒グラデーションの縞が涼しげな夏物で、紗《しゃ》の帯は透けていた。

下落合に居を構えてからしばしば来客があった。誰に対しても禎子の応対ぶりは堂に入っていて、それでいて気取りはなかった。人を逸らさず、卓の周りは笑顔が絶えなかった。意外な才能ともいえたし、俊介にしてみれば、人あしらいのうまい実母を連想せずにはいられなかった。

それゆえ澤田が訪ねてきた初日から禎子は夕食に誘っていたが、なぜか固辞された。三日目にしてようやく澤田が受け、ちょっとした宴《うたげ》とあいなった。禎子と澤田は初対面ではない。下落合の家に引っ越してきてから澤田は何度か訪ねてきている。俊介の自宅から最寄りといえば私鉄線の中井駅だが、澤田はその二駅先の近所に住んでいた。

すき焼きの甘辛い匂いは心地よく、このところ値段が高騰しているらしい生玉子もざるに盛ってある。

ふだんはあまり酒を飲まない俊介だが、今夜はよく飲み、かつ食べた。だが、澤田の健啖《けんたん》ぶりには比べようがない。酒も肉も野菜も喜んで澤田の口に飛びこんでいく風情すら感じられた。

ふいに澤田が何か思いついたように手製のバッグを引きよせ、中から新聞紙にくるんだ平べったいものを取りだした。み、や、げと口が動く。受けとって開くと中には、ベニヤ板の切れ端が入っていた。

ひっくり返してみて、俊介は思わず声を発した。

「これは」

俊介は澤田に目を向けた。澤田が深くうなずく。視線を手元に向ける。ベニヤ板は鉈《なた》を振るって細切れにされたようだ。木目に沿った縦はわりとまっすぐに割れているが、横方向には何度か刃を叩きこんだ跡が残り、無理矢理断ち切られたように周囲がギザギザになっている。

大きさは十センチ四方ほどで、周囲の一部が焦げ、炭になっている。描かれているのは、女性の裸身……、その一部だ。首から下、右の乳房までが残っていた。肌の乳白色、大きくはない乳房の乳首は淡い藤色、一目で誰が描いたかわかる。同じ色合いの裸婦像を何度も見ている。

藤田嗣治。

澤田が手を伸ばしてきて俊介が手にしている破片の縁を指さした。注視する。藤田の絵を正面からでも斜めからでも見ることはできた。機会があれば、裏側さえ見られるだろう。だが、断面を見ることはない。

はっとした。

藤田は意外と厚塗りをしていない。俊介が今描きかけている絵をごてっとした感じといったとき、いかにもという顔で澤田がうなずいた理由がわかった。

薄いのだが、藤田の絵は勁い。その秘密の一つが膠水で裏打ちをしていることにあるのかも知れない。

禎子が俊介に目を向けていたので、手にしたベニヤの板片《いたきれ》を見せた。禎子が目を瞠る。俊介はいった。

「そう、藤田だ」

俊介はベニヤの板片を禎子に渡し、澤田が藤田の弟子になったこと、その経緯をかいつまんで話した。

描かれた乳房を見るとモデルが若い女性であり、四号ほどの小品だろうと推察できる。ふくらみかけた乳房からすると少女に近いのでは、と俊介は思った。それから澤田が説明してくれたところによれば、藤田は絵のモデルとなった女性と恋愛関係にあったようだ。

藤田はそろそろ五十に手が届こうという年齢だ。モデルとなった女性が若いということまではわかるが、澤田は直接会ったことはないらしい。藤田は年齢差がどれほどだろうと、恋愛には極めて率直に、正面から向きあう……、俗っぽい言い方をすれば、若い女に夢中になって、振りまわされていたようだ。

あの世界的巨匠が、と思うと何だかおかしい。一方、断片とはいえ、描き方を見れば、藤田がくだんの女性を嘗めるように愛《め》でていた様子がうかがえる。

二人の間に何があったのか、実際のところ、澤田にもうかがい知ることはなかったようだ。ただ激怒した藤田がアトリエでこの絵を鉈で引き裂き、ストーブに放りこむのを目の前で見ていたらしい。そばにいたものの澤田は手をこまねいているしかなかったが、ちょっと藤田が離れた隙に何とかこの一片だけを取りだした。周囲の一部が焦げているのは、そのせいだ。

禎子が断片を俊介に渡す。受けとった俊介は、あらためて眺め、深くため息を吐いた。ほんのひとかけらに過ぎないというのに、これが藤田だとわかるだけでなく、全体を容易に想像させる。

すごい……、たったこれだけで藤田の作品が迫ってくるようだ……。

ここには藤田そのものがある。いつかは自分もそうした絵を描きたいと思った。ため息の理由は、そこにあった。

俊介はまばたきし、断片から視線を引きはがすように顔を上げた。

澤田の話にしきりにうなずいていた禎子が俊介に目を向ける。文字を書くように宙に右手を動かす。一々紙に書かなくとも禎子が何をいいたいかわかるようになってきた。ごく稀《まれ》にだが、禎子の手が動いた軌跡が宙にピンクのネオン管のように浮かぶことがある。まるで字幕のように俊介は読んだ。

フジタセンセイノオデシニナッタリユウ、と禎子が手を動かす。うなずき返すとさらに手を動かした。アナタと読めた。

俊介は澤田を見た。澤田がゆっくりと、少々大げさに口を動かす。ビ、コ、ウといっているのがわかった。

「麻生といっしょに行ったときだね」

澤田がにこにこしながらうなずく。

〝穴〟でコーヒーを飲んだあと、美校の陳列館に由一の『鮭』を見に行こうということになった。そのとき特別展示室が設けられ、藤田嗣治の大作が並んでいたのだ。吸い寄せられるように絵の前へ行き、立ち尽くし、凝視していた澤田の姿が浮かんでくる。

禎子がにこにこしながら俊介の顔を見ている。

「どうした?」

俊介の問いに答え、禎子が右手を動かした。ユ、メと書いた。

「夢って何?」

禎子が宙に字を書く。

アナタトフジタセンセイ、アワセル

俊介は目をぱちくりさせ、澤田を見た。

「どうして、そこまでして?」

澤田は答えようとせず、照れ笑いを浮かべ、猪口を呷《あお》った。禎子が銚子を差しだし、酒を受けた。

澤田が帰ったあとのアトリエで、俊介は壁に掛けた街のモンタージュ作品を前に立っていた。百号近い大きさがあるが、ブルーを基調とした画面の上三分の二ほどに淡い水色と薄緑色の塊、手前に人物——ソフト帽を被った男たち、赤い服の女——を描いている。水色と薄緑色の塊にはさらに白を盛りあげ、いずれ街並みや個々の建物を線描するつもりでいた。そのためのデッサンは、もう何十枚にもなっている。

ふり返った。

画架に載せてあるのは、六十号カンバスに描いた建物だ。赤を基調としているが、構図としては去年二科展に入選を果たした建物の絵と同じく、前景、中景、遠景を下から順に描いている。去年との違いは赤系統を中心に使っている点だが、それだけともいえた。

決して手を抜いているつもりはないが、何となく散漫な印象を受ける。理由はわかっていた。赤い建物を描きながら、心の大半をモンタージュ手法で描く青い街並みに奪われているためだ。

どちらも中途半端になる、と思った。

二科展に入選したからといって、太い輪郭線を用いた画風を手中にしたわけではない。まだまだ錬磨しなくてはならない。一方で昨秋からは野田英夫に意識がいってしまうことが多い。街中でスケッチをしていても、ついあれとこれを重ね、この人物は左に、こっちの人物は前面に、と妄想が突っ走ってしまう。デッサンには必要なことだが、モンタージュ技法を手の内に入れるまでにはまだまだ時間がかかる。

作業台に目をやった。四号ほどの紙を糊付けした板が二枚載っている。一枚には澤田が膠水を塗り、もう一枚は俊介が同じ作業をやった。膠水の粘度を幾度も注意されたが、それはそのまま藤田の好みでもあった。下地作りは、まだこれからだが、澤田によると膠水で裏打ちすることで発色と、絵の具の食いつきがよくなるらしい。藤田の絵が意外に薄塗りなのは膠水という日本画の技法を採り入れているためではないかという思いが確信になってきている。

そのとき、ふっと何かが脳裏を過っていった。

もう一度画架に載せた絵をふり返る。

何もかもを詰めこもうとして全体にごちゃごちゃ、散漫になっているのではないか。ならば真ん中の一棟のみを切りだして、四号で描いてみようか……。

アトリエの照明が一瞬消え、すぐに点いた。出入口に目をやると禎子が湯飲みを二つ載せた盆を手にして立っている。照明の点滅をノックの代わりとしていた。

「今夜はありがとう。美味《おい》しかったし、実に楽しかった」

どういたしまして、というように笑みを浮かべてうなずいた禎子がアトリエに入ってくる。

俊介はソファのわきに置いてあった双六盤《すごろくばん》を、ソファの前に移動させ、腰を下ろした。双六盤は上等な碁盤のように分厚かった。ただし、上から見ると正方形ではなく、長方形になっている。かなりの年代物で、かつては貝殻を駒にして遊んだものだという。駒を進める順路は象牙を埋めこんで作られており、何年か前に神田の古道具屋で見つけ、一目惚れして購入したものだ。駒はなかったが、オブジェとして気に入っていたし、二つ三つならコーヒーカップを載せられる。

双六盤に湯飲みを並べた禎子が作業台からわら半紙を綴じたスケッチブックを取ってきて、となりに座った。鉛筆を走らせ、俊介に渡した。受けとり、目をやった。

澤田さんがおっしゃっていた。

夢でお腹《なか》は膨らまないけど、空腹は我慢できる、と。


小さくうなずいた俊介はつぶやくようにいった。

「あいつらしい」

スケッチブックを下ろしたとき、禎子が真剣な目をして、スケッチブックを見ていた。

「どうかした？」

禎子が手を出したので、スケッチブックを載せてやると表紙を俊介に見せた。表紙といっても雑記帳と書いてあるだけだ。スケッチ、デッサンだけでなく、日頃思いついたことを書きとめておくのに使っているので、雑記なのだ。

禎子が俊介を指し、次いで自分を指したあと、雑記帳の文字を指した。それからページをめくり、鉛筆で走り書きをして俊介に見せた。

私たちの雑誌の名前は雑記帳、と書かれていた。

夢でお腹は膨らまないけど、空腹は我慢できる、といった澤田に禎子はいたく感激していた。

2

澤田もまた画家になりたいという夢に向かっているが、それで飯が食えているわけではない。すき焼きを豪快に頬張り、がぼがぼ酒を飲みながらのセリフゆえ、多少ちぐはぐではあったけれど。

「夢か」

つぶやいた俊介は書棚の前にしゃがみ、モヂリアーニの画集を抜いた。手にして、開くだけで目的のページになる。封筒が挟んであるためだ。上野の東京府美術館に行き、掲示板に張り出された二科展入選者の名前を見に行った数日後に、禎子から届いた手紙だ。

ていねいに便箋を取りだし、開く。

拝啓　昨日は親切にご案内いただき、ありがとうございました。

本日、仕事で移動中に上野近辺まで参りましたので、府美術館に寄って参りました。

いえ、正直に申し上げます。どうしても俊介様の作品を拝見したく、取材で外出した折、一目散に美術館に行ったのです。
入賞作、拝見いたしました。まずは大きさに圧倒されました（無知な女をお笑いください）。

第二十二回二科展に出品した『建物』は六十号ほどで、縦九十七センチ、幅百三十センチあった。

読み進めていく。

……無知を承知で申し上げます。風景に相対したときの、俊介様の感情が色で、そして強靭な意志が太く、黒い線で表され、ただただ圧倒されたのでございます。

もう何十回、否、何百回読んだか知れない。文面はすっかり憶えているのだが、その箇所にかかると自然と笑みがこみ上げてくる。

……画家とは、なろうとするものではありません。なろうとしてなれるものでもないと愚考します。画家は、ただそこに在るのです。あなたの作品を拝見して、ここに一人の画家がいると確信しました。
あなたという画家が、今やわたしの夢になりつつあります……

画家は、ただそこに在るもの、という言葉がすんなりと腑に落ちた。生まれついての画家でもなければ、いつから画家になる、でもない。今、そこに在ること。なろうとしてなれるものではない、という言葉にも納得できた。聴力を失い、十五歳から絵に向きあいつづけてきた俊介にしてみれば、絵の世界は、次々に消えていく将来の可能性の中で残ったに過ぎなかった。その後の十年、夢中になって駆け、二科展に入選したときには、むしろ不思議な感じがした。

この僕が画家？

だが、入選発表を知らせる掲示板の前で禎子は実に嬉しそうな顔を見せてくれ、その笑顔にどれほど勇気づけられたことか。

澤田とすき焼きの小宴をもった日の夜、二人きりでアトリエにいるとき、禎子がスケッチブックの表紙に書いた雑記帳の文字を指さした。二人で作ろうとしている小さな雑誌の名前だといった。

絵だけでなく、言葉でも人間とは何か、生きるとは何かを追求したいというのが結婚前からよく二人で話し合ってきたことだ。そこには、偉大なる何ものかがあるように考えていた。

出版をやろうといいだしたのは俊介である。出版社を起ちあげ、広告収入をあてにせず自分たちのやりたいように雑誌を作り、刊行、販売していく。実に無謀極まりない妄想であるだけに禎子は当初乗り気ではなかった。

俊介は必死にかき口説いた。なぜなら、そこにはいつか禎子の本を出したいという俊介の夢——禎子には告げてなかったが——があったからだ。詩集か、小説か、評論集か、あるいは誰かの評伝か、何でもいい、どれでもいけると俊介は考えていた。

すでに出版社で雑誌の編集記者として実績をあげていた禎子の文章はいくつも読んできた。新たに発売された日用品の紹介や流行の洋服についての短信もあったし、作家や詩人のインタビュー記事、のみならずあまり文章が得意ではない画家や彫刻家に成り代わってエッセイや紀行文まで書いた。内容は多岐にわたり、一つひとつ文体までも変えていたが、どの記事も素直な文章なのですらすら読めた。

すんなり読める文章ほど考え抜かれている。言葉を選び、語順を考え、冒頭から読者を巻きこみ、一気に結語まで引っ張っていく結構を整えなくてはならない。肩に力の入っていないように見えて、奥が深い禎子の文章に比べると、自分の書いた文章がいかに生硬で理屈っぽいか、いやになってしまうほどだ。

また、禎子の書く文章にはひと言も無駄がなく、言葉だけなのに目の前に情景や商品が浮かんでくるような描写力があった。しっかりした文章ながらしなやかであり、まるでモヂリアーニの線のようだと感じた。

そう、モヂだ。禎子の才能を埋もれさせるのは勿体《もつたい》ない——。

あの日、禎子が提案した新しい雑誌の名『雑記帳』にセンスのよさを感じた。ただ、戸惑いがなかったわけでもない。誰かに寄稿をお願いするのに雑記というのはちょっと失礼ではないかと口にした。

禎子がふたたびスケッチブックに書いた。

エッセエ

それこそ取るに足らない身辺の記録から人類、はては宇宙の果てに至る考察のすべてを言葉にすること、それがエッセエ。身辺雑記一つとっても、そこにはその人の五感が、生の営みが存在する。

雑記帳で決まりだと二人はうなずき合った。

数日後――。

料亭の奥まった座敷の襖が開き、廊下に膝をついた仲居が声をかけた。

「お客様がお見えになりました」

座敷で待っていた父、俊介、禎子の三人はさっと座布団を外し、畳の上で正座をした。

右手を挙げ、左手でつまんだ金時計をベストのポケットに入れながら痩身の男が入ってくる。髪の毛をきっちり撫でつけ、三つ揃えのスーツを着ていて、黒カバンを提げていた。俊介たちは畳に両手をつき、そろって頭を下げる。

今日の会食は、俊介と禎子の夢『雑記帳』刊行に向けて重要な一歩であることはわかっていた。

相手は、原奎一郎《はらけいいちろう》、盛岡出身の宰相原敬《たかし》の嫡男である。嫡男といっても原敬に子がなかったため、親類との間で縁組みをした養嗣子だということもあらかじめ父から教えられていた。

会食の場所は、俊介とともに父の話を聞いた禎子が提案した根岸にある料亭であった。元禄《げんろく》年間からつづく老舗中の老舗ということだが、根岸という土地を選んだのには理由があった。

すでに没している原敬は、生涯に二度結婚したが、子供にはめぐまれなかった。実は、最初の妻との間に男児を得たのだが、その誕生によって妻の不貞が露見する事態となってしまった。離縁したのち、後妻に迎えたのが浅草生まれで新橋で芸者をしていた女性であり、そのため浅草、根岸界隈は敬や奎一郎にとっても馴染みの土地となったのである。

くだんの料亭を禎子が提案した理由はもう一つあった。奎一郎が背にしている床の間には見事な三幅対の掛け軸が飾られている。いずれも能の一場面を描いたものだったが、それぞれの絵が独立しているだけでなく、三幅を並べると役者たちの視線がからみ合い、舞台さながらの立体感を醸しだす仕掛けになっている。しなやかな線、大胆にして繊細な色使い――とくに衣装に見られるグラデーションは見事だ――もさることながら余白の使い方が実に潔い。部屋に案内され、目にしたとたん、俊介は心を奪われ、立ち尽くしてしまった。日本画にくわしいわけではないが、絵の出来映えはわかる。

いずれこの料亭と縁のある絵師が手がけたものだろう。

奎一郎の義父、敬は盛岡藩士の家に生まれたが、幕末の動乱期に幕藩体制が崩壊、武士の身分を失っただけでなく、戊辰《ぼしん》東北戦争があって、実家も、敬自身も辛酸をなめた。しかし、実家が明治初期に養蚕業で成功したこともあって、敬は上京し、英語塾に入学できた。上京して五年で、司法省法学校に好成績で合格したのだが、寄宿舎の待遇改善運動に参加し、学校当局と対立、挙げ句に退学処分を受けている。

その後、フランス語を学ぶため、別の私塾に入り直し、新聞社に入社した。くだんの私塾の創設者は民権思想の啓蒙《けいもう》家とみなされたが、敬自身は、極端な民権主義より官民のバランスを重視する考えを強く持っていた。ところが、新聞社の経営者が変わり、新経営陣とは思想面で相容《あいい》れなく、私淑していた上司が退社したのに付き合って、自らも浪人となった。

そこに目をつけ、敬を引き立てたのが政界の大立て者だった。その縁で新聞記者から役人へと大きく舵《かじ》を切ることになる。外交官や農商務省の官僚として勤務するうち、当時の与党幹部と親しくなり、その党が与党から野党に転落するなどの事態が勃発した際、議員、党員の取りまとめに奔走して成果を挙げたことで認められ、盛岡の衆議院議員となる。

政治家に転身してからも複数の内閣で大臣などを歴任、大正期に入って、ついに首相となる。画に描いたような立身出世物語の主人公であり、盛岡では尊敬を集めていた。

俊介も子供の頃から名前は聞かされていたし、盛岡で銀行業を営んでいた父は敬の支援者の一人でもあった。

幕末から明治、そして大正と日本が激動する中、波乱に満ちた言論人、政治家の途《みち》を歩みつづけた敬だったが、大正十年十一月、東京駅構内で刺殺されて一生を終えている。

奎一郎が留学のため、イギリスに出発して一ヵ月後の事件だった。

いったん帰国し、ふたたび英国に渡った奎一郎は、昭和になって戻ってきた。地元やかつて父が領袖を務めた党から熱心に誘われたが、すべて断り、文筆業に専念した。いずれ養父敬の日記を公刊し、評伝をものすることを生涯の目標と定めたのだ。

一方、俊介は三年前から父、兄とともに教団機関誌の発行を行っていた。原稿やカットを描くだけでなく、用紙や印刷所の手配、配本、販売にまでかかわっていた。つまり雑誌を刊行するノウハウは一応心得ていたのである。禎子と結婚し、半年足らずで定期刊行雑誌の骨子を組みあげられたのは、そのためだ。

雑誌制作から販売までの過程を一通りかじっているだけに採算ということも理解していた。教団という母体があり、所属する信者という巨大な購買層があるのならともかく、一般的な雑誌は刊行時点ではそれまでのコストを広告などでまかない、販売した分だけ利益とすることを目指す。しかし、俊介は、特定の思想にとらわれることなく、幅広い意見を求めるつもりでいたため、広告は載せないと決めていた。広告主の鼻息をうかがっていたのでは、自由闊達な意見交換などできるはずがない。

だが、まったくの新会社で新規に定期刊行物を発行し、しかも広告なしとなれば、採算の合うはずがなかった。

すっかり行き詰まり、父と兄の前で打開策が見当たらないことをぼやいた。すると父がぽつりと奎一郎先生に相談してみてはどうかといった。

奎一郎は父の遺産を受けついだ資産家でもあり、日本とヨーロッパの文化に明るい。打って付けだと兄もすぐに賛成した。そこで父は一度先生に手紙を書こうといってくれたのだが、兄が反対した。手紙は俊介自身が書くべきで、父はひと言、よろしくとだけ添え書きすればいい、と。自ら筆を執った方がたとえうまくいかなかったとしても納得できるだろうというのが兄の意見であった。納得した俊介は思いの丈を手紙に書いた。父と兄の添削を受け、父の短い手紙とともに送ったのが一ヵ月ほど前である。

奎一郎からの返書が来て、一度俊介にも会って話を聞きたいとあった。俊介は編集記者をしている禎子も同席する許可を得て、今日の会食となった。挨拶が済んだところで、酒と料理が運ばれてきた。禎子は奎一郎の言葉をすぐメモにして、俊介に見せる役を務めた。

しばらく酒宴がつづいたものの、肝心な話題を誰も切りだそうとしない。俊介が口を開こうとしたのと禎子が左肘をつかんで止めたのがほぼ同時で、その様子を見て、小さくうなずいた奎一郎が持参したカバンを手元に引きよせると、中から一本の掛け軸を取りだした。それほど大きなものではない。奎一郎は軸を父に手渡すと何かいった。うなずいた父が蝶結びになっていた紐を解き、軸を広げる。

俊介と禎子ものぞきこんだ。

そして三人とも息を嚥んだ。

軸装されていたのは、黄ばんだ洋紙に鉛筆で描かれた少年の図で、両手で包みこむように湯飲みを持っていた。目を引いたのは、少年の目元だ。伏し目がちになっていて、長い睫毛《まつげ》を透かして見える瞳には、およそ少年らしくない物憂げな光が宿っている。まるで湯気でも吹くように唇はすぼめられ、頬がわずかに膨らんでいた。

俊介は目を上げ、奎一郎を見た。

「これは先生ですか」

奎一郎が口を開きかけ、苦笑して、うなずく。

俊介はふたたび絵に目をやった。一瞬の表情をとらえたスケッチに違いなかった。鉛筆による素描で、おそらく数分とかからずに描きあげたものだろう。線はどれも迷いなく、速度感を持って引かれている。しかも、的確に、過不足なく……。

右下にY・Gとイニシャルが記してある。

禎子が卓の下でメモを差しだした。そこには、五姓田義松《ごせだよしまつ》と記されていた。俊介はさっと顔を上げ、まじまじと見つめた。笑みを浮かべた奎一郎の口元が動く。声は聞こえなかったが、知っているかと訊かれたことを察するのは難しくなかった。

「存じあげています」

五姓田義松は著名な洋画家だ。日本の洋画壇の黎明《れいめい》期、横浜で洋画を学び、さらに工部美術学校でイタリア人画家フォンタネージに師事したあと、単身渡仏、サロン・ド・パリに入選するなど華々しい活躍をした。まだ明治も十年代のことである。五姓田の作品は、美校が買い上げ、時おり陳列館で展示されていた。

五姓田がパリで絵を学んでいた頃、ちょうど養父敬が外交官として駐在していて知り合った。当時のパリにいる日本人はごくごく少数で、どこかで顔を合わせても何ら不思議ではなかったが、日本に戻ってからも二人の交流はつづいた。

禎子がメモで教えてくれた。

五姓田が活動拠点としていたのが浅草で、帰国後、敬も浅草には足繁く通っていたからでもあるが、何となくウマが合ったらしい。

奎一郎が軸装した素描を指さしていい、禎子がすぐメモにして見せてくれた。この絵は八歳だった奎一郎の目の前で五姓田が描いたもので、そのときに画家というのは魔法使いだと思ったそうだ。

俊介からの手紙を読んだとき、奎一郎は運命を感じたという。敬が五姓田義松と交流したように、自分もまた一人の洋画家と縁を持つにいたった、と。

雑誌刊行に向けて、全力で応援するといってくれ、俊介は思わず畳に両手をつき、深々と辞儀をした。

分厚い雲が割れ、明るく陽が射してきたかのような心持ちがしていた。

アトリエの北側に四面並んだ窓のちょうど真ん中にある細い内壁に綜合《そうごう》工房と彫りつけた三十センチほどの看板が掛けてあった。新居に移って間もなく、俊介が自ら作成したものだ。

着物姿の小さな女性が綜合工房の看板を見上げていた。俊介は、綜合の由来を問われ、答えようとしている。かたわらには禎子がいた。

「子供の頃から、僕は線ですべてを表現できると考えていました。それが絵の途に進むきっかけだったのだろうと思います。僕が線描したいすべてとは何か、何を指すのかと考えるようになりました。それでいろいろ本を読むようになりました。そして思い至ったのは、少し大げさになりますが、この宇宙が開闢《かいびゃく》して、何十億年、何百億年という時間が経って、無限の広がりがあって、その中で、時間と空間が交差するささやかな一点に僕がいる。僕がいて、生きている。線で描くことを求めているうちに、だんだんと絵だけではなく、もっといろいろなことを綜合して考えなくてはならないんじゃないかと思うようになりました」

小さな女性は身じろぎもせず看板を見つめている。目力が強く、見つめているというより睨んでいるといった方がぴったりくる。唇は固く結ばれ、顎に強い意志が表れていた。

俊介は声を励ました。

「世の中が何だか軽い方向というか、わかりやすい方向に流れすぎているように思います。アメリカの映画では、ごく平凡な男女が巡り会って、恋愛をして、結婚して、ふつうの幸せな家庭を築くまでが笑いを交えながら描かれますが、ハリウッドの俳優ですからごく平凡ということはあり得ません。だけどわかりやすい。わかりやす過ぎる。あくまでも娯楽だからと認めるのにヤブサカではありませんが、でも、やっぱりちゃんと歴史とか、民族とか、その土地ごとの風土とか、そういうことも考えて、今、なぜ自分がここにいるのかを考えてみることも必要ではないか、と思うのです。その思考を表現するのに、線だけでは足りないと考えるようになりました。それで皆さんの自由な意見や見識を紹介できる場ができないものだろうかと思うようになりました」

小さな女性がふり返り、俊介をまっすぐに見た。目力にたじろぎそうになる。

俊介は小さくうなずいた。

「そういう場として雑誌の刊行を思いたちました。定期刊行……、月刊誌を考えています。僕にも家内にも多少の経験はありますが、無謀は百も承知です。だけど、このままでは……、何もかもがわかりやすく、安易な方向に流れていくだけでは、日本人がダメになってしまう、このままではいけないと焦燥に駆られているのです。是非……」

俊介の言葉をさえぎるように小さな女性がさっと手を挙げ、手のひらを見せた。心臓がきゅんとするのを感じた。

やっぱり断られるか――。

次の瞬間、女性が鮮やかな笑みを見せ、大きくうなずくと拳で自分の胸をぽんと叩いた。彼女――林芙美子《はやしふみこ》は数年前に『放浪記』という大ヒット作を書いた小説家で、俊介の自宅からは徒歩数分、石段を降りたところに大きな邸《やしき》を構えていた。

3

アトリエのソファでは、麻生三郎の大きくてまん丸な顔と、舟越保武《ふなこしやすたけ》の長い顔が並んでいた。どちらも背もたれに躰をあずけ、右足を上にして足を組んでいる恰好が同じでそれがおかしい。麻生は黒の高価《たか》そうなジャケットを羽織り、舟越はところどころに絵の具がこびりつき、小さな穴の開いた灰色のセーターを着ている。

舟越は盛岡中学の同級生で、今は美校の三年に在学している。同年の生まれであった。俊介は流行性脳脊髄膜炎にかかっていったん退学、翌年復学している。一方、舟越も三年生のときに足の病気で休学、留年している。同じような経緯をたどり、どちらもクラスメートより一つ年上で、しかも絵画好き、発足したばかりの美術部の一員となった。中学生で似たような境遇にあれば、互いを無二の親友と感じるまで時間はかからなかった。

俊介が十六歳で中学を三学年で修了し、東京に出てきて太平洋画会研究所に入会したのに対し、舟越は中学を卒業後、東京美術学校に二浪のすえ合格、入学している。専攻は彫刻。中学生のときに知ったロダンの作品に衝撃を受けて選んだという。

麻生と舟越が膝の上に置いて、ページを繰っているのは『雑記帳』創刊号だった。原奎一郎に協力を約束してもらって二ヵ月、ついに創刊号を世に送りだすことができた。今、二人はそろって表紙をしげしげと眺めている。

表紙には、英字新聞を大きく〝1〟の形に切り抜いたものを中央にレイアウトし、その上に大きく雑記帳と印刷してある。すぐ下に十月、創刊号と打ち、右上には、随筆(エッセエ)雑誌と入れた。

舟越が俊介に表紙を見せ、右手で宙にスッキリシテテヨイと書いた。俊介は笑みを浮かべる。

「ありがとう」

麻生がいつもの黒革の細長い手帳に書きつけて俊介に見せた。

見出シモ投稿者ノ名前モナイネ
雑記帳だけでは、どのような雑誌なのか読者にはわかりにくいだろうといいたいのだろう。俊介は小さく二度、うなずいた。

「流行りの話題で耳目を集める方法を採りたくなかったんだ。人間の根源に触れる問題を掘り下げて論考するのが目的なんでね。目次を見てもらえばわかると思うけど、そうそうたる方々に寄稿していただいている。だけど、著名人を看板にして引っぱるんじゃなく、あくまで中味で勝負したい。それにある人を取りあげて、ある人は取りあげないというのも不公平な気がする」

しかめっ面をする麻生をなだめるように俊介は両手を胸の前に出した。

「販売戦略としては間違っているかも知れないけど、商売のため話題性ばかり追いかけるのは本意ではない。表紙をめくれば、目次に寄稿者と内容が全部書いてあるわけだし」

そういうと二人はそろって表紙をめくり、目次を見はじめた。納得したようにうなずいた。麻生ばかりでなく、舟越も、だ。

舟越は太い黒縁のメガネをかけている。レンズの向こう側で、目次を追う目がすぼまったり、大きく見開かれたりしている。ひたいにしわを寄せ、大きく目を開くと、顔全体が五割ほども伸びたようでおかしい。

『雑記帳』を下ろし、俊介を見た舟越が右手で宙に字を書く。
ス、ゴ、イ
俊介は大きくうなずいた。創刊号の執筆陣は当代一流といわれる文筆家が名を連ねている。

「林芙美子先生が知り合いに手紙を書いてくださった。それと家内が獅子奮迅の活躍をしてくれてね」

編集作業は猛暑の八月、残暑の厳しい九月とつづいた。禎子は出版社勤めをしながら夜は『雑記帳』への寄稿原稿を取りにまわり、帰宅後、編集作業を行った。それでいて朝は一家の誰よりも早く起き、朝食の支度をする。まだ学生の義妹が家を出たあと、台所の片づけをした。それから身支度と化粧をして出かけていく。

夕食の支度は主に義母と義妹がしてくれ、俊介と三人での夕食が終わったあと、片づけをして、遅くに帰宅する禎子のため夜食を用意した。

俊介にしても原稿依頼の手紙、葉書を書き、『雑記帳』のレイアウトや画家仲間への投稿依頼に動きまわった。

一ヵ月前の時点で集まった原稿を並べ、禎子と掲載の順番を話し合って決めた。画家たちから寄せられた画稿は、挿絵としてではなく、独立したイラストとして見てもらえるようにしたかった。文章に絵を添えて補助とする、いわゆるカットが必要な場合は、俊介が描くようにした。

創刊号の冒頭に宮沢賢治先生の遺稿を載せようと発案したのは禎子だった。花巻に住んでいた頃、先生が訪ねて来て小学生だった兄と俊介に自費出版の詩集と童話を置いていってくれたエピソードは出会った頃から話していた。

俊介は、時おりソフト帽を被り、ぞろりと長いコートを着た人物のシルエットを風景画に描いている。先生の死を知る以前からだ。風景の中を思索しながら歩く先生の姿は、ごく自然に現れた。先生の死を知ってからは、意図的に描くようにもなっていた。俊介の心象風景のどこかには、いつでも宮沢先生が歩いている。

入稿し、印刷工場からゲラ刷りが上がってくると、あとはひたすら校正、校正、校正だった。最初に読んだときは誤字、脱字をチェックする。二度目で内容と使われている漢字が適正かを確認し、三度目に最初《アタマ》から虚心坦懐《きょしんたんかい》に、一人の読者として読むという方法を採った。

『雑記帳』の創刊に向けて、禎子ともども忙殺されたが、秋の二科展に向けて制作も平行して進めていた。時間はいくらあっても足りない状態だったが、さらに澤田が教えてくれた藤田の秘技によって下地作りをした上にマチエールを作ったので、いつもの倍以上も時間がかかった。

当初予定していた八十号よりはるかに小さい四号になったが、これは澤田に教えられて、初めて作った膠水を引いた紙張りの板をそのまま使ったためだ。当初は試し描きのつもりだったが、びっくりするほど発色も絵の具の伸びもよかったのでそのままマチエールとして作りつづけた。当初は街を描くつもりでいたが、支持体の大きさから一つの建物だけを切り取ることにした。これがすっきり決まり、思いのほか効果的だと感じたものの大きさの割りにマチエールの進捗は遅く、舟越には何度もまだ同じところを描いてるのかと笑われたものだ。

『雑記帳』、絵画制作、新たなことに挑戦し、手応えを感じていた。身のうちには、汲めども尽きない力がみなぎっている。

『雑記帳』を読みながらしきりにうなずいていた麻生だったが、いきなり俊介にあるページを開いて見せ、指さした。そこには、『雑記帳』という通しタイトルの下に俊介自身による三題の短文を載せていた。麻生が指さしたのは、最初のアメリカ映画について思うところを記したものだった。

大金をかけたセットの中で、美男美女の有名俳優がふつうの人々を演じて、波瀾《はらん》万丈はありながらハッピーエンドになると、何だかだまされたような気持ちになると書いた。スクリーンに映しだされるのは現実とはかけ離れた世界なのに、観客の男は自分がクラーク・ゲーブルになり、女はジーン・ハーローになった気になってしまう。だが、家に帰れば……、否、家に帰るまでもなく、たとえ日比谷のような繁華な場所であったとしても映画館を出たとたん、ふつうの東京を見せつけられてしまう。

それなのにこぞって映画館に詰めかけるというのは、いったいどうしたことかという主旨だ。

麻生は細長い手帳を出し、さらさらと書いて俊介に見せた。水ハ低キニ流レル？　とあった。苦笑しながらも俊介はいった。

「そうかも知れない」

たった二ヵ月で創刊に漕ぎつけられたことを二人は賞賛し、祝いを述べてくれた。

「ありがとう。苦労したけど、甲斐《かい》はあった。両君にも寄稿をお願いしたいので、どうかよろしく」

俊介は両膝に手をついて、頭を下げた。

店頭の平台に並べられている雑誌では、まず色刷りのハリウッド女優の顔を大写しにした映画雑誌が目についた。となりでは新進の若手歌舞伎俳優が珍しく背広姿で目を引き、これも色刷り。そのとなりは白黒写真だが、ユニフォーム姿の野球選手が四人写っていて、先頭の選手が大きな優勝旗を胸の前に持っており、優勝特集号の文字が大きく入れられている。

俊介はため息を嚥みこみ、店内に入った。右側に雑誌を並べた書架があった。どれも色刷りだし、中には大判もある。見慣れた美術誌もあった。モヂリアーニの作品を、やはり色刷りで載せている表紙が目についた。大好きな画家ではあったが、今はちょっと憎らしい。山登りの趣味人向けの雑誌は表紙が写真ではなく絵で、雄大な中央アルプスの姿が晴れわたった空の下に広がっている。

わきに押しやられた文芸誌や言論雑誌にしても表紙には朱色の大きな見出しが刷られ、国際情勢に見る危機を煽っていた。そうした雑誌に埋もれて俊介と禎子の『雑記帳』はあった。五冊ほど平積みにしてくれているものの、その上には著名な文芸誌が何十冊と積みあげられていた。

創刊号の表紙は全体的にはモノトーンに近い上、判型がA5で、六十四ページ、厚みは四ミリ程度でしかない。

ちょっと地味だったかなぁ――俊介は胸の内でつぶやいた。

鬘光に『雑記帳』への投稿を依頼する葉書を送ったものの、宛先不明として戻ってきた。住所は二年ほど前、〝穴〟で鬘光自身に書いてもらったものだが、すでに引っ越したようだ。あらためて知り合いの美術誌編集長に問い合わせたところ、転居先だけでなく、手書きの地図まで添えて返事をくれた。

転居先は文京《ぶんきよう》区白山前町《はくさんまえちよう》となっていたが、以前に直接教えてもらった住所からそれほど遠くなかった。

ここか。

行き当たった先は、古びた小さな二階家で、木の門柱に本名である石村の表札が掛かっている。あらためて投稿依頼の葉書に訪ねたい旨を添えて送ったところ、返信があった。投稿への承諾と都合のよい日時が鬘光の角張った、特徴的な字で記されていた。

門を入って、すぐ目の前にある曇りガラスのはまった格子の引き戸を開け、俊介は声をかけた。

「ごめんください」

視線を下げた俊介は思わずほおと嘆声を漏らした。三和土はきれいに掃ききよめられ、上がり框から奥へつづく狭い廊下まで曇り一つなく磨きあげられている。左にある下駄《げた》箱も埃一つなく、庭履きが一足、きちんとそろえられていた。

ほどなくキエがやって来て、框に正座すると両手をついて一礼した。その姿が框に映りこんでいて、まるで湖水の上にでも浮かんでいるように見えた。

違えば違うものだと思った。

もう何年も前、鬉光が池袋のおんぼろアパートに住んでいた頃に部屋を訪ねたことがあった。四畳半には、文字通り足の踏み場がないほど、雑多で薄気味悪いガラクタが散乱していた。印象に残っているのは壁に立てかけられた道路標識と天井からぶら下がった雉《きじ》の死体だ。しかも腐り果て、胴は空っぽ、首と広げた羽が残っているだけだった。

躰を起こしたキエの顔を見て、はっとする。唇の左端にかさぶたがあり、すぐ下の顎には薄紫色の痣《あざ》が残っていた。表情を変えまいとしたが、息を嚥んだのではうまくいかなかったろう。何とか言葉を圧しだした。

「お久しぶりです」

お元気ですかとつづけるところだが、かさぶたに痣を見せられては中途半端な微苦笑になってしまう。わかっているというようにキエが笑みを浮かべて、うなずく。聾学校の先生であり、俊介の耳のことも知っているので声には出さなかったが、少なくとも笑顔は歓迎の意だ。

そのときキエが背後の階段をふり返り、二階に向かってうなずいた。俊介は頭を低くして見上げた。階段の上に鬉光がしゃがんで、笑顔で右手を挙げている。またしても俊介は息を嚥みそうになりながら何とか一礼した。

鬉光は記憶の中にあるよりはるかに痩せこけ、顎が尖っていた。

キエがさっと立ちあがり、框を指す。

「お邪魔します」

俊介はその場で反転し、靴のかかとをそろえて脱ぐと磨きあげられた框にあがった。キエが階段を示したので、そのまま上がっていく。左肩にはスケッチブックと『雑記帳』創刊号を入れた手作りの布製バッグを提げている。

「ご無沙汰しておりました。今日はありがとうございます」

鬖光が破顔し、俊介の二の腕をぽんと叩き、開けはなたれた襖を手で示した。お邪魔しますといい、部屋に入ると匂いが鼻をついた。油絵の具や溶き油の臭気が入り混じり、さらに何とも表現しようのない生活臭がこもっている。鬖光が仕事場として使っている一室だろう。俊介の口元に自然と笑みが浮かんだ。ガラクタは相変わらず部屋を占拠していた。

天井からぶら下がった紙のオブジェが目を引いた。精緻に線描したライオンを切り抜き、糸で吊ってある。

ふと溶き油の匂いが強く鼻をつき、左に目をやった俊介は大きく目を見開いた。

壁に立てかけられているのは百二十号もありそうな横長の絵だった。何が描かれているのかはわからない。上部には空のような青、下辺は明るい茶で塗られていたが、中央が大きく暗褐色で塗りつぶされている。その大きさは全体の四分の三ほども占めるようだった。曇りガラスから射しこむ光を受け、表面がてらてら光っているところを見るとたった今塗ったばかりのようだった。

鑁光がふたたび俊介の腕を突いて、部屋の真ん中に置かれた座布団を指し示した。うなずいた俊介は部屋に入って、座布団に正座し、かたわらにバッグを置いた。またしても壁に立てかけられた巨大なカンバスに目が吸い寄せられる。まるで壁に大きな穴が開いているようで、引きこまれそうな感じがした。

鑁光がカンバスの前に置いた小さな椅子を取り、俊介に相対する位置に置いて腰を下ろした。俊介はバッグから『雑記帳』を取って、鑁光に差しだした。

「これが今月創刊した『雑記帳』です」

受けとった鑁光が早速最初の方、おそらく目次を開く。目が上下しはじめると俊介はふたたびカンバスを盗み見た。

どれほどの時間絵に気を取られていたのかわからなかった。俊介ははっとして、鑁光に目を向けた。ところが、鑁光もまたカンバスに目を向けていた。あまりに厳しい表情なので声をかけるのがためらわれるほどだ。

やがて鑁光がまばたきし、目の光を弱めて俊介を見た。『雑記帳』の表紙を見せ、ゆっくりと口を動かす。

オ、メ、デ、ト、ウといってくれたのがわかった。

「ありがとうございます。満足の行く出来とはいえませんが、寄稿者の方々から素晴らしい原稿をちょうだいして、その形になりました。ついては鑁光さんにも投稿をお願いしたいと考えておりました。ご承諾いただき、ありがとうございます」

夒光がふたたび『雑記帳』を開き、兄のエッセイが載っているページを開いて俊介に見せた。そこには俊介自身が描いた挿画があった。

俊介はあわてて顔の前で手を振った。

「実は、そのページの文章を書いたのは私の兄なんです。レイアウトなんかを考えて、そこは兄弟合作という形にしました。でも、夒光さんにお願いしたいのは、そうしたカットではありません。画家たちには、すべて独立した作品として読者の皆さんに玩味してもらえる作品を寄せてもらいたいと思っています」

脳裏を今さっき見てきた書店の様子が過った。贅沢《ぜいたく》なアート紙、鮮やかな色使いの映画雑誌が浮かぶ。

追いはらった。

「弱小工房ゆえ、費用がかぎられています。だから判型も小さいし、紙の質も決してよくありません。それでも凸版やハイライトなんかで精一杯暴れてやるつもりです」

ふんふんとうなずいていた夒光が立ちあがり、一冊のスケッチブックを取って、俊介に渡した。

受けとった俊介は表紙を開いた瞬間から圧倒された。そこには、たてがみも立派な一頭の雄ライオンが鉛筆でスケッチされていたのだが、ひと目見ただけで、ゆったりと歩いている動きまでが活写されているのがわかった。次を開くと、今度はライオンが寝そべって欠伸《あくび》をしている。次は岩に上って、雄叫《おたけ》びを上げていた。目元の微妙な表情の変化で欠伸と雄叫びが一目瞭然となっていた。

鉛筆描画を見せた理由はすぐにわかった。『雑記帳』では、絵に色を乗せることはかなわない。くっきりとした細い線で描かれていることが何より重要なのだ。

中にはペンによる線描もあり、今度はひと筆で描かれた線に生き生きとした強弱がある。モチーフもライオンだけでなく、オウムや鷲が現れ、やがて花の絵がつづいた。いずれも線描ばかりである。

俊介の手が止まった。

そこには、紙面いっぱいに呪という字が乱暴に書きつけられていた。文字は重なり、ところどころ黒い塊になっている。

恐る恐る目を上げた。馨光は俊介が膝の上で開いているスケッチブックに、ひどくつまらないものを見ているかのような目を向けていた。

絵を描くなど才能なんかじゃなく、呪われているようなものだと馨光は筆談で説明してくれた。あっけらかんとした表情に拍子抜けしたが、たしかに命を削ってカンバスに向かっている馨光の姿は、絵の神に呪いをかけられた者というのがぴったりかも知れない。

俊介は自らに問わずにはいられなかった。

僕はどうだ？

気を取りなおし、それからしばらくの間四方山《よもやま》話《ばなし》となった。馨光には投稿画が仕上がったら、後日、郵送してもらう約束を取りつけて辞去した。

4

数日後、俊介は吹きすさぶ寒風にコートの襟を立て、顔をしかめて明治通りを東へ、隅田川にかかる白鬚橋《しらひげばし》を目指して歩いていた。画家の長谷川利行《はせかわとしゆき》――誰もが利行《リコウ》さんと呼んだが――が三ノ輪《みのわ》竜泉寺《りゅうせんじ》簡易宿泊所に身を寄せていると聞きつけ、訪ねたのだが、出かけているといわれ、がっかりしてしまった。

よほど落胆したように見えたのだろう。気の毒がった管理人が何か教えてくれようとしたので、スケッチブックと鉛筆を差しだすと、三ノ輪橋車庫前の電停まで行き、泪橋《なみだばし》を過ぎて白鬚橋まで行けば、途中の一杯飲み屋か橋のたもとにいるかも知れないと書いてくれた。

長谷川に初めて会ったのは、かれこれ四年前、二重の意味で落ちこんでいたときのことだ。その年の五月、満二十歳になった俊介だが、耳が聞こえないことを理由として兵役免除となった。覚悟はしていたものの、正式に枠外と認定されて思った以上に気落ちした。

同じ頃、赤荳会では石田と山内が天才論にのめりこみ、規格外の生活をしなければ、ひらめきは降りてこないと昼間から酒を飲み、おだをあげていた。毎朝、決まった時間にアトリエにやって来て、日暮れまでカンバスに向かう俊介を暗に批判していたのだ。

こっちは十三の春から規格外の生活をしていると腹の底で毒づきながら、ふっとしばらく〝穴〟に行ってないなと思った。訪ねてみる気になったのは麻生に会えるかも知れないと期待したからで、ぼやく相手はほかに思いつかなかった。

そして麻生が現れた。しばらく〝穴〟で話したあと、麻生がテーブルの上で指を動かし、神サマニ会ヘバ気ガ晴レルと書いた。神様って？　と思った。だが、それ以上麻生は説明しようとせず何のことか見当もつかないまま、隅田川の橋のたもとにある大きなビヤホールに行った。串カツをあてにビールを何本か飲んだところで、麻生が嬉しそうに上着の内ポケットから縦長の黒い手帳を出し、何ごとか書きつけてから俊介に差しだした。

天才ハ存在スルノダ

手帳から目を上げると、麻生が満面に笑みを浮かべ、ほらといわんばかりに店の入口を顎で指したのである。

店内の動きが一斉に止まったように見えた。入口には、一人の男が立っていた。肩から木製の絵の具箱を提げ、右手に板を抱えている。着ているのは、縞の浴衣のようだが、褪《あ》せたのか、汚れのせいか、模様は判然としない。帯代わりに荒縄を腰に結んでいる。大きな口をへの字に曲げ、額が禿げあがり、薄くなった頭髪を後ろに撫でつけている。細い目は周囲を睥睨《へいげい》しているようにも見えたが、逆に慈愛に満ちた眼差しで人々を包んでいるようにも見えた。

それが長谷川利行だった。

二科展で樗牛《ちよぎゆう》賞を獲《と》った有名な画家だが、画壇アカデミズムとは一線を画し、たった一人で描きつづけている。

そのときに初対面の挨拶をし、以降、〝穴〟や池袋の〝でいご〟そのほかで何度か会ったことがあった。

長谷川には、白鬚橋の手前に立つガスタンク群を描いた一連の作品がある。簡易宿泊所の管理人にいわれた通り明治通りに点在する飲み屋をのぞきながら歩いたが、長谷川の姿はどこにもないまま、白鬚橋の近くまでやって来た。橋の近くへ行って見つからなければ、夕方まで待って、また簡易宿泊所を訪ねてみようと思っていた。

ところが、いた。

寒風が吹きつける中、道路際に画架を立て、ガスタンクに向かって一心不乱に筆を揮っている。着物の裾がはためき、痩せた脛《すね》が剝き出しになっているのを目にしたとたん、俊介は首をすくめた。

ここにもまた一人、呪われた画家がいた。

近づくと俊介に気づいた長谷川が手を止め、ふり返った。口を開きかけた長谷川だったが、俊介の耳が聞こえないのを思いだしたらしく、口をつぐんで会釈をした。俊介は肩にかけたバッグから『雑記帳』創刊号を取りだし、線描の画稿をお願いしたいと切りだした。長谷川が右手の親指と人差し指で輪を作って見せた。

「貧乏な工房なので、稿料は五円ほどしか差しあげられません」

長谷川はうなずくと足元に置いた行李《こうり》から手製のスケッチブックとペン、インク壺を取りだしたかと思うと、ペンをインク壺に突っこみ、ささっと動かした。上に女の顔、下にどこかの街角を線描し、スケッチブックから破りとって俊介に渡した。

ものの五、六分の出来事だ。呆気にとられていると、ペンを握ったまま、右手を突きだした。

「ちょっとお待ちください」

バッグを下ろし、受けとった絵を持参したスケッチブックに挟もうとしたとき、裏に端正な字が書きつけてあるのに気がついた。日記なのか、日付が振ってある。俊介はデッサンの裏側を見せた。

「こちらは？　大事な覚えではないんですか」

目を近づけ、文字を読んだ長谷川が素っ気なく首を振る。俊介は重ねて訊いた。

「この文章もエッセイとして掲載させていただいてもよろしいですか。画稿と合わせて、八円お支払いできます」

とたんに長谷川が渋い顔になる。

「では、十円」

相好を崩した長谷川が俊介の手を握ってきた。

昭和十二年四月五日、想像だにしなかった衝撃が俊介を襲った。

小さな布団は、義母が用意した。男児が生まれ、俊介はかねて考えていた中から晉《しん》を選んで名づけた。手を伸ばす。おくるみからのぞいている顔は、俊介の手のひらほどもない。手をくぼませ、そっと触れた。

冷たかった。

生まれたのは昨日で、二十四時間足らずで逝ってしまった。思わずにいられなかった。なぜ、何のために生まれてきたのか。それでもひと目顔を見せてくれたことに思いはこみ上げてくる。

ありがとう、会いに来てくれて。

俊介は晉の顔に触れたまま、じっと動かなかった。涙は浮かんでこない。ただ我が子の枕頭に座りつづけているだけだった。最初に見たときには真っ赤だった小さな顔は、徐々に血の気が引いていき、今では真っ白で精巧な蠟細工《ろうざいく》のようになっている。まぶたは閉じられたまま、一度も開くことはなかった。

僕は耳で、お前は目だったか――。

禎子の妊娠を知ったのは、正月が明けてからのことだった。禎子は去年の夏には、体調の変化に気づいていたのだろう。しかし、俊介には何も告げなかった。もともとほっそりした体型だったので見た目もそれほど変わらなかった。

本当か……、本当に見た目は変わっていなかったか……。

どうして体温が移らないのか。腹立たしさが湧きあがってくる。ずっと触れているというのに晉の顔は、俊介の手の中で冷たいままだ。

去年の夏と胸の内でくり返す。『雑記帳』を秋に創刊すべく夢中で動きまわっていた時期だ。周囲のことなど目に入らなかった。何とか十月に創刊、それ以来、毎月刊行してきた。年末年始もなく、年が明けた頃は通算五号、二月号の追いこみに入っていた。五号は特別だった。投稿が質、量ともに充実し、増加していたために掲載しきれない積み残しが増え、創刊以来の六十四ページを八十四ページへと増やすことを決めた。そのため編集、校正等々の作業が倍増していた。

一方、内容の充実は執筆陣の顔ぶれにも現れていた。各分野で時代の先端を歩む詩人や小説家、哲学者、思想家、科学者、評論家等々、名だたる人物からの寄稿が増え、国内にとどまらず海外の、つまりは世界的にも指折りといえる論者、芸術家たちの論考や創作を掲載できるようになっていた。

また、「日本的なものの明日」と題する統一テーマを掲げた特集号としたのも第五号が初めてだった。日本人として世界に誇るべきもの、国際間の交流が進む中でも日本人と日本国が失ってはならないものを提示することができたし、つづく六号では「ヒューマニズムの動向」をテーマとして、今度は日本人という枠を超え、人としてもっとも大切にしなくてはならないものを論じてもらった。

そのくせ時事問題については、世間や政府当局に対して一定の忖度《そんたく》をしてきた。『雑記帳』を継続させるためには必要だったからだ。日本は中国をはじめ、アジアを欧米列強から解放すべく大陸へ進出し、ヨーロッパでは第一次世界大戦の賠償金問題で追いつめられたドイツが台頭して風雲急を告げる状況となっていた。

自由に意見を交換する場を提供したいと考え、『雑記帳』を創刊した以上、矛盾を感じないではいられなかったが、俊介は継続を選択した。それでも投稿者に強要できるはずもなく、原稿の中には当局への批判や世間に対する警鐘もあった。薄氷を試しながら歩くような思いで掲載に踏みきったものもあった。

投稿の充実ぶりは、禎子の働きによるところが大きい。否、最大だった。編集記者として彼女が培ってきた人脈、何より執筆者たちから寄せられる絶大な信頼なくして、特集テーマを深く掘りさげる原稿を寄せてはもらえなかっただろう。

そして禎子の手になる文章があった。インタビューをまとめ、著者になりかわって論考をくり広げる禎子の文章は、相変わらずモヂリアーニの線のようにしなやかにして、強靭、何よりわかりやすく、すんなりと心に染みてきた。

正月が明け、禎子の妊娠を知りながらも俊介は疾駆しつづけた。

何たる傲慢か——晉の顔を見つめたまま、俊介は自分を責めた。しかし、いくら責めても取り返しはつかない。失われてしまった命が戻ってくることだけは絶対にない。

号を追うごとに内容が充実していくことに手応えを感じていたが、販売となると、相変わらず刷り部数の千五百にさえ届かなかったし、三十銭という定価が高いという読者からの葉書も来た。俊介は決して高いとは思わなかったが、〝内容に比して〟などと書かれてあると無性に腹が立った。

採算面だけをいえば、最低でも一部四十五銭にする必要があった。中国大陸での戦争のおかげで物資が不足、諸物価が高騰、とくに紙は急激に値上がりしていた。だからといって軽々しく定価には転嫁できなかったし、定価を上げたところで販売部数が落ちるだけだろうという諦観があった。その分、原奎一郎に頼ることが増え、還元——いや、返済というべきか——の見通しはますます立たなくなった。

原にしてみれば、投資というより画家松本俊介に対する応援という気持ちが強かったのはわかっている。そこに甘えているという自覚もあった。

もちろん禎子の体調も気がかりだった。妊娠は禎子自身初めての経験だ。晩秋から冬にかかるころは躰が冷えるのを恐怖していたに違いない。妊娠を知ったあとは、何度か無理をするなと諌《いさ》めたこともある。そのとき禎子は、きっと俊介を見据え、メモに書いた。

女ニシカデキナイ仕事デス

その通りとうなずくしかなく、まっすぐに俊介を見つめる双眸《そうぼう》に宿った力と、凄絶な美しさに打ちのめされてしまった。おそらく母と子、ふたつの生命のきらめきだったのだろう。ひょっとすると打ちのめされたのは、俊介ばかりでなく、義母、義妹、俊介の親、兄、さらには寄稿者の面々までも同じだったかも知れない。

とにかく禎子の迫力には、誰もが圧倒されていた。

本当か……、それは本当のことか……、言い訳しているだけじゃないのか……。間違いなく禎子にもっとも甘えていた。身の裡に新たな生命を宿し、独りで戦っていた禎子に……。

俊介は五月に発行する予定だった通算第八号を休刊とすることを決め、禎子に告げた。禎子は何より躰を休めることが必要だし、一方、禎子という大きな柱なくして『雑記帳』の刊行などあり得ない。その代わり関係者、寄稿者、購読者等々には、『綜合工房通信』を送付することにした。

禎子は受けいれた。

晉の葬儀一切を終えたあと、禎子は寝ついてしまった。

数日後、俊介は近所の郵便局から『綜合工房通信』をまとめて送付した。創刊以来、雑記帳を店頭に並べてくれている書店の店頭にも置いてもらい、無料で配布した。それでもすべての読者に届けることは不可能だったろう。

休刊の経緯を記し、そのあとに「死」と題する一文を載せた。そこには、晉の死に直面したときの心情を素直に書き、幼い子を亡くした親が地蔵を建立する思いに触れた。そして最後に、たった一日とはいえ、たしかに生きた息子の思いを引き継いでいくことの決意を書いた。

郵便局から自宅へ帰る途中、空を見上げた。
よく晴れて、どこまでも青い。晋はついに見ることはなかったが。

五月に刊行する予定だった八号を六月に出したが、ページ数は八十四から一気に百へと増やした。百ページとすることは、『雑記帳』の刊行を決心したときからの計画ではあったが、一号休んだことで溜まっている原稿を掲載しなくてはならなかったためでもある。

以降、毎号百ページとしたものの定価は据え置き、結局、増えたのは、手間と累積赤字だけでしかない。禎子の体調はすぐには恢復しなかった。無理をさせたくなかったが、『雑記帳』の質を落とさないためにも原稿依頼は禎子に頼らざるを得なかった。必然的に校正作業を俊介が一人で負う形になった。仕方ないとはいえ、ほんの一瞬居眠りしただけで見落とし、誤植が増えたのにはまいってしまった。

夏の暑さを何とか乗り切り、ようやく禎子の調子も以前に戻った。それでも編集、校正といった作業に追いまくられるのは変わらず、絵の制作は遅れに遅れた。新たなる手法で〝街〟を描きたいと思ってはいたが、下地造りさえままならない状況がつづき、いつの間にか秋が深まるまでになっていた。

十一月刊の校正作業を終えた日の早朝、俊介は赤鉛筆をゲラ刷りの上に放りだし、座椅子にあぐらをかいたまま、両腕を大きく伸ばした。声が自然と漏れる。首を曲げ、左肩を右手で叩き、次いで逆の動作をする。何とか印刷会社に持ちこめるところまで来たが、すでに作業は二日遅れになっていた。

文机に両手をついて立ちあがる。窓の外はすでに明るくなっていた。コーヒーの飲み過ぎで胃が重く、頭蓋骨の中には灰色の粘土をびっしり詰められているような気がする。机上にはゲラが積みあげてある。整理して、ページに抜けがないかを点検しなくてはならないが、ふたたび座椅子に腰を下ろすのが何とも億劫だった。

しばらくゲラ刷りの山を見ていたが、気分転換が必要だと自分に言い訳をした。壁の釘に引っかけてあるコートを羽織り、大きな作品を出すための出窓を開けた。庭下駄をつっかけ、窓を閉めて歩きだす。近所を散歩するだけで、遠くまで行くつもりはなかったし、行く余裕もなかった。

庭を突っ切り、門を出て何となく石段に向かった。林芙美子邸を右に見ながら石段を下り、さらに駅に向かって歩きだした。空気はわずかに湿り気を帯びて、清涼だった。大きく息を吸い、ゆっくり吐きながらのんびり歩く。ともすれば、浮かんできそうになる活字や自分が書き入れた朱字を脳裏から追いはらい、顔を上げた。

駅を左に見て、踏切を渡り、川べりに出る。右、左と目を向ける。どちらにも行く用はない。だが、自宅に戻るには、あまりに早く、頭をすっきりさせるのには歩き足りない。とりあえず川沿いに左へ向かうことにした。石積みで護岸され、ゆったりと右へ湾曲する堤の上の細い道をだらだら歩いた。左に駅を見て、広い通りを横断する。

やがて蛇行する川が左に曲がろうとするところで、右前に寺の瓦屋根が見えた。さほど大きな寺ではなかったが、まわりは田んぼと畑で、百姓家がぽつりぽつりあるだけなので目についた。

寺の屋根を目指して橋を渡った。駅からそれほど離れていない。自宅から歩いてもせいぜい十五分ほどだろう。すでに一年八ヵ月も近所に住んでいながら、このあたりには一度も来たことがなかった。境内を囲む土塀に沿って歩き、やがて門が見えてきた。閉ざされてはいない。門柱に寺の名前を記した古い木の看板が掛かっていたが、長年の風雨ですっかり黒ずんでいて読みとることができなかった。

門を入ると正面に小さな本堂があった。敷地は荒れ、雑草が伸び放題になっている。視界の左隅にちらりと赤いものが映り、何気なく目を向けた。

六体の地蔵が並んでいる。赤かったのは、首に巻かれた前垂れだ。引きずられるように地蔵の前に立った。前垂れはいつ掛けられたものかわからないが、雨に打たれ、ところどころ色が抜けて、ピンクの濃淡で水玉模様が描かれていた。

一体一体ポーズが違い、手に持っている仏具も違った。じっと見ているうちに顔の違いもわかってくる。お地蔵さんというくらいだから子供の姿を写したと思いこんでいたが、みょうに分別くさい表情をしていたり、ひょうきんそうな顔もあり、ちょっと怖いのもあった。

何度も視線を往復させているうちに、自分が探しているものに気がついた。

そして見つけた。

右から二体目の前に立ち、手を伸ばす。丸みを帯びた頬に触れた。冷たく、荒れた石のざらざらした感触があった。

涙が溢れた。晋が死んでから初めてだ。

ぽろぽろ涙をこぼしながら詫びた。

「ごめんよ、ごめんよ。母は悪くない。母は父を支えようと無理に無理を重ねたんだ。悪いのは父だ」

嫡男を死なせてしまった、と禎子はどれほど自分を責めていたか。口では責められるべきは自分だといいながら俊介は詫びなかった。涙一粒流さなかった。詫びてしまえば、泣いてしまえば、禎子に責任を転嫁することになると考えたからだ。

泣くのには浄化作用がある。だから禎子が泣くときには、全力で受けとめた。怜悧《れいり》な打算もあったと思う。禎子がいなければ、『雑記帳』をつづけることはできない。校正作業をほぼ一人で引きうけたのも、禎子なくして存続できないからにほかならない。

「ごめんよ、ごめん、本当にごめん、父は今日、今この瞬間までお前のことをすっかり忘れていた」

たった一日の命、小さな躰、開くことさえなかった目、その上、夢見がちな、間抜けな父に忘れ去られ……。

あまりに不憫だ。

涙は止まらず、いつしか俊介は慟哭していた。

帰宅した俊介は、台所をのぞいた。すでに化粧も済ませた禎子が忙しげに立ち働いている。

「ただいま」

ふりかえった禎子の口がおはようと動く。

「おはよう。あのね、『雑記帳』なんだけど、今やってる十二月号でいったん休みに入ろうと思うんだけど」

俊介の言葉を禎子は身じろぎもせずに聞いていた。

5

昭和十三年が明けてほどなく麻生がアトリエにやってきた。ソファに座ると北向きに四つ並んだ窓の中央に掛けてある〈綜合工房〉の看板に目を向ける。

俊介は苦笑してうなずいた。

「外せないでいるんだ」

『雑記帳』復刊の目処はまるで立っていない。

ふむというようにうなずいた麻生がいつもの細長い手帳を取りだし、巴里《パリ》と書いて俊介に見せた。

「パリに行くのか」

俊介の問いに麻生がにっこり頬笑んでうなずく。

「どれくらい？」

麻生が眉間にしわを刻み、しばらく宙を睨んだあと、右の人差し指を立てた。

「一年か」

小さくうなずいた麻生だったが、手を下ろそうとせず、指を二本、三本と増やしたあと、首を振った。

二年になるか、三年になるか、わからないということだろう。

つづいて右手でイマナラと書き、人差し指と中指を鼻の下にあてた。ちょび髭を表している。

「そうだね、今なら、だよなぁ」

俊介は何度もうなずいた。

大正三年から四年強つづいた世界戦争に敗れたドイツは、鉱工業の中心でもあった自国領土を周辺の列強に奪われた上、国家予算の何十年分にもおよぶ戦時賠償を負わされたのである。さらに昭和四年に発生し、数年にわたってつづいた世界的な大恐慌に見舞われた。ドイツは数万とも数十万ともいわれる餓死者を出すほど窮地に追いこまれた。

そこに登場したのが戦争を引き起こした王族、貴族を追いだし、市民による政治を掲げた国民社会主義ドイツ労働者党――ナチスであり、党首のアドルフ・ヒトラーなのだ。そしてヒトラーのトレードマークがちょび髭である。

五年前――昭和八年、首相に指名されたヒトラーは、打ちひしがれ、飢えていた国民すべてに仕事を与える国家事業を推進し、奇跡の復興を成し遂げた。

一昨年、復興のたしかな証として首都ベルリンで盛大なオリンピックが開催されている。数万の群衆が競技場を埋めつくす開会式から始まり、ギリシア彫刻を思わせる美しい選手たちの躍動を伝えるニュース映画を俊介も禎子とともに見ている。実際、ドイツ選手の活躍は目覚ましくいくつもの金メダルを獲得していた。

世界戦争で荒れ果てた大地が緑溢れる沃野となり、鉱山や工場が再建され、平和と秩序が取りもどされ、安定した生活ができるようになった。そういう意味で麻生は今ならというのだし、俊介も同意したのである。

「パリかぁ」俊介はしみじみといった。「羨ましい」

真情の吐露に違いなかった。画家を志すのであれば、芸術の都パリで学び、世界中から最先端を行く芸術家たちの息吹に触れたいと思うのは当然だ。

麻生が手帳に何か書きつけ、次いで柱に掛けてある綜合工房の看板を指さし、それから手帳を見せる。

羨マシカッタ

僕モ何カシナケレバト焦ッタ

俊介は麻生に視線を移した。

「それでパリに行こうと決心したのか」

麻生がうなずく。

「出発はいつなんだ?」

麻生がにやりとして、指を二本立てた。

「二月? 来月ってこと?」

澄ましてうなずいた麻生は手帳をジャケットの内ポケットにしまい、双六盤に置いたコーヒーカップを取るとうまそうにすすった。

「だけど、僕は失敗した」

俊介がそういうと、ソファに深々と腰かけた麻生はコーヒーカップを持ったまま、じっと見返してきた。

「十二月号で休刊することに決めたのはいいけど、復刊の目処は立っていない。正直なところね。実は……」俊介はちらりと麻生を見て、言葉を継いだ。「休刊を決めたのは、ちょっとした出来事がきっかけだったんだ」

うなずく麻生に励まされ、話をつづけた。

「わが家から中井駅の方に下っていって、川を渡った先に小さな寺がある。住職もいないような荒れ寺なんだけど、そこに地蔵があった。行くまでは知らなかったんだ。自分でもどうしてそんなところに行ったのかよくわからない。朝まで『雑記帳』の校正をしてて、何だか頭が興奮して、そのままでは休まらないと思って気分転換に散歩に出たんだ。足の向くまま、近所を少し歩こうと思っただけだ。『雑記帳』を始めて全然暇なしだったからのんびり散歩なんて、そのときが初めてだった」

脳裏を六体の傷んだ地蔵と赤い前垂れが過っていく。

「その寺に六地蔵が並んでて、形ばかり手を合わせ……、いや、違う。知らず知らずのうちに地蔵の中に晉の面影を探していた」

麻生は身じろぎもせずに聞いている。目を伏せた。

「見つけたんだ。そっくりだった。僕は導かれるように、そのお地蔵さんの前に行って、頬に触れた。そうしたら急に涙が溢れてきて……、自分でもびっくりしたよ。どうしたんだろ、と思ってね。そのときに気がついたんだ。晉のこと、すっかり忘れていたって」

目を上げ、麻生を見た。麻生はもとの姿勢のまま、足を組み、両手でコーヒーカップを持って見返している。

「『雑記帳』の仕事に没頭したのは、晉のことを忘れようとしたからだ。禎子に詫びることもしなかった。『雑記帳』は、禎子なくしてあり得なかった。ずいぶん無理もさせた。だけど、あのとき、僕が詫びてしまったら彼女に全部押しつけてしまうことになると考えた。だから詫びるのは卑怯《ひきょう》だし、出版事業だって、『雑記帳』の編集方針だって、全部僕のわがままで決めた。だからめそめそする資格はない」

俊介は天井を見上げた。高い位置にある天窓は北向きで、ぼんやりとした灰色の光をたたえている。

「寺でさんざん泣いて……、卑怯だろう？　僕だけ泣いてさ。境内にあった手水場《ちょうずば》で顔を洗ってから帰ってきた。卑怯だろう？」

視線を下げた俊介は笑みを浮かべて麻生を見た。麻生は思いつめたように真剣な顔をしていた。

「うちに入って、禎子の顔を見たのさ。そうしたらひどくやつれててね。すっかり痩せてしまっていたし、目も引っこんでて。ちゃんと化粧をしているのに目の下に隈《くま》ができているのがはっきりわかった。僕は何も見ていなかった。自分のことしか見ていなかった。ページ数を増やして……、君にも作品を提供してもらった。その節には世話になった。あらためて礼をいう。とにかく内容は充実していたと思う。ところが、本屋の店先にあるのは、やたら派手派手しくて、そのくせ流行ばかり追っかけているような、まるで中味のない雑誌ばかりでさ、雑記帳はいつまでも店の奥でほかの雑誌の下敷きになってる。ちっとも目立ちゃしない。定価は据え置きだったけど、販売部数は増えなかったし、賛助会員も増えなかった。毎号赤字で、わが家の家計まで火の車、原先生の負担も雪だるま式に増えていたと思う。甘えてたのは認めるけど、僕と禎子のやってることは間違いないと確信して……」

俊介は首を振った。

「違う、違う。そんなことをいいたかったんじゃない。僕には見えていなかったんじゃなくて、目を背けていたんだ。逃げていた。『雑記帳』が売れないことは世間のせいにして、禎子の様子は見ないようにして。晉が気づかせてくれたんだろう」

麻生が動いた。コーヒーカップを双六盤に置き、ふたたび手帳を取りだして書きつけ、俊介に見せた。

涙ハ、浄化
浄化サレレバ、人ニ優シクナレル
うなずいた俊介は麻生に礼をいった。

麻生が日本を発《た》って半月ほどして、独立美術協会から毎年三月に上野にある府美術館で開催されている展示会の案内状が来た。

そこには、鬟光の『風景』が協会賞を受賞したと記されていた。

府美術館にやって来た俊介は、まっすぐ鬟光の『風景』の前にやって来て、呆気にとられ、立ち尽くしてしまった。

何だ、これは――。

絵は百二十号ほどの大きさがあった。上部はコンクリートの壁のようだが、半ば透けていて青空がわずかにのぞく曇天が重ねて描かれているように見えた。壁であれば、手前にあるはずだし、空ならはるか彼方《かなた》、奥にあるはず。だが、遠近法が狂っていて――

おそらく意図的にだろう——、空間識が失われ、めまいすら感じさせる。

空が透けている壁が崩れ、その奥に暗褐色の闇が広がっている。向かって右にごつごつした岩肌もしくは崩れたコンクリート壁が配され、中央の半分より下の地面には動物の骨のようなものが転がっている。左側の岩、もしくは崩れた壁は明るい陽射しを受け、白く輝いていた。

その奥、闇の真ん中に穴がうがたれ、そこから巨大な目がのぞいていた。

左目だけ。白目も黒目も潤んでいて、青みがかった虹彩《こうさい》、瞳に映る光、白目、眼球を縁取る部分には血の色が浮かんでいる。どこまでも精緻にして、リアルだった。

絵の大きさと、中央が暗褐色で塗りつぶされているところからして、雑記帳への投稿を頼みに白山前町にある鬢光の自宅を訪ねたとき、二階の画室に置いてあった絵に違いなかった。だが、あのときには穴の奥からのぞいている目はなかった。

その後、目を描きこんだのだろう。

どうして目を、と鬢光に訊ねても詮ないだろう。絵は展観された刹那から見るという行為によって、対象物ではなく、一つの現象となり、それは画家の手を離れ、見ている者の所有となる。

四年前、生まれて初めてモヂリアーニやルオー、ピカソが描いた実物を目の当たりにしたときには、まぶたを閉じても細部にわたって思いうかべられるまでに、何度も、何時間も見つめたものだが、この大きな目は、一瞥しただけで脳裏に焼きつけられ、おそらく死ぬまで消えないだろうと思われた。

鬖光の『風景』を前にしながら俊介の脳裏にはいくつもの想念が流れていた。

年が明けてからゲオルゲ・グロッスの画集を求め、模写をくり返していた。グロッスも野田英夫と同様モンタージュを得意とする画家であり、風刺の利いた画風は世界的にも評価が高いドイツ生まれのアメリカの画家だ。

模写を重ねている頃、たまたま読んでいた雑誌に載っていたある音楽家の手記に強く共感したのを憶えている。

筆者はオーケストラの指揮者なのだが、時計職人の息子として生まれた。音楽に興味を持ったきっかけがいかにも時計職人の子らしく、親戚の家にあった蓄音機を分解してしまったことにあったという。まだ小学校の低学年だったが、何とネジ一本に至るまで完全にバラバラにしたところを見つかり、大いに叱られたあと、元通りにしろと命じられた。そしてすっかり元通りに組みたてて見せ、さすが時計職人の子とかえって褒められたという。

人生はどこで転ぶかわからない。父親は息子を時計職人にするつもりだったが、息子の方は音楽に取り憑かれてしまっていた。八歳になったとき、父親が中気で倒れ、息子は蓄音機を持っていた親戚の家に養子に入ることになった。そのおかげで府立中学に進学し、東京音楽学校へ進めたという。

オーケストラの指揮者になってみて、指揮という仕事が時計の分解に似ていると感じるようになったと書いてあった。大小さまざまなネジ、歯車、ゼンマイ、バネを一つ残らずばらばらにして、ふたたび組みたてるのだが、単に部品の位置を暗記しておいて、元通りにはめ込むだけではうまく動かない。動かすためには、微細な部品の働きを知り尽くし、微細な部品同士、どの部分が嚙み合い、どのように動くのか、ゼンマイやバネの力が部品を押さえ、動かすのに過不足があってはならないこと、そうして連動する部品がいかようにして正確な時を刻むのかを理解しなくてはならない。極小と全体、背反する二つをともに再現できなければ、元通りにはできない。

ネジ、歯車、ゼンマイ、バネの一つひとつをそれぞれの楽器と考えてみると、なるほど機能と音色を熟知しなくてはオーケストラとして統合できない。時計であれば、部品を熟知してきちんと組みあげれば、正確な時を刻むことはできるが、音楽となれば、ここからが違う。各パートを統合した上で、さらに指揮者の個性による味付けが必要になると書いてあった。

俊介は、自分がやろうとしていた綜合がそこにあると直観した。

絵に置き換えるならば、部品とはまず色だろう。絵の具を混ぜ合わせれば、それこそ無限に作りだすことができる。その上にさまざまな画法、絵画の技法があり、歴史や絵の生まれた国の風土、画家の人生そのものが重なってくる。

時計ならば、元通りに組みあがれば事足りる。だが、絵はすべての要素をすべて嚥みこんだ上で、今まで誰も目にしたことのないオリジナルを創造していかなくては面白くない。

長谷川利行は、校正刷りを確認してもらったとき、ろくに読みもしないでそこに一筆したためた。

僕ノ絵ハスベカラク自画像
そのときはよく意味がわからず雑記帳の発行にとらわれていたが、今、鬉光の絵を前にして利行のひと言までも理解できた。

画家の描く作品には、画家自身の、ひいては人間存在のすべてが詰まっている。表現しようとしているのは、自分自身、そのすべてなのだ。だから風景だろうと静物だろうと誰かの肖像だろうと自画像になる。

鬉光の画室を訪ねたときの光景がありありと蘇る。憔悴《しょうすい》しきった鬉光の尖ったあごと強い光をたたえた眸《ひとみ》に気圧された。野獣派《フォーヴィズム》の、超現実主義《シュールレアリスム》の、といわれるが、鬉光にとってはどうでもいいことだろう。

何が描かれているかと小賢《こざか》しく判定されることを拒否しながら展観者の目と心を釘付けにした上で、『風景』を見ている者を、『風景』が見返すという逆転を引き起こし、問いかける。

お前には、何が見えるか。

俊介が対峙《たいじ》しているのは、鬉光であり、風景であり、そして自分自身の内側にいる自分そのものなのだ。

どれほどの時間を展示室で過ごしたかわからない。俊介は深く酔ったような気分でふらふらと府美術館をあとにした。

美術館を出て、不忍池《しのばずのいけ》の縁から湯島《ゆしま》へ抜けたときには、自分がどこに向かっているかぼんやりと意識していた。神田明神下《みようじんした》、湯島聖堂を通りすぎ、聖橋《ひじりばし》を渡る。やがて右にミントグリーンのドームを載せたニコライ堂が見えてきた。

本郷《ほんごう》通りの並木の向こうにニコライ堂を見上げた。これまでにも何度か写生に訪れていた。

なぜここに来てしまうのか……。

クリスチャンではなかったし、宗教というものにさほど関心があるわけでもない。それなのに何度も訪れている。たしかにドームの形は好みではある。

記憶をたどるうち、感情が亢《たか》ぶったときに来ていることに気がついた。今は靉光の絵に衝撃を受け、何かが見えかけたような気がして、美術館を飛び出してきた。

目を細め、ドームの縁を見つめた。そのとき黒い影が脳裏を過っていった。

「ああ」俊介は笑みを浮かべてつぶやき、うなずいた。「そうか、先生か」

宮沢先生は昭和八年に亡くなった。報《しら》せを聞いたときには大きな衝撃を受けた。まだ四十歳にもなっていなかった。翌年、先生の全集が刊行され、すぐに買い求め、全巻読み通した。

宮沢先生が俊介の家を何度か訪ねてきたのは花巻にいた頃で、盛岡に移ってからはたった一度、『心象スケッチ　春と修羅』と『注文の多い料理店』を持って来られたときしかない。そのため先生はずっと花巻の人だと思いなしていたのだが、全集に載っていた一文を読んで、思わずあっと声を上げてしまった。

そこには、先生が盛岡測候所を数度にわたって訪れ、測候所へ上る坂の手前にハリストス正教会があったと書かれていた。

俊介の一家が住んだ家は、測候所のある山のふもとにあり、教会は目と鼻の先にあった。俊介も何度も前を通ったことがあるし、測候所のある風景を描いてもいた。何ということもなく目にしていた日常の光景と宮沢先生が心の深いところで結びついていたような、少しばかり不思議な気がする。それで激しく感情が揺さぶられたとき、ニコライ堂に足が向いてしまうのかも知れない。

ジャケットの左ポケットから手製のスケッチブックを、右ポケットから鉛筆を取りだすとニコライ堂、本郷通り、ニコライ堂の対面にある石垣を手早くスケッチし始めた。

鬘光の『風景』に衝撃を受け、胸の底がうずき、たちまちにして全身に広がって、居てもたってもいられなくなった。うずきは嫉妬にほかならなかった。

僕は僕の絵を描く……、僕を描く……。

俊介は胸の内でつぶやきながら鉛筆を動かしつづけていた。

第五章　俊介ノ線

1

昭和十三年七月。

中井駅の改札口で駅員に切符を渡した俊介は右に曲がった。すぐに踏切になっていて、今は遮断機が下りていた。乗ってきた下り電車はすでに駅を出ているが、上り電車がやって来るのだろう。

久しぶりに谷中の〝穴〟で太平洋画会同級生の個展があり、出かけてきた帰りだった。もう何年も会っていない友との再会もあり、酒が進んだ。心地よく酔っ払っている。これだけ解放されたのは、雑記帳を休刊にしてから初めてかも知れない。

俊介は踏切番の小屋に目を向けていた。老人が黒いハンドルを握っているのが見える。もう何年もそうして遮断機の操作をしているのを見ていたが、挨拶すらしたことがない。踏切番はせいぜい数人の持ち回りで、俊介にしてみれば顔なじみだが、老人は毎日何百、何千もの乗降客を見ている。そのうちの一人に過ぎない俊介など憶えてもいないだろう。それでも目尻に刻まれたしわ、実直そうな口元、日本人には珍しいかぎ鼻など子細に見つめてしまう。

いつか顔というテーマで描いてみようか、と妄想する。

上り電車が目の前を通過し、駅構内に入っていく。音は一切聞こえないが、足裏に震動は感じた。駅の方に目をやった老人がハンドルを回す。遮断機には錘《おもり》がついているのでハンドル自体は軽く回るようだ。老人がくるくる回して、白い板が上がっていくと先頭にいた二、三人が頭を下げ、くぐり抜けていく。

残りの乗降客、通行人が動くのに合わせて、俊介も踏切を渡った。

駅前の商店街を離れ、坂道にかかったところでジャケットのポケットから懐中電灯を取りだした。バネ仕掛けの取っ手がついていて握ることで内蔵された弾み車が回り、連動する小さな発電器が豆電球を灯《とも》す仕掛けになっている。点灯させておくには、取っ手を握ったり放したりをくり返さなくてはならないが、電球が切れないかぎりいつでも点いた。電池式だと肝心なときに点かなかったりする。不便だし、危険ですらある。

慣れた道でも足元が暗いと躰をまっすぐにしておくのが難しい。病気のせいで平衡感覚がいくぶん損なわれているためだ。足元を照らしつつ、坂道を踏みしめ、踏みしめ、上っていく。

やがて右手に林芙美子邸が見えてくる。正確にいえば、見えてくるのは邸を囲む木々のシルエットだが。

七月が終わりかけ、蒸し暑い夜がつづいていた。今夜も昼間の暑気をたくわえた、ねっとりした空気にすっぽり包まれたが、酔いのせいで火照った頬には、むしろひんやり感じられ、心地よかった。

足元の石段を照らし、登った先の四つ辻《よつじ》を左に折れる。自宅の門を閉ざした鉄の格子を開け、敷石づたいに玄関に達した。引き戸を開け、三和土に足を踏みいれるとほどなく玄関の照明が点いた。

引き戸の錠前をかけてからふり返る。禎子が框に正座していた。

「ただいま」

声をかけると禎子がにっこりして、どうだったというように小首をかしげた。

「楽しかったよ」

その日、集ったメンバーの名前を挙げる。禎子はにこにこしながら何度もうなずいた。

それから左手で茶碗を持つような恰好をし、右手にもった箸を口元に運ぶ仕草をした。

「今夜はいいよ。皆でいろんなものを食べたからね。アトリエにカバンを置いたら、風呂に入って、寝ることにするよ」

〝穴〟に行く前、不忍池のまわりを歩いてきたので汗をかいた。埃も被っていたので、面の皮が数倍も厚くなったような気がする。さっと入浴して、汗を流し、それから布団に入りたかった。

アトリエにカバンを置いて、ジャケットを衣紋掛《えもんか》けに通して鴨居《かもい》に掛ける。浴室は壁一枚隔てただけで隣接している。

さっと入浴を済ませ、糊の利いた浴衣に着替えた俊介は寝室に使っている部屋に敷きのべられた布団に入り、ほどなく眠りに落ちた。

俊介の朝は早い。たいていは午前三時には寝床を脱けだし、アトリエに入った。昨夜は寝に就くのがいつもより遅かったものの、それでも午前四時には起きだしていた。雑記帳を発行していた頃、日中は雑事に追われ、なかなか絵の制作に没頭できなかったので、絵を描くのは早朝というのが習慣になっていた。今もそのままにしている。雑用に気を取られないためでもあるが、夜明け直前、均質で透明、手で触れられそうなほど濃密ながら色合いは淡い群青の空気に満たされるアトリエを、蛍光色に輝く熱帯魚になった気分で動きまわるのが好きでもあった。惜しむらくは空気が気に入った色合いに染まっている時間はほんのわずかでしかない。

夏の夜明けは早く、起きたのがいつもより少し遅かったので、群青の時間はちょっぴりしか味わえなかった。

台所に行って、ガスコンロにヤカンを載せ、火を点けておいてアトリエに入る。作業着に着替えた。夏場なので着古したズボンを穿いて、絵の具の染みがいくつもついた白衣を羽織るだけのことだ。

次いでアトリエ中央に置いた作業台に向かい、取っ手のついたガラス製ポットの上にネルドリップの容器をセットして細かく挽《ひ》いたコーヒーをスプーンに一杯入れる。それから愛用のパイプに刻みタバコを詰めた。

そこでいったん台所に戻る。ヤカンの蓋がぱこぱこダンスしているのを確かめ、コンロを消す。ヤカンを持って、アトリエに戻ってコーヒーを淹れにかかった。

ネルドリップの底を埋める碾《ひ》いたコーヒー豆全体に少しずつ、円を描くように湯をかけていく。豆を均等に蒸らすためだ。すっかり日が昇り、窓が輝くとともにアトリエの温度も上昇していた。そこに顔にまとわりつくように湯気が立ちのぼってくるのだが、コーヒーの香りをともなっていれば不快ではない。

ドリップ容器の縁まで湯を満たし、ヤカンの注ぎ口を持ちあげる。すっかりコーヒーを抽出した湯がポットに落ちてしまってから今度は縁についた豆を洗いながすようにかけ回していく。ドリップ容器を満たしてヤカンを置き、わきにある徳用マッチから一本抜いて擦った。

パイプをくわえ、火皿を左手で包みこむように持ち、マッチの火を移していく。辛《から》いが、芳醇《ほうじゅん》な香りのする濃密な煙が口の中に流れこんでくる。喉がすぼまって咳きこみそうになった。子供の頃からの喘息持ちにパイプタバコなどいいはずはない。だが、やめられないわけがあった。

吸いこむのを中断し、喉のむず痒《がゆ》さが消えるのを待つ。落ちついたところでふたたびパイプを吸った。火皿に詰めたタバコの葉が丸い塊となってオレンジ色に輝く。二度、三度と吸いこんで火が充分にまわったところで、パイプを口の端にくわえたまま、ドリップ容器を外し、わきに置いた。ホーロー引きのマグカップに熱いコーヒーを注ぐ。

パイプを口から外し、舌を火傷《やけど》しそうなコーヒーをひとすすり。パイプタバコの煙と淹れたてのコーヒーが混じりあうと、濃密なチョコレートの風味が喉の奥から湧きあがってくる。チョコレート風味がどこから来るのか理由はわからない。感じるだけだ。マグカップとパイプを手にした俊介はアトリエの中央に立ち、百号の絵を載せた画架に向きあった。画架の背後、北側の壁には、さらに二枚、同じく百号の絵が置いてあった。いずれも制作途上にあり、工程の進み具合はほぼ同じだった。

三点とも支持体は板に麻布を糊付けしたもので、膠水に白亜と白の顔料を混ぜ、三度塗り重ねて下地としてあった。すでに単彩《グリザイユ》の下絵を描き、一度目の線描を施してある。あたりをつけているだけで、必要があれば、何度でも描き直す。

いずれもモチーフは同じだ。人、建物、自動車、電車……、つまり街を描いている。構図にも共通したところがあり、手前、もしくは左に人物を大きめに描き、中央から上部へ背景として建物や街路を配置してある。

画架に載せてあるのがⅡ号、昨日、早朝から外出する直前まで手を入れていたものだ。背後の壁際に立てかけた二枚のうち、左がⅠ号、右がⅢ号だが、どれも作品のタイトルではなく、便宜的に胸の内で呼んでいるだけである。

Ⅰ号は人物が大きめ、もっとも手前、画面の右に白いシャツを着た男を描いてあった。描きこむほどに自画像めいてくるのを感じた。Ⅱ号は中央に女性の全身像を入れてあり、背景でもある街並みが半分強を占める。Ⅲ号はⅡ号と同じく中央に女性を立たせ、右側に大きく湾曲した石の橋を配してあった。

コーヒーをひと口飲んで、パイプの煙を吸った。チョコレートの風味を舌の付け根に感じる。鼻から煙を噴きだし、三点の絵を順繰りに見て、ふたたび画架の上のⅡ号に視線を据えた。

眉根を寄せた。

何となく左下に描いた自画像風の男が気に入らない。そのため、構図がⅠ号とそっくりになってしまっている。

まず、あやつを塗りつぶそう……、それから街並みをもっと子細に描写して……。

頭の中でなら一瞬にして何枚もの絵が描けた。いくつもの構図、色合い、モチーフが重なり合って、一度に何作品も重なって見えることもある。そして一枚一枚について思いを凝らせば、画材、筆、描法までが浮かんでくる。何百回、何千回とシミュレーションを重ねるうちに描線が浮かんでくる。おぼろげな、弱々しいイメージだが、絵を構築するためには脳裏に浮かんだ描線を凝視しなくてはならず、無限、不断のシミュレーションが必要で、伴奏者としてのコーヒーとパイプタバコ、そして早朝の澄んだ淡い群青の空気が欠かせない。

ふいに喉がすぼまった。口元を押さえた俊介は、いそいで作業台に向きなおり、マグカップとパイプを置いた。そのまま台のへりに両手をつき、激しく咳きこむ。喉の粘膜が剝がれたようにひりひり痛み、涙で視界が歪《ゆが》んだ。もう一つ、喘息の発作とともに蘇ってくるものがあった。蘇るというか、ふだんは意識していないものが前面にせり出してくるといった方が正確かも知れない。暑苦しい湿った空気に満ちた森の中、折りかさなって降りそそいでくる無数の蟬の鳴き声だ。十三歳で病気をして以来、消えることはなく、耳の底にこびりついている通奏低音となっている、あの蟬どもの声だ。喘息だけでなく、溢れだす絵のイメージが頭蓋骨の継ぎ目を押し広げようとしているせいで蘇ってくるのかも知れない。

なかなか治まらない咳《せき》に息も絶え絶えになりながらも考えていた。何を描くか、どこに配置するか、どう描くか……、イメージが明滅する。絵をどのように描けばいいのか、誰も教えてくれない。コーヒーとパイプタバコが見せるチョコレートの幻想の助けを借りながら自ら探しだすしかない。しみじみ思う。

絵を描くって、本当に躰に悪い。

切符売り場で戸越《とごし》銀座とひと言いうのが億劫に思えて、俊介は駅を出てしまった。そのまま目黒川《めぐろがわ》の方へ向かう。

その日の夕方、旧盆の恒例行事として戸越銀座にある佐藤の本家に集まることになっていた。戸主は兄で、そこに兄の家族といっしょに両親が住んでいた。禎子は出版社から直接やって来る。

本家までやって来るには、自宅最寄りの中井駅から二つ先、高田馬場《たかだのばば》まで出て、省線電車で五反田《ごたんだ》、五反田で私鉄線に乗り換え、二駅先の戸越銀座駅で降りる。すっかり慣れた経路だ。どこの駅でも切符を買うときには、はっきりと行き先を告げるようにしていた。訊きかえされると耳が聞こえないことを説明しなくてはならず、面倒なだけでなく、周囲の人々にじろじろ見られるとやはり不愉快になる。

中井駅、高田馬場駅、五反田駅と同じ手間を三度くり返す。気をつけているのは少し大きめの声ではっきり、心持ちゆっくりと行き先を告げることだ。駅の喧噪《けんそう》――もちろん俊介には聞こえなかったが――にあっても相手にちゃんと伝わるようにするためだ。そうかといって、むやみに大きな声を張りあげるのもみっともない。つまらないことに神経を使うものだと自分でもいやになる。

ふだんならさして気になることではない。一日か、二日おきに外出しており、路線も切符を買う手順も心得ている。

だが、今日は中井駅、高田馬場駅では何とか我慢したものの――距離からして電車を利用せざるを得ないからだ――、五反田駅までたどり着いたところで辛抱が切れた。理由はわかっていた。

早朝からⅡ号の制作を進めていたが、筆がほとんど進まなかった。機械的に絵の具を塗り重ねていても絵にはならない。何を描くか、どう描くかが浮かんでこなくては、描きようがないのだ。

絵を描くのは、垂直に切りたった崖に取りつき、よじ登るのに似ている。手がかり足がかりがなくては力みようもない。逆に、ささやかでも指を掛けられる場所が見つかれば、渾身《こんしん》の力をこめられるし、難所を乗りこえてしまうと今度は夢中になる。

手がかりといってもささやかなものだ。否、かえってささやかでなくてはならない。思いつきが大仰だと、絵全体の中でそこだけが浮いて見え、あとあとまで、ときには完成させたあとまでも悪目立ちし、修正したくなるか、絵そのものを目につかぬようしまい込んでしまうことになりかねない。

九月に開催される秋の二科展搬入日まで二ヵ月を切っている。

絵を描くことは好きで、絵を描く以外に夢中になれることなどないのだが、絵を描くくらい苦しいこともほかになかった。だから目標というか、締め切りというか、とにかく何らかの目安がないと筆を進められない。

ここでの選択は二つに一つ。

踏ん切りをつけ、えいやっと行くか、諦めてしまうか。

線を一本、色をひとつ選ぶだけでも無限にシミュレーションをする。そのうちのどれか一つを選ばなくてはならない。あとでいくらでも修正が利くからとか、とりあえず試しにやってみたらとか、いくら自分にいい聞かせても、どうしても迷い、悩んでしまう。

支持体作りから始まり、下書きをしてマチエールを作っていき、何とかタブローにたどり着いて、すっかり乾かしたあと、ワックスを塗り、柔らかな布で磨きあげるまで、数ヵ月、ときには数年かかる。長距離走には違いない。だけど、その日、その瞬間、鉛筆で線を入れたり、ある色を置いたりするのは、今という刹那の出来事なのだ。その一瞬で絵の方向が変わってしまい、そうした短い時間の堆積がマチエールとなり、やがてタブローとなるのだが、そのささやかな刹那は二度と戻ってこない。

その刹那にしか得られない線、色、そして俊介自身の身の裡の感覚がある。絵を描くことは、ライブ以外の何ものでもない。

だから悩むのだし、苦しむ。しかし、その重苦しい状況だけが何ものにも代えがたい愉悦を生む。

そもそも今日は、夕方までアトリエで作業をするつもりだった。ところが、午前中で完全に行き詰まってしまい、筆ががんとして動かなくなったので、諦め、出かけてきた。ほかに行くところも思いつかないまま五反田までやって来たが、本家に行ってみたところで、頭の上にどよんと憂鬱を載せたままでは仏頂面で座っているだけになる。三分もしないうちに退屈し、苛々《いらいら》してくるだろう。

五反田駅の出札口で、たったひと言戸越銀座と告げるのが億劫になったのもそのせいだ。

また、五反田駅まで来れば、本家までなら歩いてでも行ける。所要時間にしても三十分だろう。本家に行くには、大崎《おおさき》橋を渡って南に向かうところだが、まだ三、四時間は猶予がある。それで橋を渡らずぶらぶら北岸を歩きつづけていた。

晴れていて、陽射しが強かった。俊介は半袖のワイシャツに、明るいグレーのお釜帽を被り、ショルダーバッグを提げていた。サンダルか、下駄の方がより涼しいし、時節にも合っているのだろうが、足元だけはどうしてもふだんの革靴でないと落ちつかない。

堤防の上につづく道は、人々が行き来して雑草が剝がれ、土が剝き出しになっている。踏み固められた土が乾燥して白っぽくなり、その分照り返しが強烈だった。それでも川面《かわも》をわたってきて頰を撫でる風はいくぶんひんやりと感じられる。もっとも周囲の工場群が濁った廃液を流しているせいで、川面にはさまざまな泡が浮かび、悪臭が鼻をつく。

それでも俊介は大きく息を吸いこんだ。決して心地よい匂いではないが、人々の営みだと思いなせば、わずかながらでも愛《いと》おしい。

省線電車のガード下を脱けたとき、地面の震動を足の裏に感じる。おそらく頭上を電車が通りぬけているのだろう。俊介は相変わらず蟬どもが低く鳴いているのを聞くだけだ。電車の中では、乗客たちがじっとり汗ばみ、開け放した窓から吹きこむ風を何とか取りこもうとシャツの襟元をあおいでいるかも知れない。

皆、生きている。俊介の描きたい街は、そうした無数の人々の生活で成り立っている。街は生活者の呼吸で満ちている。

足を止め、川べりに立てられた銹《さ》びた鉄柵に両手を置いて、対岸を見やった。石を積んだ護岸が二段になっていて、下段は今、自分が立っているのと同じ遊歩道になっている。上段は省線電車の線路、目黒川の上には鉄橋が架かっている。

線路の法面《のりめん》を形作っているのも石垣なら鉄橋をくぐる川べりの道を支えているのも石垣で、両者は斜めに交差しながら四角い石を積んだ石垣のマス目が混じりあう部分では、ひとつながりになっているように見える。

面白い。

スケッチブックを引っぱり出し、横にして持つと上から三分の二ほどのところにちびた鉛筆で水平線を引いた。鉄橋と向こう岸の護岸を一直線に結んでいる。次いで鉄橋をくぐる対岸の道の位置を決め、双方の石垣をざっとスケッチしていく。

垂直、水平、斜めと垂直で構成されている中、大きく湾曲した川の縁と護岸が曲線になっている。たった一本、鉄橋の高さを決めた水平な線に対岸に立つ工場の壁を表す垂直の線を書き足したところから手が止まらなくなる。何棟もあり、壁と壁とが重なっていたり、離れていたりするため、次から次へと垂直線を足していくうちに夢中になってきた。

描きあぐねていたⅡ号の背景になりそうな予感があった。そう、手がかり、足がかりを見つけたのだ。

夢中になって手を動かしているうちにスケッチは十数枚になっていた。手を止めたのは、日が暮れ、手元がよく見えなくなってきたためだ。

急いで本家に向かったが、到着したときには、大きな座卓を囲んで全員が顔をそろえていた。父が顔を真っ赤にして大きな口を開け、唾を飛ばす。俊介はしおらしい顔つきをして、うつむいた。父の顔から目を逸らしていれば、声はまったく聞こえない。父の後ろで家族が下を向き、口元を押さえている。禎子も。

誰もがくすくす笑っているのがわかった。俊介もおかしかったが、さすがに皆を待たせた張本人ゆえ、しょげたポーズを崩すわけにはいかなかった。

2

展示室の白い壁に掛けられた百号の絵——心のうちではⅡ号と呼んでいた——の前で、俊介はぼんやり立っていた。何の感慨もうかばず、ただ絵を眺めていた。

この三日間ほど、ほとんど寝ていない。二科展への出品に間に合わせるため、アトリエにこもって制作をつづけていた。だが、頭の芯には熾火《おきび》がかっと熱を発していて眠気は感じなかった。

結局、Ⅱ号を進め、『街』というタイトルを付して出品した。もう一点、自宅前から見おろした落合《おちあい》駅周辺の風景画とあわせ、今回は二点の出品とあいなった。Ⅰ号、Ⅲ号も平行して描きつづけていたが、盆に本家を訪ねる際、目黒川の畔をスケッチしたところからⅡ号が一気に進んだ。

未明に描きあげ、今朝早く上野の府美術館に搬入した。運びこんだときには、絵の具が乾ききっていなかった。二科展の会期は九月上旬から一ヵ月あるので、その間に絵の具はすっかり乾くだろう。画面保護とつや出しのため、ワニスを塗って磨きあげる工程は、その後になる。

ついにか、とうとうか、ようやくか、何ともいいようがない。Ⅱ号は、少しくすんだブルーを基調とし、人々と街路と工場群を線描でモンタージュしてある。

野田英夫の絵に出会ったのも、同じ二科展で三年前になる。線描によるモンタージュという手法に度肝を抜かれた。そのとき俊介は太い描線で建物を描き、入選を果たしたが、嬉しさも半減するほどの衝撃だった。野田とは、その後、いくつかの展覧会で出品が重なったりして何度か会えそうな機会があったが、いまだ実現していない。一度、直接会ってみたいと願っている。

今年に入ってからは、ゲオルゲ・グロッスの画集と首っ引きで主に人物の模写をくり返した。野田とグロッス、二人の描線を模写することで、俊介はおのれ独自の線を探っていた。根底にはモヂリアーニがいて、澤田を通じて学んだ藤田嗣治の描線もある。藤田は面相筆使いの名手だった。野田やグロッスはペン、烏口《からすぐち》を使っているように思われた。俊介も様々な道具を使っていた。満足のいく描線を得るためには、既存の道具では間に合わず筆、ペン、烏口も数多く自作した。素材も金属、ガラス、様々な硬さの木材、竹等々思いつくかぎり試した。

脳裏を糸車付きの墨壺が過っていく。中井駅のそばに住む大工の棟梁から譲り受けたものだ。練った墨の中を通した糸を引っぱり、材木に固定してびんと弾けば、数メートルもの長さの直線が一度に引けた。材料を加工する際の目安に過ぎないので指で擦《こす》れば消えてしまう。絵の道具として使うため、墨を工夫してみたが、むしろあたりをつけるだけならば、消しやすい方が都合がいいと考え直し、そのまま使っている。

今、眺めている百号の絵でも造りはじめのときには墨壺を使って、基準となる水平、垂直の線を何本か入れている。

黒い線を描くための絵の具、インク、墨もいろいろと試し、互いに混ぜ合わせたり、さまざま溶剤、膠を加えるなどした。粘度を高めれば、細いながらも盛りあがって、くっきりとするが、下地に油分が多いとはじかれたり、うまく定着しなかったりするので、絵の具だけでなく、下地との組み合わせもいろいろと試していた。

文字通り試行錯誤の連続だ。

今回出品した百号でも線描を入れる部分と、入れない部分とではマチエールの作り方に変化をつけている。また、線は四回、五回と重ねて引き、徐々に強度を上げていった。

そうしてようやく自分の絵だと思えるようになった作品を出すことができた。

もし、を問うことに何の意味もないのはわかっている。それでもぼんやりした頭の中で思考が勝手に流れだし、問うてしまう。

十三歳の春に病を得ず、聴力を失っていなければ、絵描きになろうとは考えもしなかっただろう。結果はわからないが、少なくとも陸軍士官学校を受験していた。失敗していれば、大学へ進み、建築技師を目指していたのではないか。

軍人になった自分、あるいは製図板を前にしている自分を想像してみたことはあった。しかし、詮ないことだ。たとえ一秒の何万分の一であろうと時間を逆行することはできない。

今にして思えば、耳が聞こえなかったおかげで絵の道に進み、一心不乱に精進してこられたのかも知れない。どの道に進んだところで、つねに満足と後悔は、どちらも等しくつきまとったように思う。

いずれにせよ、ここまで来てしまった以上、しようがない。

東京に出てきて、太平洋画会研究所に入り、絵の基本を学ぶとともに、現在まで交流のつづく仲間たちに巡り会えた。安いコーヒー一杯で何時間も語り合った。俊介は筆談してもらう必要はあったが……。

まずはモヂリアーニに夢中になった。モヂの線は優美にして自由、そして自在だった。感情がそのまま線として表出されていた。自然界に線など存在しないとのたまう間抜けな助教もいたが、存在しない線を見いだし、抽出して、画面に出現させてこそ画家ではないのか。

だからすべてはデッサンなのだと思う。デッサンは一つのゴールであると同時に、あらゆる方向へ進むための起点なのだ。タブローが油彩であれ、素描であれ、デッサンがなければ始まらない。

どのような線を描くか。それを追求してきた。思えば、線の追求は中学生で絵を始めるよりずっと前、それこそ物心つこうという頃の落書きからしてきたような気がする。いわば生まれつきの性癖だし、病的ともいえるくらい執着してきた。目に見えるものを写すだけでなく、線によって新たな世界、別の世界を構築してきた。そうして描かれる空間は、俊介にとって決して架空ではなく、ひとつの確固たる実在なのだ。

モヂに心酔したのは、彼の線の奔放さが魅力的だったこともあるが、何より彼自身の在りように惹かれたからにほかならない。生きることのすべてが絵を描くことに隷属していた。食べること、飲むこと、恋をすること……、すべてモヂの絵に奉仕していた。

絵を売って生活を立てるというのは、あくまでも二の次だ。すべてにおいて描くことが優先される。絵を描いて、名声と大金を手に入れられるならそれに越したことはない。

しかし、現実は厳しい。

何をしていようと、否、何もしていなくても腹が減る。食っていかなくてはならない。まして結婚して、一家を構えたとなれば、自分の空《す》き腹《ばら》は我慢しても家族の口を飢えさせるわけにはいかない。

妥協してきた、と俊介は思う。理想に対して、自分は汚れてしまったと感じることもある。仕方ないと諦めたり、それではいけないと憤ったりしてきた。この無限ともいえる堂々巡りを、鬉光は呪いと字にしたのかも知れない。

長谷川利行が気楽に会える神様といわれる所以《ゆえん》は、描くことが第一で、あとは飲む、寝るがあればいいと生活をぎりぎりまで削ぎおとしているからだろう。単に金品を乞うことは絶対にしない。たとえマッチ箱の裏にさっさと描いても絵として売る姿勢は崩さない。どこまでも職業人としての画家なのだ。

僕はどうだったか。

純粋に絵を追求してきたといえるのか。

晉の死という不幸に遭ったが、それ以外は申し訳ないほど幸福に浸かっている。環境にも恵まれていた。

自分がズルをしているような後ろめたさを感じていた。

展示室の照明が灯った。間もなく開場なのだ。なぜか展観者たちと顔を合わせる気になれず、俊介は展示室の出口に向かい、そのまま府美術館を出てしまった。

絵が完成したという高揚感は長くつづかない。見ているうちに、あそこが足りない、この線は余計だとそういうところばかりが目についてくる。

とても誰かに愛想よく対する気分にはなれなかった。

二科展が終わり、一ヵ月ほどして朝晩の空気が冷たく感じられるようになってきた頃、フランスに行っているはずの麻生三郎がひょっこりアトリエに現れた。

日本を出るときには、一年か二年、ひょっとしたらそれ以上になるかも知れないといっていたのだが、ヨーロッパ各国は日本国内で報じられているほどには平穏ではなかったようだ。

ナチス率いるドイツにイギリス、フランスが反発し、逆にイタリアは同調、ドイツはまたスペインに発足した政権を支援している。いわばヨーロッパ全土が二つに分かれ、敵対しているのだが、ドイツ側が優勢だった。そうした中、フランスから日本に向かう船便が運航停止を決定し、ソ連もまたドイツと対立しているため、シベリア鉄道も止まる可能性が出てきた。それで麻生は帰国するしかなくなった。

コ、レ、モ、と口を動かし、右手の親指と人差し指で丸を作り、カネを表す仕草を見せて苦笑する。京橋の老舗炭問屋に生まれたが、関東大震災で家業が傾き、一家は渋谷近郊で貸家業に着手、再起をはかっている。とはいえ、まだまだ道半ばで三男坊を何年もパリに遊学させるまでの余裕はないらしい。

麻生は五冊のノートを持参してきた。一冊は日本製だったが、残りのうち三冊はパリ、一冊はフィレンツェで買ったらしく麻生が自慢げに鼻をつんと上向ける。

「気取ってやがる」

俊介はやっかみ半分にいい、麻生がにやりとした。

ノートはいずれも備忘録であると同時にスケッチブックでもあった。俊介相手では土産話にも不自由すると考え、ノートを持って来てくれたのだろう。いずれのページも几帳面な文字と詳細なスケッチで埋まっており、ひょっとしたら最初から俊介に見せるつもりで書かれたのかも知れない。

パリには俊介も憧れていたし、麻生とはパリ行きの夢を語り合っていた。

今回の帰国がまったく本意ではないことは、一冊目のノート冒頭にあったパリ到着初日に、永住してもいいと記してあることからもうかがえる。

ノートをめくる手を止め、俊介は目を上げた。麻生は壁に立てかけた百号の三作の油絵を見ていた。Ⅰ号、Ⅱ号、Ⅲ号である。そのうちⅡ号は、『街』というタイトルを付して二科展に出品したもので、展覧会が終わって戻ってきたあと、気になったところに筆を加え、ワニスを塗って、すっかり乾かしてから柔らかな布で磨いてあった。

Ⅰ号とⅢ号は制作の途上にある。

俊介はふたたびノートに目をやり、日記を拾い読みし、挿絵のように挟まれるスケッチを眺めた。

麻生は、パリに着く早々、いっしょにヨーロッパを巡る約束をしていた同年配の画家と落ちあい、大正時代に渡仏し、すでにサロンに出品するなどして名声を得ていた日本人の先輩画家夫妻の歓待を受けていた。初めて訪れる異国の地において、同業の先達は何より心強かったろう。

初日のうちにモンパルナッスを散歩し、と記してあった。池袋のではなく、ただのモンパルナッスだ。

何がモンパルナッスか――小さなッさえ小憎らしい。

同時に麻生が東京に生まれ、育ち、住んでいることが素直に羨ましかった。生まれだけなら俊介も東京だが、二歳で花巻へ、その後、盛岡に移り、十七歳になって、上京している。佐藤家にとって、息子二人に母親まで付き添わせて東京に出すのは一大事業に違いなかった。

その点、生まれついての東京者であれば、こうした一大事業が不要だ。田舎者が東京に出てくるまでに費消してしまうエネルギーを次の一歩に振り替えて、京都、大阪、あるいはパリへと踏み出せる。

次に目に飛びこんできたのは、オランジュリー美術館でゴヤを前にした感想だ。麻生は以前からゴヤを見たがっており、宿の目と鼻の先にあるルーブル美術館より先に、ゴヤ展が開催されていたオランジュリーに行ったらしい。青磁色《せいじいろ》で描かれた女の肖像に感嘆し、マチエールは単純で地塗りは厚く、最初から完成を見通した速い仕事などと記してある。ゴヤの仕事は、複製で見るよりずっと素直なものともある。

実物を目の当たりにした者だけが抱ける感想に違いない。実物を前にすると、見るのではなく、体感の領域に入る。じりじりとした焦燥、否、嫉妬を感じた。

次はいよいよルーブルだが、初日には、どこに何があるかろくに見当もつかず、ひたすら右往左往しているだけの自分に腹を立てている。いろいろと話を聞き、それなりに文献を読んでいても、歴史的な名画、名品がずらり並んでいると、麻生でも面食らい、呆然としてしまうらしい。

翌日以降、徐々に芸術そのものの歴史を原初から順繰りに見ていけるようになった。

備忘録には、日本にはルーベンスのような、気味の悪い画家がいないとあった。ルーベンスは、美と醜を同時に描くところにレアリスムがあるとしている。日本の画家は、美を追求するばかりで、そこにレアルを描きこもうとはしない、所詮は表面を撫でているだけということだろうか。これまた実物を目の当たりにした者だから感じられることだろう。レオナルド・ダ・ビンチは何を描くにも精確無比、レンブラントは視覚的であることに熱中していると書く。

面白いと思ったのは、同じフランスでも田舎や、海外から来た画家たちは、誰もが一度はパリ風邪にかかるようだが、ピカソは徹頭徹尾スペイン人だと記してあった箇所だ。風邪にかかってもいい、取り憑かれてもいい、パリに行きたい――ひりひりする胸の底で俊介はつぶやいた。

スケッチも多数描いてある。セーヌ川畔やエッフェル塔といった誰もが描きそうな風景はなく、何ということもない路地や雑貨屋の店先が写しとられている。立派なデッサンが数々あって、もし、『雑記帳』をつづけていたら、この場でノートを破り取ってすぐにも印刷工場に回したくなるような佳作がいくつもあった。

また別の日にはロダンの工房に行っている。途中、街路樹にあたる光に心洗われるようというくだりでは、羨望、嫉妬を通りこして、街路を歩く麻生に同化していた。

ノートを拾い読みしていて、麻生がパリを拠点として、イタリアやベルギーにも足を延ばしているのを知った。どちらも俊介にとってははるか彼方だが、パリから行くとなれば、たとえばイタリアであれば東京から京都や大阪へ行く感じ、ベルギーならせいぜい群馬へ出かけていくくらいの感覚でしかない。もちろん言葉や食事、そのほかの生活習慣に多少なりとも違いはあるだろうが、どこだろうととりあえず行ってしまえば、何とかなったようだ。

目的は絵を見ることで、それ以外の食って、寝るは付け足しだし、パリでも東京でも変わらない。そうした記述は随所に見られた。

イタリアに行ったときの記録では、フィレンツェで歴史の大転換、いわゆるルネッサンスを目の当たりにしている感動もさることながら、アッシジに行き、チマブエやジョットを見上げている文章に惹かれた。キリスト教の素養がなくとも帰依できそうだし、なるほど宗教画というものが聖書など読んだことがなくても、あるいは読めなくても、その教えが理解できるように描かれているのだと感心している。

ルーブルで芸術の源流をたどった際にも、麻生はギリシア芸術に深く感動し、現在の画家たちがそうした歴史の流れの中に存在していることを実感している。ひるがえって日本の、とくに洋画家と称する者たちは、自分を含めて、きちんと我が国の、東洋の美術というものに向き合い、今の自分に脈々と流れている血を意識しなくてはならないのではないか、と書きつけていた。

そこを読みながら俊介は、鞕光が東洋の古典に学ぶ必要があると説いていたのを思いだした。

空間ばかりでなく、時間の面からも考察し、その交点に立っている自分を見つめることなく、いたずらに技法ばかり追いかけているようではしようがない。靉光がシュールの、野獣のといった枠組みにまるでとらわれていない理由がここにあるような気がした。大きな目の描きこまれた『風景』から受けた衝撃は、いまだ生々しい。

五冊のノートをひと通り見終わっても、麻生はまだI号、II号、III号の絵を交互に見ていた。俊介はコーヒーを淹れようと台所に湯を沸かしにいった。

煮立ったヤカンを手にアトリエに戻り、コーヒーを淹れる。香りがアトリエに満ちると麻生はソファに移動し、テーブル代わりに使っている双六盤を目の前にずらした。俊介はマグカップを二つ、双六盤に並べ、木製の小さな椅子をソファに向かい合わせに置いた。

まずは互いにコーヒーを飲み、次いで俊介はソファに置いた麻生のノートを手で示した。

「正直にいう。羨ましい。実に羨ましい」

麻生は澄ました顔でうなずく。

「それに素晴らしいデッサンがそろっている。まだ『雑記帳』をつづけていれば、ここで破って、そのまま図版に起こしたいと思ったのがいくつもあった」

俊介の言葉に、麻生はうなずき、コーヒーを飲んだ。

それからしばらくの間、俊介は麻生のノートについての感想をつづけた。とくに美術の源流をさかのぼった麻生の考察に納得できたことを告げたあと、ぽつりと付けくわえた。

「しかし、大変だったな」

両手でマグカップを持った麻生が床を見つめる。備忘録の終わりには、日本に帰る船が出港するかどうかという記述が数日にわたってつづいた。ようやくマルセイユの港に着き、船を見たというくだりでは俊介も安堵のため息を吐いたほどだ。

麻生が目を上げ、俊介をまっすぐに見た。そしてⅠ、Ⅱ、Ⅲ号が立てかけてある壁を指さす。

「あれのうち真ん中の一点を二科展に出品した。わかってるんだ。ルオーを見れば、ルオーの線に取り憑かれ、藤田や野田の影響も受けた。今年になってからは、ゲオルゲ・グロッスにのめりこんでいた。僕にはつねに誰かの線がまとわりついている。病的なくらいに」

俊介はわずかに言葉を切り、もう一度いった。

「線がのさばってるんだ」

しかし、麻生はまったく表情を変えず、双六盤にマグカップを置くとジャケットの内ポケットから縦長の手帳を取りだした。以前とは違い、深いダークグリーンのビロードのような表紙がついている。もしかしたらイタリア製かも知れない。

銀色に輝くペンでさらさらと書き、にっこり頰笑んで俊介に見せた。

心配無用、チャント俊介ノ線ニナッテイル

暮れも押し迫ったある日、いつものように夜明け前に起きだした俊介は、となりに敷いてある禎子の布団が空っぽなのに気がついた。寝室を出ると洗面所に灯《あか》りが点いているのに気がついた。冷たい廊下を裸足に感じながら近づき、そっとのぞいた。禎子がタオルで顔を拭いていた。

「どうかしたのか」

ふり返った禎子が頰笑んだが、その笑顔はいかにも不安そうに見えた。

ぴんと来た。

「できたのか」

わずかの間、禎子が俊介を見つめる。やがてうなずいた。俊介はうなずき返し、きっぱりと告げた。

「今度はいっしょだ。僕に何ができるかわからないけど、今度は君を一人にはさせない」

翌年七月、次男が生まれ、俊介は莞《かん》と名づけた。妊娠を知ってから半年間、ともすれば押しよせてくる不安を払いのけ、日々、禎子を気づかった。

そして、誕生。

莞はあまりに小さく、気を揉む日々はさらにつづいた。

3

過渡期って奴かな――。

座卓に仕込んだ製図板を引きだし、あぐらをかいた両膝に載せて、西側の壁を見ていた俊介は胸の内でつぶやいた。

窓の横には、縦長五十号の額装した絵が掛けてあった。二ヵ月前、上野の東京府美術館で開催された皇紀二千六百年奉祝美術展覧会に出品した作品で、『街にて』というタイトルを付けてあった。

『街にて』は、中央に大きく、シンプルなデザインの白い服を着た女性を描き、右下に黒っぽい和装の女、左下に帽子を被った横向きの男を配し、背景にはビル群、人、自転車を描いてあった。いずれも黒く、細く、しっかりとした線で形作ってある。画面全体は、沈んだブルーを基調としていた。

ずっと人と建物を描いてきて、その後、モンタージュという技法を知ることで両者を融合し、街を描いてきた。ビル群、街路、行き交う人々の混沌《カオス》が街であり、都会なのだ。

視線を右に動かす。

そこに過渡期という言葉が浮かんだ理由があった。

勁いマチエールの上に、かっちりとした描線というスタイルは踏襲しながらも、中央に置いたのは、顔を寄せ合い、何ごとか密談している風の少年三人組で、胸から上をクローズアップにしてある。背後の人影は一人だけで、建物はなく、代わりに馬車を一台、横向きに配置してあった。

方向転換はひと目でわかるだろう。かつてはブルーが多かった基調が茶褐色に転じ、空はオレンジから黄色へのグラデーションで表現してある。モチーフも大人から少年に移っているが、これは神田の路地で見かけた子供たちのスケッチを基にしていた。大声を上げ、路地を駆けまわる子供をスケッチしようとしたのは、そこに晉を見たからかも知れない。禎子のふたたびの妊娠を知り、順調に経過していく中で、ようやく子供に目を向けられるようになっていた。

絵には、内面の変化が如実に表れる。

しかし、もっとも大きな変化を端的に表しているのは、画架に載せてある四号の小品だろう。つい数日前に描きあげたばかりだ。

その絵に線はなく、面で光と影を表現してあった。

線描によるモンタージュという手法は、俊介の性に合った。さまざまな画家の影響を受けているのは明らかだったが、くり返し描くことで自分の線とすることができた。麻生もいってくれたし、自負も出てきた。

しかし、まだ二十八歳、凝り固まってしまうには早いだろ、と画架の小品の中からこちらを見つめている男がいっている。

モデルは、俊介自身だった。新しい技法に挑戦しようとするとき、画家は自画像を描くことが多い。射しこんでくる光に対し、こっちを向いて、顔を上げて、いや、下ろして……、延々とつづく細かな注文に文句もいわず――当たり前だ――、かつ的確にポーズを決めてくれるのは自分なのだ。

気楽に、いつでも、何時間でも使える奴隷にして、主人である。

今、アトリエの壁に掛かっている絵は少なかった。奉祝美術展とほぼ同じ頃、銀座の有名な画廊で初めての個展を開いており、絵が売れたためだ。

禎子が妊娠してからというもの、俊介は描きに描きまくった。同時に兄や原奎一郎らが中心となって販売を手助けしてくれることとなり、作品も主に四号、八号といった小品――その方が売りやすかった――を制作しつづけた。やがて兄たちが後援会を発足させ、何度も販売会を画策してくれて、ついに銀座の画廊での個展にこぎつけたのだ。

そこは憧れの画廊だった。今まで何度も足を運び、藤田嗣治や野田英夫の個展を見てきた。同じ場所で自分の個展が開かれるなど、ほんの数年前には夢想だにしなかった。だから画廊の壁面いっぱいに自分の作品が掛けならべられているのを目の当たりにしたときにはそれこそ戦慄した。

しかし、個展が終わってみると当初の感激は薄れていた。たしかに一つ階段を上ったという実感はあったが、まだはるか先まで階段がつづいているような気がした。高く上るほど、さらに高みが見えてくる。

そのとき、アトリエと廊下の間の引き戸がわずかに動いたのを視界の隅にとらえた。二、三センチ開いただけで、それきり戸が動かなくなる。それで誰が開けようとしているかわかった。

製図板を座卓の中に戻し、立ちあがると引き戸を開けた。

一歳半になる莞がまん丸な目で見上げている。俊介の口元が自然とほころんだ。しゃがんで両手を差しのべると莞がまったく迷いなく飛びこんでくる。抱えあげ、右手を尻に、左手を背に回し、莞の首筋に鼻を埋めて大きく息を吸いこんだ。乳臭いような体臭が心地よく鼻腔《びこう》を満たす。

二度目の妊娠を知ったとき、俊介は禎子に宣言した。今度は二人いっしょに立ち向かう、と。そしてひそかに決めたのは、金の心配をさせないということだった。だから兄や原、同郷のさまざまな人たち、画家仲間の力添えが嬉しかったし、感謝した。来る日も来る日も絵を描きつづけたのは、禎子のためであり、生まれてくる我が子のためでもあった。

妊娠中、禎子の顔色が少しでも悪ければ、うるさいくらい医者に行けといった。大丈夫と禎子が手を振っても聞き入れなかった。今度こそ無事に生んでくれ、とそれだけを願いつづけた。

ところが、無事に生まれると、今度は赤ん坊である莞のことが心配でたまらなくなった。生まれた翌日に長男晉を失っているせいだろう。泣きつづけていると禎子に訴え、まるで泣かないとなるとまたも禎子にぐちぐち訴える。乳を戻したといってはおろおろし、おしめの中で少しでも便がゆるければ、腸の病気を疑った。

大丈夫というように手を振る禎子に本気で腹を立て、声を荒らげたことも再三だ。禎子はいつも苦笑し、小さく首を振った。実際のところ、禎子には義母も、俊介の母もついていたし、禎子自身、婦人誌の編集記者を長年勤めている。俊介の出る幕などないのはわかっている。それでも莞がちょっとでもいつもと違う様子を見せれば、居ても立ってもいられなくなった。

去年の暮れには這うようになり、今年の春にはつかまり立ちをし、一歳になる頃、ついに立ちあがった。とにかく涙が溢れてしようがなかった。

そして今、手を差しだせば、無条件に飛びこんできて、肩に頭を載せたかと思うところんと眠る莞に、親になったと実感していた。

莞が小さな手で俊介の鼻をつかみ、耳をつまむ。両腕に包みこんだ莞の躰から伝わってくる温《ぬく》もりに、誰といわず、いや、地球上のあらゆる人にありがとうといいたかった。

やがて廊下に禎子が姿を現した。禎子の後ろから顔を見せたのは、麻生だ。おそらく訪ねてきた麻生に応対するため、禎子が玄関に出た隙に莞はアトリエにやって来たのだろう。

麻生が丸めて握っている美術雑誌を見せる。

俊介はうなずき、莞を禎子に渡すと麻生を招じいれた。ソファに座ってもらい、自分は書架から一冊の雑誌を取りだした。

美術誌『みずゑ』、昭和十六年一月号。俊介は昨日書店で買い求め、すでに読んでいた。麻生がやって来た理由もわかっている。

その号には、陸軍の情報部将校たちと美術評論家による座談会「国防国家と美術」が掲載されていたのである。

その日は、雑誌を挟んでああでもない、こうでもないと遅くまで議論を重ねた。

『みずゑ』の座談会に出席していたのは、鈴木という陸軍少佐ほか二人の陸軍将校、それに美術評論家だった。テーマは、戦争が差し迫っている情勢下にあって、画家といえども一人の臣民として国防に挺身《ていしん》しなくてはならないというもので、その主旨には俊介、麻生ともに大筋ではうなずけた。

多少なりとも新聞、雑誌を読んでいれば、米英の理不尽さは理解できる。さらに他国を煽動して、自らの強欲な論理に従わせている。そうして東亜諸国のみならず世界中を支配することで利益の独占を目論んでいるのは明らかなのだ。

大日本帝国は、東亜の盟主として、諸国の独立自尊と利益を守ってやらなければならない立場にある。それだけに米英にとっては目の上のたんこぶであり、日本に対する風当たりは強かった。

しかし、米英が強大であることも事実で、その圧力を跳ね返すためには、我が国では臣民が一致団結する必要がある。むしろ座談会の記事を読んでいて、誰に忖度したものか、アメリカ、イギリスと名指ししていない点にもどかしさを感じたほどだ。

そこまではいい。問題は、彼らの座談――主に鈴木がリードし、評論家が追従《ついしょう》する形で進められていた――の矛先が二科会をはじめとする官展以外の画家たちに向けられている点にあった。

明治以降、日本の洋画壇は大きく二分されてきた。政府の方針に唯々諾々と従い、国民を教え導くとほざいて、その実、硬化した教条主義による統制に与してきた官展グループと、芸術面の自由こそ、国民生活の多様性を実現するものとして様々な団体、あるいは個人で創作に励んできた画家たちのグループの二つだ。後者の代表が二科会といえる。

二科会展で作品を発表しつづけてきた俊介は、もちろん大別すれば、自由派に属する。

そもそもは生理の問題ともいえるだろう。国民が揃いも揃って同じ絵を素晴らしいと感嘆する世界など気味が悪い。そして皆がそろってというところには、カネの匂いを感じてしまう。実際、大家だの売れっ子だのといわれる連中の、何ら面白みもなく、感動も呼ばないわかりやすい絵ばかりが高値で取り引きされている。

つまりは儲《もう》かるわけだ。

カネ、カネ、カネでは、物質主義に凝り固まった米英と変わるところがない。

何のために生きているのか、そもそも生きていくとはどういうことかを考えるところにヒューマニズムがあると俊介は考える。そうした模索を絵画だけでなく、広く芸術一般、文学、歴史、哲学、風俗のあらゆる方面に求めようとして、『雑記帳』の刊行に踏みきった。

たしかに時節柄、時事問題に深く踏みこめなかった憾《うら》みはある。雑誌存続のため、やむを得ない措置ではあった。しかし、俊介とすれば、批判のためだけの批判、何の実りもない自己満足だけの主義主張をくり返す輩《やから》を排除するという目的もあった。

たとえば、共産主義だ。その思想には共鳴する部分もあったが、共産主義者には体制を担って、広く市民に対する責任を負うつもりなど毛頭なく、仲間内だけの受け狙いで過激な言辞を弄する輩も多く見受けられた。

どのような主張であれ、ヒューマニズムに基づいた深い洞察と思索がなければならない。

人間とは何か、生きるとはどういうことか、根源的な問題を考え、論じる場としたかったのである。

結果的には、商業主義に負け、休刊に追いこまれてしまった。今回、『みずゑ』の座談会を黙って見過ごしたのでは、敗北が二度目になる。

また、鈴木の発言にある、単に丸や三角を描いて——おそらく抽象画を指しているのだろう——、仲間内だけでありがたがっているという底の浅い認識には腹が立った。

画家たちは、なぜ、絵を描くことに命を削るか。一枚の絵に人間の在りようや真理を求めてやまないからだ。ぎりぎりと音を立てて軋《きし》むように絵筆を揮っているのは、生きることを、人間の真の姿を明らかにしようとしているからなのだ。

そのように真摯に生きる画家たちに対し、絵の具や画材の配給を止め、展示会場の使用を禁じれば、すぐにも命令に従うなどという浅薄にして思い上がった発言を読んだときには躰が震えた。

馬鹿にするな。

思想と物資の両面で、国に、そして軍に従わせようとする鈴木の態度に憤激したという点では、麻生も同じだ。

一方、麻生との違いも感じていた。俊介は耳が聞こえないため、兵隊にとられなかったのだが、いわば役立たずの烙印《らくいん》を捺《お》されたようなものだ。

そんなことはない、と叫びだしそうになった。たとえ耳が聞こえないがために兵隊になれなかったとしても国を思う気持ちに髪の毛一筋の違いもないし、また、画家として立っている以上、軍隊の外側にいようと国に貢献する方法はある。

文化を担う一人として、日本が東亜を、世界を、人間らしい世界へと導いていくことに役立てる。

自らの正義のみを主張し、カネと暴力を頼りに気持ちよく前進したところで、背後には草木一本ない荒れ果てた大地が広がるばかり、誰一人としてついて来ないだろう。敵対する者同士が相手に賛成したり、理解するのは難しいかも知れない。しかし、そこに喜怒哀楽の表出があれば、親として、子として、同じ人間として共感するのは不可能ではあるまい。芸術、とくに絵画には、素朴、素直な感情を表現し、見る者に共感をもたらす力がある。

自由と人としての尊厳を守る立場という点で、麻生とは深く同意した。麻生が『みずゑ』をもって現れたあの日、深夜まで話しこんだのは、そういったことだった。ならば、どのような行動を起こすか。話はそこまで進んだが、具体的な方策について妙案は浮かばなかった。

その後、数日にわたって考えつづけた俊介は、ふと中野新井町《なかのあらいまち》に住む澤田を訪ねてみようと思った。麻生には、とくに相談しなかった。あくまでも独断である。澤田は藤田嗣治の弟子であり、藤田こそ官展に対抗する自由派の大立て者に違いない。

俊介が働きかけたところで藤田が動くのかはわからなかったが、まずは澤田に諮ってみるのも無駄ではあるまい。

アパートを訪ね、合板を貼ったドアをノックした。不便なのは、相手がドアを開けてくれるまで反応がわからない点だが、今に始まったことではない。

しばらく待っているとドアが開き、腫れぼったいまぶたをようやく持ちあげているといった風情の澤田が眠そうな顔を出した。長く、もじゃもじゃの髪に指を突っこみ、掻いている。

むかっ腹を立てたような顔をしていたが、相手が俊介と知って眉間がゆるんだ。おそらくドアを閉めたまま、開いてるよとでも怒鳴ったのだろうが、何の反応もなく、かっとしたに違いない。でも、相手が俊介ではしようがないわけだ。

「朝っぱらからすまない。ちょっと相談したいことがあって。いいかな」

うなずいた澤田がドアを開けて中を手で示した。

「失礼する」

澤田とは最寄り駅が同じ私鉄の沿線で二駅しか離れていないこともあって、互いに行き来していた。四畳半一間に万年床、窓際に文机を置き、そのわきに足を短くした画架を設置してある。押入の襖には、サムホールという特殊なサイズ——縦二十二、三センチ、幅十五、六センチ——のキャンバスが何枚も重ねて立てかけてある。画架にも描きかけのサムホールが載せられていた。

灰色の服を着て、同じような色合いの手拭いで頰かむりをした男が膝を抱えて座っているところが描かれている。

澤田が画架の前に置いてあった座布団を部屋の真ん中に置き、座るようにと手で示した。自分は万年床の上であぐらをかく。

「ありがとう」

俊介はいい、座布団にあぐらをかいた。

画架や絵の具のチューブが入った紙箱をいくつも重ねた文机からタバコを取った澤田

は一本抜いてくわえ、マッチで火を点けた。

「実はこれなんだが」

俊介はさっそく肩掛けカバンから『みずゑ』一月号を取りだし、座談会のページを開いて差しだした。受けとった澤田が立ちのぼるタバコの煙に目を細め、読みはじめる。ぎょろりとした目が上から下へ素早く動いていった。時おりタバコをつまんで灰皿の上にかざして灰を落とし、ページを繰っていった。

とくに表情に変化は見られない。読みおえるとほかのページには目もくれようとせず、閉じて俊介に返した。

短くなったタバコを灰皿に押しつけて消し、煙を吐いて俊介に目を向ける。

「とんでもない内容だと思う」

片方の眉をあげた澤田がうなずく。とりあえず同意してくれたと判断し、俊介は声を励ました。

「この座談会は、国家の非常時に名を借りて画壇を統一しようということではないかと思う」

澤田は表情を変えずに見つめ返している。胸底に不安が兆したが、かまわず言葉を継いだ。

「官展に一本化されたのでは自由な創作が危うくなる。だから……」

そのとき澤田がさっと大きな手のひらを俊介の鼻先に立てた。次いで枕の下に手を突っこむと二つ折りの表面がすり切れた革財布を取りだし、中から一枚の紙片を抜いて、俊介に差しだした。

受けとって、紙片を見た俊介は目を見開いた。そこには〈ラバウルの取材が決まった。近く軍から連絡があるはず、それ迄《まで》、待機するやうに〉と記されてあり、藤田嗣治と署名されていた。青いインクで書かれている。たぶん藤田の直筆なのだろう。ただし、あて名どころか、どこにも澤田の名前はない。

目を上げると、澤田が右手の親指と人差し指で丸を作り、ひたいに持っていき、その手で自分の襟を後ろから引っぱるような仕草をした。指で作った丸は制帽の星、つまりは警察を表し、襟を引っぱるのは捕まることを意味するのだと察しがつく。

澤田があごで俊介が持っているメモを指し、襟をつかんでいた手を離した。

「これを見せれば、捕まらないということか」

そうだ、というように大きくうなずく。

「さすがだな。藤田の威光はすごいもんだ」

ほとほと感心してつぶやくと澤田が首を振り、文机の上から紙と鉛筆を取りあげ、メモを書いて俊介に見せた。

藤田ノ親父《おやじ》ハ陸軍中将、軍医総監

ぽかんとして澤田を見返す。

澤田は俊介のようすなどかまわず、チャウドイイ、イッショニスケッチニ行カウ、と書き足した。

「はあ？」

俊介を案内したい場所があるらしい。立ちあがった澤田は万年床の枕許《まくらもと》に山になっていた衣類の中から古びたオーバーを取りあげ、空中で大きく振った。

埃が舞う。

喉がむず痒くなり、俊介は顔を背けて咳きこんだ。喘息持ちに埃は大敵だ。

4

高田馬場駅を経て、新宿駅までやって来ると澤田は南口を出て、甲州《こうしゅう》街道を四谷《よつや》方面に向かって歩きだす。

どこへ行くともいわないし、俊介も何も訊かずに従った。

澤田が万年床にあぐらをかき、『みずゑ』の座談会記事を読んでいたときの様子を思いかえす。一心不乱に読みふけっている顔つきからして、おそらくは初めて目にしたのだろうが、読みすすめていくうちに、藤田を担ぎだそうという俊介の魂胆を見抜いたに違いない。

だから藤田の父親がかつての軍医総監であり、階級としては中将に相当すると書いて見せた。

中将という字を目にして苦笑してしまった。小学校に入ったばかりの頃、俊介はクラスメートたちに陸軍士官学校に進み、いずれは中将になると豪語したものだ。知りもしないのに。いや、知らないからこそ中将などと兄に教えられたままを得々と語れた。無邪気なものだ。

中将がどれほどの高位か今もって正確にわかっているとはいいがたい。それでも何百万もの将兵を擁する陸軍にあって、中将まで登りつめるのはほんの数人だろうし、まして軍医総監ならたった一人だ。

藤田は確かに画壇の大御所ではある。しかし、その威光が市中を歩きまわる巡査まで照らしているわけではない。一方で陸軍中将の子息ともなれば、それなりの対応をするだろう。その藤田の署名入りの手紙を持っている澤田にしても、むやみに引っぱろうものなら巡査本人のみならず所属する警察署の署長か、さらに上にまで面倒が起こる危険性を嗅ぎつけるに違いない。

大柄で、いかにも丈夫そうな澤田がこのご時世にもじゃもじゃの長髪をなびかせ、街の中を大手を振って闊歩していても誰も手出ししない理由がわかった。

移動する電車の中で、澤田がもう一度『みずゑ』を見せろと仕草で示した。渡すと、さっそく座談会のページを開き、指さした。そこには、国家存亡の折、国防国家として国民は一致団結し云々《うんぬん》という鈴木少佐の発言が載っていた。米英との戦争は避け得ず、そうなれば、国民のすべてが駆りだされるといい、画家も例外ではないとあった。

澤田は自分を指さし、その指を俊介にも向けた。

次に澤田は、鈴木が絵の具の配給を止め、展示会場の使用を禁止すれば、画家たちはいやでもいうことを聞くといっている箇所を指さした。俊介が赤鉛筆で傍線を引いている行でもある。

その直後、電車が新宿に着き、二人はホームに降りた。澤田はオーバーのポケットからくしゃくしゃになった紙と鉛筆を取りだした。紙を伸ばし、絵ノ具ノ配給ガ心配カ、と書いた。うなずくと、今度は画家、絵ヲ描クコトと二行に分けて書き、交互に指さした。

澤田の爪は黒くなっていた。垢《あか》か、絵の具かはわからない。

俊介は紙を見つめたまま、動けなかった。澤田が問うている意味は理解できた。絵の具を配給されなくても、展示会が開かれなくても、紙と鉛筆さえあれば、絵は描ける。いや、それすらなくても頭の中でいくらでも絵を描けた。現にそうして来ている。

だが、生活もあった。兄や原、ほかにも多くの人が画策してくれ、少しずつ絵は売れるようになったが、生計を立てるには足りない。禎子は莞を母親に預け、出版社に勤めつづけている。

答えられないうちに澤田が笑って、紙を丸め、オーバーのポケットに戻してしまった。

ぶらぶら歩きつづけているうちに左側に御大典広場が見えてきた。天皇即位を記念した石碑が建立されている。二人は碑の裏側を通って、階段を下りた。つんと異臭が鼻をつく。湾曲した階段わきに公衆便所があるためだ。

階段を下り、公衆便所の向かい側に来た澤田が立ちどまり、両手を広げ、どうだいとでもいうようにニコニコしながら俊介に目を向ける。

「何？」

澤田が宙に字を書いた。
マ、チ――。
なるほど澤田が俊介を連れてきた理由がわかった。それにしても公衆便所かよ、と思いつつコートのポケットに突っこんであるスケッチブックと鉛筆を取りだした。

横にしたスケッチブックの上から三分の一ほどを横断するように線を入れ、高架になった甲州街道の歩道に取りつけてある手すりを描きこんだ。左から三分の二ほどに縦に線を引き、公衆便所入口の目安とする。入口のわきに御大典広場から下ってくる階段がのぞき、階段の奥は街道のガード下、公衆便所の上には広場の手すりがのぞいている。

目の前の光景と手元のスケッチブックとの間で何度も視線を往復させ、手早くスケッチを進めながら、たしかにこれも街だと思った。繁華街のビル群、子供たちが駆けまわる路地、工場、護岸された川や鉄橋、コンクリートの橋も街だが、公衆便所もまた街の情景に違いない。縦、横の線が錯綜する景色を写しとりながらいつしか夢中になっていた。

ほぼスケッチが出来上がり、何気なく顔を上げてぎょっとする。

目の前に男が三人立っていた。三人ともにぼろぼろのオーバーを着ており、二人は灰色の手拭いで頬かむりをして、その上からつばのよれよれになった帽子を被っている。顔は陽に焼け、埃や垢で黒っぽくなっていた。

彼らと俊介の間に割りこむように澤田が踏みだした。何ごとか話していたが、やがて三人が笑顔になった。どの男の口も黒い穴で門歯しか残っていない。

澤田の部屋の隅に何枚も立てかけてあったサムホールが浮かんだ。ちょうど先頭の一枚に描かれていたのが今目の前にいる男たちに似ている。

藤田の指導は変わっている、といつか澤田が教えてくれた。絵の描き方や技法について教えられたことはなく、街に出て、今目の前にいるような街に棲《す》む男たちを描けとだけいわれたらしい。あとは日々藤田の家で雑用をするか、たまにモデルになるくらいだ。

澤田は彫りの深い顔立ちで、鼻が高く、ぎょろりとした目でやや日本人離れしていた。だが、決して西洋人風ではなく、強いていえば、南方系か。もっとも花巻、岩手で育った俊介は、澤田の容貌が東北ではたまに見られることを知っていた。

それでも藤田がモデルとして澤田を使いたくなる気持ちはわかった。そのまま描いても作品には自然と異国情緒が立ちのぼる。どこの国とも特定できない、独特の絵画になるのだ。

澤田が何かいうのを聞きながら男たちがうなずき、ちらちらと俊介を見る。おそらく同業者で、耳が聞こえないことも説明しているのだろう。話をしている様子を見ると以前からの知り合いのようだった。

　やがて澤田がガード下を指さし、俊介をのぞきこんだ。俊介は首を振った。

「いや、今日のところは帰るよ。いろいろ教えてくれて、ありがとう」

　澤田がうなずき返し、男たちと連れだって歩いて行った。彼らがガード下を抜けていくまで見送り、スケッチブックをコートのポケットに戻した俊介は公衆便所に目を向けた。

　これも街なら、彼らも街か。

　ほろ苦い思いが胸底に溜まる。彼らがいることを殊更無視してきたつもりはないが、描いたことはなかった。澤田が藤田から彼らを描くように指導されていると聞いたときも、変わってるなと思っただけだ。

　要は気にも留めていなかったのだ。

　何がヒューマニズムか。『雑記帳』のテーマに掲げ、人間の尊厳、人間愛などと一丁前にほざいてきた自分が脳裏を過っていく。耳が聞こえないだけじゃなく、目も見えなかったということじゃないか。

　公衆便所わきの階段を上り、御大典広場に戻ると右に曲がった。駅とは逆方向だが、まだ帰宅する気になれなかった。広場の縁から甲州街道を眺める。自動車が行き交い、歩道を歩く人たちは誰もが足早だった。

澤田たちは街道の向こう側の街で何をしているのだろう。

ふと目の前の、コンクリート製の支柱に気がついた。上部に穴が開いている。俊介はそこに指を入れてみた。内側をこするとざらざらしている。

抜いて、目の前にかざした。赤茶色の錆《さび》がついている。目を上げた。支柱は等間隔に、広場の縁を囲むように立てられ、いずれにも同じ穴が開いていた。

もう一度、錆のついた指先を見る。鉄製の柵が入っていたのだろう。抜いたのは、いつのことか。

戦艦を造るために供出したのだろうかと思ったとたん、背筋がぞくりとした。戦争が近づいていることを感じたからではない。御大典広場の柵さえも武器にしなければならない貧しさと、つい先ほど出会った男たちの姿が重なった。

数歩下がった俊介は、柵を抜かれた支柱と甲州街道を交互に見比べ、ふたたびスケッチブックを取りだした。

夢中で手を動かしつづけ、ふと顔を上げた俊介は目を瞠った。陽が傾き、あたりがほんのわずか暗くなっている。歩道を歩く人の群れも行き交う自動車もシルエットとなり、均質な黄褐色の空気の中を動いていた。

なるほど黄昏《たそがれ》には黄の字が入っているわけだ。

単彩《グリザイユ》を重ねて明暗をつけた石の橋の上に筆を慎重に、ゆっくりと動かしていった。ほとんど透明にしか見えない、溶き油をたっぷりふくませた黄褐色が重なっていく。

俊介の手つきと心持ちは、神殿に灯明《とうみよう》を捧げるのにも似た敬意に満ちていた。白と灰色のコントラストに重なる淡い淡い黄褐色。それでいいと俊介は思う。そうして淡い黄褐色を数かぎりなく重ねていくことでいつか琥珀のように透明で強固な層が造られる。描いているのは聖橋越しのニコライ堂だが、絵そのものが構築の途上にある神殿なのだ。絵を描くことに謙虚であれ、傲慢に塗りたくってはならないと戒めるようになっている。

中学生のときに油彩を始めて、ようやくたどり着いた境地でもあった。

パレットの絵の具を取り、上部にはめた油壺に浸し、ふたたびパレット上で絵の具を入念に混ぜ、こねながら口元を歪める。

『みずゑ』に「国防国家と美術」という座談会が掲載されたのは、昨年末、ほぼ一年前のことだ。陸軍将校たちの不毛な発言と、追従する御用評論家に憤怒が湧きあがった。

第一の拍子抜けは、みずゑ編集部に談じこんだときに味わった。編集長に面会し、座談会記事について率直に意見をいい、画家の立場から反論したいと申し入れると、あっさり承諾されたばかりか、むしろお願いしたいくらいだといわれ、実は、と切りだされた。

編集長によれば、当初の計画では、陸軍将校に対し、現在の画壇を代表する画家たちとの対論を構想していたという。人数も同じにして、行司役として評論家を据えるつもりだった。評論家も美術畑ではなく、むしろ論壇の大御所に依頼し、現今の世界情勢を踏まえつつ、議論をリードしてもらい、批評をくわえてもらおうと考えていた。

バランスを取るためであり、美術がもつ前衛としての力を具体的に、わかりやすく形にするためだ。

ところが、声をかけた画家たちにことごとく断られたという。まずは大御所からと考えたのが間違いだったと編集長は率直に認めた。大御所に断られてしまえば、そのことを理由に遠慮、辞退がつづく。もちろん編集部としては、誰に声をかけたか明らかにしなかったが、狭い世界のことでもあり、噂は素早く広がったらしい。

二人、三人に断られれば、あとは追随する者ばかりになる。評論家にしても同じで、当初目論んでいた論壇の大物たちには歯牙にもかけられなかった。結局、編集部が懇意にしている美術評論家に依頼するしかなかった。

そうした状況を聞いた俊介は、反論の冒頭に文化を導いていくべき芸術家や言論人が沈黙してしまうことの悪を糾弾した。次いで俊介の考える文化とはいかなるものかを論じた。あくまでも一介の画家としての立場からの発言としたが、世界各国、とくにヨーロッパの文化に学び、同時に日本古来の伝統を踏まえた上で、今というときに必要とされる文化を作品として追求することで、東亜のみならず世界中の平和、人類愛をリードできるとした。

世界各地の歴史、文化を洞察し、創造に取り組む姿を、丸や三角をありがたがり、仲間内で褒め合っているなどとするのは、あまりに浅薄だと指摘したが、体制そのものを批判したつもりはなく、むしろ日本の伝統と文化こそが、アメリカやイギリスがまき散らしている、何がなんでもカネ、カネ、カネという物質主義という猛毒に対抗できるとした。

その上で、画家には画家の戦い方があると書いた。たとえ耳が聞こえなくとも、一人の国民としての役割は果たせるし、命を賭しても果たすと決意を表明した。

人間らしい生活を営んできた古来から現在にいたる日本の文化というものがいかに力を持つものであるかを論じたつもりだった。

俊介の反論は、『みずゑ』四月号に、一字一句欠けることなく全文が掲載された。拍子抜けの二つ目は、まるで反応がなかったことだ。ごく親しい画家仲間たちこそ熱く賛同してくれた——澤田はちょっと困ったような微笑だった——が、画壇からの反応はなかった。また恐れ、身構えていた軍部、とりわけ鈴木少佐からも反論はなかった。端的にいってしまえば、黙殺である。

一通り塗り終え、筆を置いた。グリザイユにわずかに黄褐色が載っただけ、つまりは少し黄ばんだかなという程度に過ぎなかったが、焦燥に駆られ、手順を飛ばしたり、手間を惜しんではならないのはわかっている。まずはすっかり乾燥させなくてはならない。

画架から離れ、座卓に腰を下ろしてあぐらをかいた。机上にはスケッチやメモが散らばり、積み重なっている。スケッチはニコライ堂を写したものが多かった。

ふと目の前の、積みあげた本に立てかけてある黒いガラスに目が留まった。俊介の姿がぼんやりと映っている。夜、黒を背景として、窓ガラスにぼんやり浮かびあがる自分の顔を見て、明暗の効果が面白いと思った。それでガラス板の裏に黒ペンキを塗り、自作したものだ。

髪と背景の黒との境界を凝視する。どこまでが自分の頭で、どこからがガラスの奥に塗った黒なのか、境界線を見極めようとすると両者はともにぼうっと滲んで、混沌としてくる。俊介が自ら病的と思いなすほど執着してきた線が曖昧になっていた。面で光と影を追求する手法に挑戦しようとして自画像を描いたきっかけがここにあった。

ガラスに映った俊介が問うてくるような気がした。

お前のやっていることは独りよがりじゃないのか。

自分の声だけは聞こえる。

いや――俊介は胸の内できっぱり答えた――絵を描くことにしろ、『雑記帳』にしろ、金儲けのためではないし、まして道楽などでは断じてない。

誰も見たことのない世界を現出させるため、何ごとであれ、全力で立ち向かってきた。人生を賭して、命を削って、取り組んできた。

黒いガラスを挟んで、向こうとこちらで二人の俊介がうなずく。

「何、してるんだか」

わざと声に出してつぶやき、ごろりと寝転がった。両足を伸ばして座卓の下へ入れ、両手の指を頭の下で組んだ。天井が高くなっていて、北向きの天窓が見える。アトリエには針金を張り渡し、照明器具をそこに引っかけて吊るようにしてあった。光の角度を自由に変えてみるためだ。電球より何倍も明るいという触れ込みの蛍光灯も買った。

貧乏してるわりには無理してる、と思う。

目を動かした。アトリエには、そこここに合計五つの鏡が取りつけてあった。禎子にナルシストといわれ、あらゆる角度から自画像を描くためだと言い返した。アトリエのどこにいても出入口が映るように取りつけてある。

莞が歩くようになってから、とくに夏場は引き戸を開けっ放しにしてあるので、いつやって来ても気づくようにと工夫しているのだ。何かいたずらをして、汚したり、壊したりするのはかまわないが、気づかないうちにそこらにある物を引っぱって倒したり、落としたりしてケガをされてはたまらない。同じ理由で、ストーブは金網の柵をこしらえて囲んであった。

ほかにもう一つ、高さが一メートル半ほどもある姿見が書棚の奥に立てかけてある。よく行く床屋が模様替えで、鏡を入れ替えると聞いたときに譲り受けた。ちゃんと面取をしてあるが、不用意に倒れないよう上部を書棚に紐で結んであった。そのため姿見の前に立つと、ややあおり気味で自分の全身を映すようになる。

今年秋の二科展に家族の像を出品した。自分の全身像を右側に描き、左には禎子と子供を配置した。子供は五歳ほどに描いてあった。莞であり、晋でもあるためだ。三人しか描かれていないが、俊介にとって家族は四人なのだ。

上体を起こし、ふたたびあぐらをかいた。乱雑に重ねたスケッチを少し整理しておこうと思ったからだ。ニコライ堂を描いたスケッチをわきによけるとふだん持ち歩いているスケッチブックが出てきた。何ということもなしに開いてみる。澤田に連れていかれて描いた新宿の公衆便所が出てきた。

三人の男たちが浮かぶ。擦り切れたオーバー、汚れた手拭いで頰かむりをし、その上に帽子を被っていた。顔は灰色で、口を開くと歯がなく、まるで暗渠だった。どこから来たのか、何年そうして暮らしているのか、わからなかった。何となく地方、それも俊介や澤田と同じように東北から出てきたような気がした。真っ正直に生きようとして、都会に馴染めず、戸惑っているうちに月日が流れ去り、だからといって帰ることもできず、今はその日その日を何とかやり過ごしている。

僕は見ていなかった、と思う。

彼らの生活は、これから何年も、ひょっとしたら死ぬまでつづく。

唇の内側を嚙んで、ページをめくった。

御大典広場の縁に立ち、甲州街道を見た図があった。等間隔に並んだコンクリート製支柱と、その上部に穿《うが》たれた穴まで描いてあった。手を入れたときのざらついた感触や錆の色、匂いまで思いだされた。その日暮らしの男たちと、軍艦か大砲を造るために抜かれた鉄製の手すりがない交ぜになって脳裏を満たした。

ため息を嚥みこんで、スケッチブックを置いた。下にはニコライ堂を聖橋の方から見たスケッチが何枚か置いてあった。

目を細め、眺めているうちにはっとした。

御大典広場の向こう側、ちょうど甲州街道の上にニコライ堂がそそり立っているように見える。

これ、面白いかも……、ひょっとしたら……。

スケッチブックを手にして、ふたたび画架の前に立つと、パレットと筆を取った。やや明るめの黄色で描きかけのニコライ堂の下半分のところに水平に線を入れ、スケッチブックとカンバスを交互に見ながら鉄柵を抜かれた支柱を描きこんでいった。グリザイユの色調のまま、黄褐色の御大典広場が現れはじめる。

わら半紙に書かれた「夜気ヲ描ク」の文字が脳裏を過っていく。七年前、初めてルオーを見たとき、絵の中に入ったような不思議な感覚にとらわれた。翌週、谷中の画材店を訪ね、老店主に興奮を伝えたときに書かれたメモだ。

黄昏の街は、均質な黄褐色の空気の中にあった。今、俊介は空気を描こうとしていた。建物も人も自動車もすべて引っくるめて街だし、その街は空気の中にある。

すべてを包みこむ空気を描くことで俊介の中にある街が完成する。ふいに自分の中からもう一人の透明な自分が抜けていき、最初はゆっくりと、やがて徐々に速度をあげながら上昇していくのを感じた。天の高みに達し、見下ろしたとき、何千キロにもなろうかという大河が見えた。もちろんイメージに過ぎない。だが、見下ろしている大河が今手がけている作品が生まれる中塗りから仕上げ塗りまで切れ目なくつづく工程であるのはわかった。

ああ、出来るんだな。

胸の内でつぶやいていた。絵を描くようになって初めての経験かも知れない。

これほどまで明白に、脈々と、太い道筋が目の前に現れたことはなかった。

ニコライ堂と御大典広場、甲州街道を行き交う人の中には、あのときに会った男たちもいたし、風景の中には公衆便所もあった。そしてすべてを均質な黄褐色の空気がのみこんでいた。

焦るなよ、慌てるなよ、でも、急げ、今、この瞬間の感覚が消えないうちに……。

俊介は自分に言い聞かせながら薄く絵の具を塗り重ねていく筆先をまじろぎもせず見つめていた。

昭和十六年十二月八日未明、日本は米英と戦争状態に入ったと大見出しで知らせる新聞をこわきにはさみ、アトリエに入った。

座卓の前に来たとき、姿見に映る自分を見た。まっすぐに睨みかえしている。

ついに、というべきかな。

太平洋を舞台にアメリカとの戦争が始まった。鏡に映る男は、わずかに開いた両足でしっかりと立っていた。

その表情には、興奮も恐怖もない。何が起ころうと俺は俺だと、落ち着いてまっすぐに見返している。

それでいい。俊介は小さくうなずいた。

第六章　美しい夜

1

昭和十七年七月。

米英との戦争が始まって八ヵ月、帝国陸海軍はハワイ真珠湾を一撃で殲滅《せんめつ》したあと、返す刀でフィリピンを攻略し、さらにインドシナへ、と破竹の快進撃をつづけていた。連日報道される大戦果に国民は熱狂し、酔った。しかし、占領地が広がったからといってすぐに石油などが入ってくるわけではなかった。市中に出回る物資は統制下にあり、ほとんどが配給制となっていった。

もっとも統制経済は二、三年前から始まり、徐々に対象となる品目を増やしている。戦争に勝っているはずなのに……。

我慢を強いられる生活は苦痛だったが、この苦痛から逃れるためには戦争に勝たなければならず、勝つためには国民全員が我慢して、まずは最前線で戦っている兵士たちに武器、弾薬、燃料、食糧を送らなくてはならない。国民すべてが互いの絆《きずな》を強め、一致団結して戦っているのだ。

戦争なんだな、どこも——俊介は画材店の前の行列を目にして、胸の内でつぶやいた。

行列は珍しくない。米でも炭でも、手に入れるためにはまず並ばなくてはならない。一時間、二時間と並んで、ようやくわずかばかりの品物を切符と引き替えに手に入れる。並ぶことが戦いなのだ。街頭にはポスターが貼られていた。〈欲しがりません、勝つまでは〉

端的に国民の戦争を表している。

俊介のもとにハガキが届いたのは、一週間前だ。白の絵の具を二本まで買える。もっとも買うためには、画材店から送られてきたハガキに印刷されている〈ホワイト引替券〉が必要であり、また、使いきったチューブ二本との交換が条件とされていた。

こうしたハガキが送られてくるためには、美術団体に所属していなくてはならない。俊介は二科会の一員であり、二科会そのものがさらに上部組織に組みこまれ、画家も戦争に奉仕する絵を描くという構造ができ上がっていた。さらに組織の統合が進んでいくだろうが、今のところ、官展派がすべてを牛耳るまでには至っていない。

行列に近づこうとしたとき、肩をぽんと叩かれた。ふり返ると麻生が立っていた。にっこり笑って、俊介が持っているのと同じハガキを見せる。同じ団体に所属しているので、ハガキを出してきた画材店も同じなのだ。行列の中には、見知った顔がまだいくつかあるだろう。

二人は行列の最後尾に並んだ。

麻生が宙に、コ、バ、ル、トと書き、俊介をのぞきこんだ。

「あと一本、ある。そっちは？」

麻生が人差し指を立てた。残っているのは、麻生も同じくチューブ一本のようだ。

絵の具はなべて不足気味だったが、とくにコバルトブルーが画材店から消えていた。コバルトブルーは主にフランスからの輸入品だったが、ドイツに占領されてから輸出入が止まっていた。また聞くところによるとコバルトという金属そのものが兵器製造に欠かせないらしく、絵の具にまでなかなか回ってこないという。

国産化にも取り組んでいるものの、国内で調達できる材料が土や酸化鉄、骨灰などにかぎられるため、どうしても茶系統ばかりになる。ほかの色となると製品化には遠いらしい。

絵の具チューブを持参し、引き替えとされたのは、チューブの原料となるアルミニウムや鉛が武器、弾薬生産には欠かせないからだ。統制経済がますます厳しくなっている以上、回収された絵の具チューブがふたたび絵の具チューブとして戻ってくるとは考えにくかった。

ふいに哀しみが湧いてきた。もう二年近く前になる。澤田に連れられていった新宿の御大典広場の柵の光景だ。コンクリート製の支柱だけが残され、金属製――おそらくは鉄製――の柵棒は抜き取られていた。穴の内側に触れると指先に赤茶色の錆がついた。軍艦を造るために供出されたのかと思ったとき、帝国の貧しさを見せつけられた気がした。

回収された鉛製のチューブも鋳つぶされ、一発の小銃弾になるのだろうか……。

ようやく店内に入って、俊介はさらに胸が重く押しつぶされそうになるのを感じた。カンバスを並べてあった棚には木枠のみがいくつか埃を被っているだけで、麻布を張ったものはなかった。残っている木枠にしても使い回され、あちらこちら傷んでいる。

俊介も更正カンバスを使っていた。使用済みのカンバスから麻布を外し、苛性ソーダを溶かした水に浸して絵の具を柔らかくしたあと、ヘラで剝がして再使用する。これを更正カンバスと呼んだ。麻の布は雑嚢《ざつのう》や弾丸入れなどに使う貴重な軍需物資なのだ。

店頭に筆はまだ残っていたが、数年前に比べれば、種類も本数も減っている。しかも日本画用に比べると洋画に使う筆はぐっと少なかった。刷毛《はけ》もごく少数、へらやペインティングナイフ類は見当たらない。金属ゆえに絵の道具よりもよほど有用な使い道があると考えられたのだ。

有用な使い道か——皮肉っぽく胸の内でつぶやく。耳が聞こえないため、兵隊になれなかったことを思いだしたからだ。有用な使い道がない、ということだろう。

行列の先頭にいた男が両手を振りまわしていた。帳場に立つ店員に何かいっているようだ。店員は無表情に見返していたが、手を振りまわしている男に取り合わず次の客に声をかけた。先頭の男が手を振りまわすのをやめ、帳場にハガキを置き、潰れた絵の具のチューブを二つ、わきに並べた。店員が新しいチューブを二本取りだした。わめき散らしていた——といっても俊介には聞こえなかったが——男がズボンや上着のポケットをあちこち探し、くしゃくしゃになった紙幣を探しだして店員の前に置いた。店員が紙幣のしわを伸ばし、きちんと数えた上で男に二本のチューブを渡す。男は肩から斜めに吊ったぼろぼろの布製カバンに大事そうに絵の具を入れ、行列のわきを通って入口に向かった。

次の客がハガキを帳場の男に渡す。

行列が少しずつ短くなっていく。ようやく俊介の番になったので、帳場に引替券を置いた。券には、あらかじめ住所、氏名、所属団体名を記入してある。すっかり潰して中味を出し切ったチューブを二本添えて、細い目をした四角い顔の店員に告げた。

「チタニウムとジンクをお願いします」

店員は後ろの箱から二本のチューブを取りだして、目の前に置いた。どちらもパーマネントホワイトだ。

「いや、これじゃなく、チタニウムホワイトとジンクホワイトを……」

肩をつかまれた。後ろに並んでいた麻生が前に出てきて、店員に何かいい、次いで俊介を見て、小さく首を振った。

先ほど男が両手を振りまわしていたわけがようやくわかった。俊介と同じように種類を指定したもののパーマネントホワイトを出されたのだ。汎用性があるという理由で選ばれたのか、在庫がそれしかないのか、おそらくは後者だろう。

俊介はうなずき財布を取りだした。麻生が説明したのだろう、店員はわきに貼られた料金表を指さした。二本で二十四円五十銭。
俊介は喚きだしそうになった。一年前の三倍になっている。

画材店から絵の具がぽつぽつと消え、手に入りにくくなってきたのは、皮肉なことに昭和十五年、皇紀二千六百年の慶祝ムードに全国民が酔っていた頃と重なっている。真っ先に消えていったコバルトブルーは、澄みきっていて、純粋な感じがして好きな色だ。冷色系なのだが、なぜか熱情を感じる。手に入らなくなって、過大評価しているのかも知れない。

商品として見なくなったのは、コバルトブルーだけではない。輸入物、とくにフランス製絵の具は出回らなくなった。高価ゆえ、おいそれと手を出せはしなかったが、画材店のショーケースにはいつも目立つところに鎮座していたし、どうしてもその色味を出したいときには少々無理をすれば買えた。

ドルアン社の絵の具がいい例だ。麻生が買いに行くといえば、俊介も負けじと買い求めた。昭和十四年頃なのに今は昔という感じだ。ドルアン社製絵の具は、実際カンバスに置いてみると目の覚めるような発色……、とはならなかったが、それ以外の、たとえば国産でも有名な絵の具を使って、はじめてドルアンの良さが実感できた。

人間の欲は底が抜けている。現物が目の前にあると、たとえば発色一つとってももう少し鮮やかに、あと少し純粋に、と求めてしまい、必ず不満が残ってしまう。

幸せというものも、案外似たようなものかも知れない。俊介はアトリエの東壁、洋服ダンスのわきに何枚か重ねてある百号台の作品群をちらりと見やり、思いを巡らす。幸福の真っ只中《ただなか》にあるとき、心の底にはぼやけた染みような、どうしても拭き取れない不安や恐怖がある。幸福が失われてしまう、毀れてしまうのではないか、という根拠のない怖さだ。

完璧な造形と風合いを保ったまま千年以上を経た陶器のようなもので、完璧にして至高の美しさは、ほんのわずかな傷でもその美を損なうし、床に落とせば、粉々になってしまう。美しく張りつめているだけに、喪失、損壊の予感がついてまわるのだ。

幸福も絶頂にあるとほんのわずかな翳《かげ》りも気になってしまう。晉を死なせてしまったことで、心に大きく、醜い傷を負ったせいなのかも知れない。それ以来、幸福に罪悪感を抱き、完璧だと感じてしまうとわずかな傷さえ恐れるようになった。

幸福は、通りすぎたあと、もはや失ったり、傷ついたりする恐れがなくなって、ようやく嚙みしめられるものだ。

この二年ほど、絵の具が不足しはじめると、何をおいても家族の肖像を描いてきた。自分を主人公とはしたが、自画像ではない。失ってしまうかも知れないという恐怖を乗りこえる一つの方法が客観視だ。当事者として内から描くのではなく、一個の幸福な家族として外側から眺め、肖像にして固定する。

集大成にしようという目論見もあった。油彩の世界に踏み迷い、学び、鍛え、試行錯誤してきたおのれのすべてを注ぎこむという気組みもあった。

同時に中国大陸での戦争がつづく中、いよいよ英米相手に一大合戦を控え、何より絵の材料が減り、統制下に置かれる状況だからこそ、まだ制作できるうちに勁く、できるだけ大きな作品としたかった。焦燥感にとらわれていた。画材がなくなるだけではなく、日本という国が崩壊し、自分も死ぬかも知れない。そうした中、節約して、ちまちま描くだけでなく、大きな絵を残したかった。

アトリエの引き戸が開き、禎子が顔をのぞかせる。うなずいてみせると禎子がわきに避《よ》け、麻生と舟越の二人が入ってくる。

俊介は眉を上げた。

「二人そろってなんて、どうしたんだい？」

麻生の口がジンチュウミマイと動く。俊介は笑みを浮かべた。

「わざわざありがとう」

九月初めから開催される第二十九回二科展に出品するため、今まさに大作の仕上げにかかっているところなのだ。

アトリエに招じいれると二人は、今まで俊介が向かっていた画架の前に進む。百号の作品が置いてあった。かたわらには模様替えした床屋から譲ってもらった大きな姿見が置いてある。

舟越が絵から俊介に目を移して、ゆっくりと口を動かした。

ジ、ガ、ゾ、ウ、カ
俊介は首を振った。

「モデルはたしかに僕自身だけど自画像ではない。目が明後日《あさって》の方を見てるだろ? 自画像ならこちらを見てるように描く」

ふたたび絵に視線を戻した舟越が麻生とともに見入った。俊介はつづけた。

「去年の二科展に出したのは茶系統だったろ。今年はやっぱり趣向を変えたくてね。全体に白味を強くしてみた。この間、ホワイトを手に入れたし」

パーマネントだったけどね、という部分は嚥みくだす。

麻生とホワイトの絵の具を買いに行って半月ほどが経っていた。去年出品した『画家の像』は茶系統のマチエールになっていた。流通している絵の具の種類にどうしても縛られてしまう。

しばらくの間、俊介は腕組みし、制作途上の作品と麻生、舟越を交互に見ていたが、やがて切りだした。

「このところ、ちょっと考えていることがあってね、聞いてくれるか」

二人が同時に俊介を見た。麻生の大きな丸顔と、舟越の長い顔が並ぶとやっぱりおかしい。

「僕はずっと芸術の根底にはヒューマニズムがあると考えていた。『雑記帳』をやっていた頃もそのことを追いかけていたつもりだ。充分にやれたかどうかは別としても、

『雑記帳』は『雑記帳』として一定の役割を果したと自惚れている」

二人が同時にうなずき、そのことに励まされて俊介は言葉を継いだ。

「このところ考えているというのは、それなんだ。僕が追いもとめてきたヒューマニズムとは何なんだろう、って」

短くひと息入れる。

「人類愛とか、人間らしさとか、大きなことだったり、抽象的なことじゃないような気がしてきた。人間そのものというか、ありふれた日常の営みじゃないかと考えるようになった。家族であったり、僕自身であったり、嬉しいこともあれば、哀しいこと、つらいこともある。僕は必ずしも悲観主義者《ペシミスト》じゃないけど、比べてみると苦しいことの方が多いような気がする。たとえ幸せの絶頂にあってもね」

まぶたを閉じた、晉の小さな顔が脳裏を過っていく。

「だからまず家族を描いた。中心に画家のいる家族を」

麻生、舟越ともに何度もうなずきながら聞いている。

「そして今度は一人で立っている。大地にしっかり両足を踏まえてね」

『画家の像』とは構図を大きく変えてあった。『画家の像』が描かれている画家、妻、子とほぼ同じ高さに視点を置いているのに対し、今回は、地平線を男の股下あたりに描き、見上げるような構図としてある。

画家は黒い作業服の上下を着て、サンダル履きで、道路の真ん中に立っている。背景には今まで描いてきた建物をモンタージュしてあった。しかも人物像に比べて小さく描いている。

麻生が俊介をふり返る。口をゆっくり動かした。

コレモ画家ノ像カ
俊介は絵を見つめ、唇を結んだ。

胸の内に言葉が流れていく。

ここに一人の男がいる。決して有名ではない。むしろ誰も知らない。誰にとっても、いてもいなくてもまるで気にもならない存在だろう。けれど、生きている。日々、もがき、苦しみ、絵と格闘し、一方で家族を愛し、何より乳臭い息子を抱きあげることに幸福を感じている。

生きている。

ふいにタイトルが浮かんだ。

「『立てる像』……、かな」

大きくうなずいた麻生が絵に目を戻し、もう一度うなずいた。舟越も怖いくらい真剣な眼差しで絵を睨みつけ、やがてうなずいた。

それから半月ほど、俊介は『立てる像』にかかりきりになった。麻生と舟越がやってきたときには、下塗り、中塗りを終え、線描を済ませ、仕上げにかかっていたが、日々気になるところが目について、あちらを塗り、こちらを削りをくり返した。時間はいくらあっても足りない感じがしたが、締め切りはいやでもやってくる。夜が白々と明けるまでアトリエにこもり、時にはソファにごろりと横になり、二、三時間仮眠をとってふたたび絵に向かった。

八月も下旬になって、ようやく仕上げの最終段階に入った。全体にワニスを塗り、乾燥させて磨き、ふたたびワニスを塗った。ワニスを固く乾燥させるには、まる一日を要する。都合五日がかりで、四層のワニスを塗り、磨きをかけた。

ようやく完成し、署名を入れたときには、八月三十一日の夜が明けていた。車を頼み、上野の府美術館に運びこむ。

壁に掛けた『立てる像』を前にしたとき感じたのは、ようやく終わったという、ただそれだけでしかなかった。

2

明智光秀《あけちみつひで》が主君信長《のぶなが》を討ち、京に入ろうとしたものの、中国地方で毛利《もうり》勢と戦っていた秀吉《ひでよし》がいわゆる大返しをして、逆臣として攻め滅ぼした。これを称して光秀の三日天下という。実際にはもう少し長かったのだろうが。

その点、帝国陸海軍は昭和十六年十二月、英米と開戦以来、北はアリューシャン列島、南はニューギニア、広大な太平洋を東西に二分して、ほぼ中央でアメリカ海軍と渡り合い、西はインドシナ半島、中国大陸にも侵攻をつづけている。たった半年の間に天下どころか全地球のほぼ三分の一を支配するという壮挙を成し遂げた。

昭和十七年が過ぎ、十八年に入っても政府と軍部――もはや両者は混じりあい、融合して、同体となっていた――が発表する大戦果、大勝利を新聞はそのまま黒々と大見出しで打った。

俊介も快哉《かいさい》を叫び、勝利に酔った。少なくとも半年間は……。

国がいくら勝利を宣言し、新聞が連日書き立てようと国民の頭の中まで支配することはできない。自由とか権利などといったこみいった論ではなく、あくまでも肌感覚の話だ。市中に出回る物資が統制され、衣食住にかかわる品々は配給制となって切符と引き替えでなければ手に入れられなくなってきた。

誰もが思う。

何かが変だ。

東洋の国々を支配し、そうした国の人々から搾取してきた英米を駆逐しているはずなのに暮らし向きは一向楽にならない。米も炭も不足しがちだ。

夢で腹は膨れないが、空きっ腹を我慢するのに役立つと澤田はいった。なるほどその通りだと俊介も思う。しかし、大人はまだいいとして幼い子供たちはそうはいかない。とくに莞の口だけは何としても飢えさせるわけにはいかない。

コバルトブルーがなくてもバーミリオンがどこにも見当たらなくても、茶と黒の絵の具で描けばいい。まだ画材店の店頭に並んでいる日本画用の画材を応用することもできるし、ちびた鉛筆一本あれば、スケッチの裏、何なら以前に描いたスケッチを消してでも絵は描ける。

しかし、食べ物だけはどうにもならない。

莞にだけは少しでも栄養のあるものを食べさせようと、俊介も禎子も市中を駆けずりまわっていた。

戦争は戦場で起こっているだけではない。市中でも起こっている。この食糧、衣料、燃料を手に入れるための戦いにおいて、今や銃後の市民すべてが敗北しつつあった。

俊介の仕事もかんばしくなかった。昭和十七年の初めには、銀座の大きな画廊で第二回となる個展を開いたが、あとから思いかえせば、そこが頂点でもあった。以降は、盛岡の有志たちがあれこれ画策してくれ、さまざまな展示会を開催しては出品させてもらった。同郷の舟越、澤田とともに三人展を行ったこともある。

盛岡では多少売上げがあったが、同じ有志の会が主宰する東京展ははかばかしくなかった。絵を売るというのは、ダイヤモンドを散りばめたマッチ箱を求めるような御仁を探すようなものだといわれたことさえある。

昭和十七年の秋から暮れにかけて、やはり同郷の知人の紹介で喫茶店や美容室の壁画を請け負ったこともあった。依頼主の懐事情によって壁画が壁に掛ける一枚の油彩画になったりもしたが、大金とはいえないまでも収入にはなった。

昭和十八年になっても状況は変わらず、否、ますます暮らし向きは厳しくなり、食糧調達に奔走する日が多くなった。それでも俊介は描くことをやめなかった。やめるわけにはいかなかった。俊介にとって描くことが即《すなわ》ち生きることであり、生きているかぎりは描きつづけなくてはならない。

昼間はどうしても雑事——といっても食糧調達は生き死にに関わる重大事だったが——に追われるため、絵は深夜に制作するしかなかった。一計を案じた俊介は、寝に就く直前に大量の水を飲み、そのまま布団に入った。真夜中、膀胱《ぼうこう》が張りつめ、どうしてもトイレに行かなくてはならなくなる。用を足した後、寝床には戻らずアトリエに入って着替え、画架の前に立った。

絵を制作しなくてはならない背景がもう一つあった。画材不足を背景に文部省が画家たちの団体を一本化しようとしているためだ。画材の供給を政府が一手に握ることで画家たちの創作意欲をも統制しようとしている。

そもそもの動きは八年も前、昭和十年に始まっていた。ときの文部大臣が帝国美術院の改変を打ちだした。挙国一致の指導機関とするため、という。官展、民間を問わず力のある画家たちを集め、一方で過去の実績にあぐらをかいているのみの無鑑査会員の資格をすべて取りあげてしまった。改組には二年を要したものの、それまでの帝国美術展を廃し、新文部省美術展覧会、いわゆる新文展へと変更したのである。国内の混乱が広がる中、どさくさまぎれに強行したようなところもあった。

画材の供給体制の整備——政府に協力的な画家たちを優先させるための方便に過ぎない——をはかると同時に、一致団結して絵画による戦意高揚を目指そうという。実際、著名な画家たちの中には陸軍の招請を受け、前線において絵画制作をしている者もいる。藤田もそのうちの一人で、もっとも実力のある中核メンバーとしてほかの画家たちを先導していた。

政府、軍部の方針に従っているか否かはどうあれ、一つだけいえるのは、藤田の絵が素晴らしいということだ。

官展派に統一されれば、またしてもアカデミズムの手垢にまみれた古臭い絵を強要されるのがわかっているので、民間の美術団体の雄である二科会をはじめ、諸団体が連携するなど抵抗活動をくり広げている。本来の絵画制作にはまったく関係ないのだが、座して見ていれば、画材を独占され、展示会も開けなくなる。戦争前に美術誌の座談会で軍人たちが放言し、評論家が腰巾着よろしくヨイショした鼎談《ていだん》の通り当局が芸術の世界に汚い手を突っこもうとしている。

また、新たな団体も誕生していた。昭和十八年四月、俊介はそうしたグループの一つ、新人画会の結成に加わった。メンバーには麻生や靉光もいて、総勢八名だった。新人画会は結成と同時に展覧会を開催し、俊介も出品している。第一回から七ヵ月後、早くも第二回が実施され、年明けには第三回を開くべく準備に取りかかっている。

新人画会を貧弱なものにするわけにはいかない。力のある絵を何点も掲げ、ボリュームをもたせ、衆人の耳目を集めなくてはならない。俊介が描きまくる理由はここにあった。昼間は食糧を求めて奔走し、深夜には絵画制作と、俊介は文字通り寝る間を惜しんで動きつづけていた。

だいぶ秋も深まってきた頃、制作中のアトリエに珍しく禎子がやって来た。長い髪をお下げの三つ編みにしている。銃後の母、主婦、つまりは国防婦人の正式な恰好なのだが、美しい髪が無惨に重ねられ、ひねり上げられているせいで傷ついていくのを見るのは悔しく、哀しかった。

「何?」

禎子が封書を差しだした。表には、松本俊介先生とあった。ひっくり返した。差出人の名前に心覚えがなかった。封を切り、中に入っていた手紙を読んだ。文面はごく短い。どうやらこの紹介状を持って、客が訪ねてきたようだ。

「行くよ」

アトリエを出て、玄関に行くと大きな風呂敷包みを抱えた若い男が立っていた。メガネをかけ、髪はぼさぼさ、カーキ色のオーバーを着こんでいる。埃まみれの頑丈そうな靴を履いていたが、ゲートルは巻いていない。

男がメガネの奥から探るように俊介を見る。

「松本俊介です」

そのとたん、男の目が大きく見開かれたと思うと勢いよく喋りだした。切羽詰まった表情をしている。何が起こったのか。今度は俊介がびっくりする番だった。

玄関の引き戸越しに射しこむ陽光が無数に飛びちるつばきに反射して、きらきら光った。

俊介は苦笑いして手を挙げ、男を制した。

「ちょっと待って。僕は耳が聞こえないんだ」

男を連れてアトリエに戻り、文机の方へ案内した。角を挟むようにして立っている男の前に座布団を置いて腰を下ろすようにいった。机の上にわら半紙と鉛筆を置く。

「そこに書いてくれないか」

はい、と返事をしたのはわかった。

紹介状は、のっけにお初にお便りしますとあった。目の前にいる男の名前は中野淳で、過日開催された新人画会で先生の『運河風景』にいたく感動し、是非会いたいというので『雑記帳』の奥付に記されていた綜合工房の住所を書いて渡した、とあった。

会ってみようと思ったのは、紹介状を書いた人物は『雑記帳』の読者であったことと、次の一節にあった。

……絵ハソコソコ描ケルト思ヒマス。小生トシテハ中野サエ世ニ出セバ、本望……

その一行が俊介に〝穴〟での光景を思いださせた。〝穴〟には、近所にあった太平洋美術学校の学生たちのほか、オヤジがもともと演劇志向だったこともあって劇団員、脚本家、演出家——大半は卵だったが——も数多く出入りしていた。美学生、演劇関係者には社会主義者や共産党員が多く、警察に目をつけられていた。

昭和九年頃、常連客から何人かの逮捕者が出て、オヤジも引っぱられた。何ヵ月にもわたって勾留された挙げ句、なおも〝穴〟が監視下に置かれたため、オヤジは店名を変えたり、いろいろ苦労した。

脳裏に浮かんだ光景がいつ頃のことかはっきりとは思い出せない。石田、山内、薗田などの顔があったので、近代芸術研究会を発足させた頃だと思う。石田が何かいい、店にいた全員がうなずいた。何といったのかと訊いても皆にやにやするばかりで答えようとしない。あとになってオヤジが筆談で教えてくれた。

オレタチハフルポンサヘ世ニ出セレバ満足トイッテイタ

フルポン——フルーツポンチの略が当時俊介に冠せられたあだ名だ。中野が持参した紹介状があの頃を連想させた。中野の手元を見る。大正十四年生まれとあった。

「へえ、まだ十八か。若いねぇ」

中野がぎょっとしたように顔を上げたので、俊介は笑って指さした。

「こっちからでも字は見えるから。ところで、じゅん？　それともあつし？」

中野が口を動かした。

「じゅんか」

またしても中野が目を剝く。

「びっくりすることはないよ。耳が聞こえなくなって、かれこれ十八年だ。いろいろ身につけてきたけど、喫茶店とかで対面してるときは、テーブルに指で字を書いてもらう。それを反対側から見て読むのに慣れたから。手の動きを見ていれば、たいていのことはわかるし、もっと簡単な言葉なら口の動きでわかる。今みたいにね」

中野がうなずく。

「ただ入り組んだ話だとやっぱり筆談かな。面倒だけど、字を書いて、見せてもらうしかないんだ。すまんね」

首を振った中野がふたたび文机に顔を伏せ、つづきを書き始めた。

自分が十八歳の頃といえば、太平洋美術学校の二年目、まだデッサン部にも籍を置いて、板張りの教室でほかの生徒たちと画架を並べ、日々せっせと石膏像のデッサンに励んでいた。当時のデッサンはちゃんと保管してある。生真面目で、生硬な線は気恥ずかしい。もちろん誰にも見せるつもりはなかった。

あれから十三年、いつの間にか三十を過ぎてしまった。絵を売って何とか生活してはいるが、職業画家になったという実感はない。中国大陸での戦火はおさまらず、英米との戦争が加わって、どちらも泥沼になっている。誰も彼も生活が苦しく、ますます絵を買ってもらえなくなった。

陸軍に協力すれば、絵の具もカンバスも潤沢に配給されるという。実際、そうした巨匠たちのアトリエにいって、積みあげてある画材に度肝を抜かれたという噂もあった。開戦劈頭《へきとう》、連戦連勝の報に接して、俊介も快哉を叫んだし、『雑記帳』の仕事をしている頃から軍事力を背景とした英米の傲慢なやり口に憤りを感じてきた。

戦争の絵を描くこと自体、悪いことだとは思っていない。しかし、だからといって軍に命じられるまま、絵を描くというのは違う。絵を描くことは、もっと自発的というか、身の裡の深いところから熱く盛りあがってくるどうしようもない衝動の発露だと考えている。

ただのへそ曲がりか、と思うこともある。

思いかえせば、好きな画家の作品を見て模倣してきたが、特定の師をもったことはなかった。太平洋美術学校に通い、仲間たちと切磋琢磨《せっさたくま》してきたとは思うが、誰かに指導を仰いだことはなかった。手探りで、あちらこちらと頭をぶつけ、少しずつ前進してきて今に至った。

効率は悪かったが、自分には似合っているような気がする。

中野が鉛筆を置き、書きあげた文面に目を落としている。

「できたかな」

うなずいた中野がおずおずと俊介の前に紙を差しだしてきた。名前、生年月日、自宅住所、卒業した小学校、中学校の名前……。

まるで履歴書じゃないか、とおかしくなった。

現在は川端《かわばた》画学校に通っているらしい。

そのあとに今月中旬に開催された新人画会で俊介の『運河風景』を見て、感銘し、画学校の同級生が先生を存じあげているというので、是非と頼んで紹介状を書いてもらったとある。今日は自作を持ってきたので、是非ご指導賜りたいと結ばれていた。

紹介状には、お初にお便りしますとあったなと思うとおかしかった。

わら半紙を置いた俊介は中野をまっすぐに見た。十八歳という年齢より若く見える。顔立ちが幼いというより純心な感じだ。目がきらきらしているのが印象的だった。

僕はこんな目をしていただろうか……。

「主旨はわかった。とりあえず僕の絵を見てみるかい？」

中野が首をがくがくさせてうなずいた。立ちあがった俊介はアトリエの東側に並べてある絵の前に中野を連れていった。重なっていたうちから百号の『立てる像』を前に出し、床に置いた。

ふり返る。

中野が口をぽかんと開け、絵と俊介を交互に見ている。何かいいかけ、あわてて文机に戻るとわら半紙と鉛筆を取ってきて、立ったまま走り書きをした。俊介に見せる。

コノ絵、見テイマス
目を上げ、中野を見た俊介が訊いた。

「二科展で？」

またしても首をがくがくさせてうなずく。『立てる像』を指さし、その指を俊介に向けた。俊介の絵だったのかというのだろう。

ついにこらえきれず噴きだしてしまった。

「何だ、君は僕のことを全然知らないでやって来たのか」

中野が頭を掻き、顔を真っ赤にしたのがおかしく、俊介はなおも笑いつづけた。

文机に戻って、中野の絵を見ることにした。いずれも小品で六号から八号くらいのカンバスに描かれている。人物、静物、風景の三点を持参していた。一点ずつじっくりと見たあと、風景画をふたたび手に取った。

大きな川べりの水門を描いてある。晴れた日で、空には雲の塊がいくつか浮かび、土手を覆う緑の草原が輝いていた。素直な筆致で、学校で習った通りという印象を持ったが、それ以上ではなかった。

俊介は顔を上げた。座布団の上で正座した中野が前のめりになり、今にも飛びかかってきそうな顔つきをしている。

「これはどこ？」

中野はわら半紙に東京下町と書いた。

「どこらあたり？」

口が動き、あわてて鉛筆を取りあげる。俊介は笑って制した。

「いいよ、わかったから」

中野は間違いなく右っ側といっていた。東京府の地図で右といえば、東になる。手前に描かれている大きな川は隅田川か、中川《なかがわ》だろうと察しがついた。

「面白いよね。浅草の人は上といって、墨田の方の人は右という。僕の母は羽田なんだけど、下とはいわないで南というんだ。下っていうと沽券《こけん》に関わるのかな」

中野がわら半紙に簡単な地図を描いた。描かれているのは中川で、水門は平井《ひらい》というところにあるようだ。自宅住所もその辺になっている。

ふたたび絵に目を戻した。水の描写はなかなか達者といえるだろう。修練を重ねれば、ちゃんとした絵が描けるように思った。

中野が手を動かすのを視界の隅にとらえ、目をやった。鉛筆の動きで、先生ノ運河風景と書きかけているのがわかる。

「僕のは横浜。駅のすぐ近くでね」

もう中野は驚かなかった。まっすぐに俊介を見ている。絵を置き、中野を見返した。

「まっすぐな絵だね。人物も風景も静物も悪くない」

中野が鉛筆を取った。画家ニナレマスカと書く。

「それはわからない」俊介は身を乗りだした。「君は画家になりたいのか」

うなずいた中野はふたたび鉛筆を動かした。

ドウスレバ

俊介はさえぎるようにいった。

「描けばいい」

鉛筆を止めた中野が顔を上げ、呆然と俊介を見ていた。

「まず自分の胸によく訊いてみることだ。君は画家になりたいのか、それとも絵を描きたいのか……、こういった方がいいかな、絵を描かずにいられないのか」

いつか鬘光がスケッチブックに呪という文字を書きつらねていたのを思いだしていた。

3

ふたたび中野が絵を持ってアトリエを訪ねてきたのは、一ヵ月後、年が明け、一月も半ばになろうとしていた。俊介は文机を前に座ったまま、手を挙げて迎え、前回と同じように座布団を置いた。

ところが、すぐに中野はやって来ない。整理ダンスのわきに置いた『画家の像』の前に立ち尽くし、顔を近づけてしげしげと眺めている。俊介は座椅子の背にもたれかかり、中野を見ていた。

しばらくして中野がはっとしたような顔つきになり、あわてて俊介の前に来ると小脇に抱えた風呂敷包みをわきに置いて、座布団の手前に正座する。両手をつき、深々と頭を下げた。

「いらっしゃい」

声をかけると中野が嬉しそうに笑みを浮かべ、さっそく風呂敷包みを開いたが、取りだしたのはわら半紙を綴じた手製のスケッチブックと鉛筆だ。その下にはカンバスが三枚重ねてあるのが見えた。

文机にスケッチブックを置き、鉛筆を動かす。

見事ナグラッシデス。コレダケノ技法ヲ実現サレテイル方ハワガ国ニハ

「ちょっと待って」

中野が鉛筆を止め、顔を上げて不思議そうな顔をして俊介を見た。

「君の舌はグラッシを知っているけど、手は知っているのかな」

目をぱちくりさせた中野は、訳がわからないといった顔つきで呆然と俊介を見返していた。俊介はつづけた。

「技法を言葉で云々するより今は手を動かすべきじゃないのかな。たとえば、写実を追求するとか」

『画家の像』を見て、グラッシという用語を書いた中野を見ているうちに、脳裏にまざまざと浮かんできた光景があった。赤荳会を開いたばかりの頃だ。共同アトリエを開設した祝宴が二日、三日とつづき、リーダー格の石田と父親を後見人に仕立てあげた山内の二人がちっとも絵筆をとろうとせず、昼間から酒を酌み交わしていた。

二人は天才論に取り憑かれ、画論にふけっていた。攻撃の矛先はモヂリアーニにも向

けられていただろうが、目さえ逸らしていれば、俊介は気にせずに済んだ。

画論は俊介も嫌いではなかった。共産主義に走った薗田――めっぽう画力に優れ、羨望していた――とともに石田の家に行き、毎晩のように画家や技法、歴史、文化について論を戦わせた。とくに薗田は子供の頃からたくさんの本を読み、知識が豊富で、つねに議論をリードしていた。薗田に触発されて、俊介も次々と本を読破し、理解しようとした。

そこから太平洋近代芸術研究会、やがて赤荳会へと発展していくのだが、知識を増やすのは悪いことではないけれど、何より手を動かし、自分たちが論じている画家たちの技法を試したり、自らのものとしなくてはならないと考えていた。

俊介は毎日描いた。とにかく描いた。技法を自分の手指に馴染ませ、身体感覚にまでしてしまうことで、刹那に浮かんだマチエールを、否、感情を頭で考えるより先にスケッチブックやカンバスの上に固定してしまえるようにしたかった。

考えてから描いたのでは遅すぎる。反射的に手指が動かないと、その一瞬は通り過ぎ、二度と戻ってこない。

ルオー、モヂリアーニ、ピカソの実物を目の当たりにしたときには、赤荳会は空中分解していた。

また中野がまばたきする。今にも泣きだしそうになっているのを必死に堪えているように見えた。

俊介は笑みを浮かべ、小さく首を振った。

「ごめん。ちょっと声が大きかったかな」

中野が慌てて激しく首を振ったが、眉間はゆるんでいた。

「君は野田英夫を見たことがあるかい？」

中野がうなずき、スケッチブックに銀座と書いた。おそらく二科展のあとに銀座の画廊で開かれた個展を見たのだろう。

「野田のグラッシは、それこそ見事だった」

中野が探るように俊介を見るのを気配で感じた。しかし、俊介は目をあげようとせず言葉を継いだ。

「初めて見たのは二科展だった。忘れもしない、昭和十年、僕が初入選したときだ。そこに野田の作品が特別展示されていてね。野田の茶は、琥珀みたいに透明で、カンバスの繊維まで見えるところがあったんだよ。だけど深い。正直、嫉妬した。身もだえするくらいにね。ひと目見ただけで、グラッシであることはわかったけど、言葉がわかったって意味はない。僕は自分の絵で同じことを……、いや、もっと上手にやりたいと思った。それからはひたすら試行錯誤さ。描いて、描いて、描きまくった。結局、手を動かして、でき上がったマチエールを自分の目で確かめるしか学ぶ方法はないと僕は思う。さて、それじゃ、今日の絵を拝見しようか」

前回と同じように人物、風景、静物を持参してきたが、前のものとは違う。十号ほどとはいえ、新たに描いたとすれば大したものだし、以前から描きためてあったとしても完成を目指して手を動かしつづけるのはいいことだ。

「素直に見たままを描いている点は買える。よくいえば、中野君の素直さがそのまま現れているともいえるし、悪くいうとまるで考えてない。もっと構図を考えなきゃ。いやになるくらいね。起きてる間は何をしてても頭の中で絵をいじくっている。そのうち夢で見ることになる。昼間、描きあぐねていて、眠っているときに夢の中で、これだと思う構図が決まる。やったと思って目を開けると……」

中野がにやにやしていた。

「そう、何だ夢かってがっかりする。でも、夢であれ、一度タブローを目にしてしまえば、あとはそこへ向かって突っ走ればいい。描くのは、ほかの誰でもない、自分だ。僕であり、中野君だからね。浮かんでしまえば、こっちのものだ」

喋りながら俊介はパイプにタバコの葉を詰めた。火皿から盛りあがった葉を親指で固くなりすぎないよう慎重に押さえる。マッチで火を点け、濃い煙を吸いこんで吐いた。

「コローがね、川原に画架《イーゼル》を立てて風景を描いていた。そこに百姓が通りかかって、のぞきこんだというんだな。コローの絵と前の風景を見比べて、絵の中にまっすぐな木がそそり立っているのに気がつく。だけど、実際の景色にそんな木はない」

中野が真剣な顔をして前のめりになっている。

「コローは答えた。後ろを見ろって。雑木林があって、その中にひときわ立派な杉の巨木が立っていた。君もわかるだろ？　見ている者の視線を垂直に動くように誘導することで、作品をダイナミックに見せられる。コローはそれをやろうとして、真後ろの光景を取りこんで構図を決めた。見たままを描くのはいい。それも大事な練習だ」

中野の口が動き、あわてて鉛筆を取ろうとする。

「いいよ、わかったから。そう、写実だ。写実はすべての基本だと僕は考える。基本をおろそかにするようじゃ、絶対にその先へはいかない。それと同時に構図を考えなきゃ。吐き気がするほど何度も何度も頭の中で練り直す。その絵で、自分はいったい何を見せようとしているのか。僕が描こうとしているものは何か、なぜか、どうして今、それを描かなくてはならないのか」

まっすぐに見つめてくる中野の両眼は、いまやきらきらを通りこして、ぎらぎらと輝いている。

その後も中野は月に一度、日曜日に訪ねてくるようになった。日曜日しか会えない。二月から俊介は映画会社のアニメーション部門で働くようになったからだ。兄の紹介で潜りこむことができた。絵が売れなくとも莞の口を飢えさせるわけにはいかない。

毎日会社に行くというのは生まれて初めての経験だったが、なかなか面白かった。兄が事前に話を通してくれていたので、俊介の耳が聞こえないことは社員の誰もが知っていて、よけいな気遣いをしないで済んだのもありがたかった。

三月が過ぎ、四月も半ばを過ぎた頃、ハガキが来た。霙光が出征するので壮行会が行われると記されていた。

鬉光さん、何歳《いくつ》ンなるんだろう……。

鬉光はもともと痩せていた。とくに制作に没頭しているときには、肉体も精神も削ぎおとされていくのだが、今は食糧事情も関係しているのだろう。飯に麦、芋、カボチャが混ざるのは当たり前となり、段々と米の比率が下がっていって、芋だけカボチャだけという食事が増えてきた。

えらから顎にかけての線が切りたっていて、顔全体がまるで斧《おの》の頭部だ。顎の先端がよく研いだ刃になって、あらゆる物事に突き刺さり、両断しそうな気がする。

立ち尽くす俊介に気がついた鬉光が顔を向け、にこっと頰笑んだ。メガネ越しの目がいつになく穏やかだ。

求道者が悟りを開いたようじゃないか、と思いかけ、あわてて打ち消した。求道者ではない鬉光など想像もできない。

壮行会より二時間も早く、俊介は鬉光の自宅を訪ねた。きな臭さを感じて、臭いに引かれるように庭に回ったとき、その光景に出くわした。鬉光は銹びた一斗缶のわきにしゃがみ、缶の中で燃えさかる炎に丸めたカンバスを突っこんでいた。炎の周囲から突きでているのはカンバスの枠だろう。かたわらには壊したカンバス、スケッチなどが無造作に積み重ねられている。

なぜ、こんなことを……。

俊介は強《こわ》ばった口角を何とか持ちあげ、笑みを浮かべて近づいた。

「お久しぶりです」

霎光が小さくうなずく。

口を開きかけたが、何をいえばいいのかわからなかった。霎光が手招きする。そばに行ってしゃがみ込んだ。霎光がスケッチの山を探って、一枚を抜きだし、俊介の前に置いた。

「これは……」

俊介は絶句した。

ひと目で昨年六月に挙行された山本五十六《やまもといそろく》元帥の国葬の行列だとわかった。右側に描かれている石垣と水面は皇宮の濠《ほり》だ。濠に沿って大きく右に曲がる広い通りの中央を延々とつづく行列が行進していた。

俊介は目を上げた。

「行ったんですか」

霎光が首を振る。そうだろう、と俊介は納得した。ひと目であの国葬だとわかったのは俊介も同じ構図の写真を新聞で見ていたからだ。スケッチは、いかにも霎光らしい細密な筆致で描きこまれていた。行列や沿道の人垣では一人ひとりていねいに、並木、電柱も一本ごと詳細に描きこまれている。細いペンを使い、墨汁を使っているようだ。

目を上げ、靉光を見た。

「どうして、これを？」

靉光はスケッチを見ながら首をかしげた。じっとスケッチを見つめる靉光の表情でだんだんとわかってきた。単純に描きたいと思ったから描いた、それだけのこと、と。ともに新人画会結成に参加したが、皆が集まったとき、どうしても戦争画が描けないといっていた靉光が国葬の模様を詳細にスケッチしていた。

ちらりと俊介を見たあと、靉光は指で地面に書いた。

コノ戦ハモウダメダ
コンナ年寄マデ招集スルヨウヂャ
ふたたび俊介を見て、にやりとして手のひらで地面をこすって字を消し、国葬のスケッチを持ちあげた。目が合う。小さくうなずいてみせると靉光はスケッチをくしゃくしゃっと丸め、火中に放りこんだ。

それからも次から次へと絵を投じていく。

視界の隅に何か動くのを見て、俊介は目をやった。靉光の妻キエが庭に出てきた。立ちあがって頭を下げた。

「お久しぶりです」

にっこり笑ったキエが前掛けのポケットに入れてあったわら半紙を開いて俊介に見せた。もともと聾学校の教員をしていて、俊介の聴覚障害についてはよく知っている。それどころか自身の経験と知識で、俊介に音のある世界を思いださせるようにしてくれた。そのおかげで無用に声を張らずに話ができるようになった。

わら半紙には、柔らかな文字が記されていた。

止めたんです。でも、こんなものは帰ってきてからいくらでも描けるから、と言い張ってずっと燃やしているんです。

キエが鑁光を見る。その視線を追って、俊介もふたたび鑁光に視線を戻した。

そして悟った。

これから戦場へ向かおうとする鑁光は、妻と子供の安全を考えて自作を処分すると決めたのだろう。国葬のスケッチを俊介に見せたのは、それを理解させようとしたためだ。

去年、戦争は大きな転機を迎えた。山本元帥の国葬の前、二月にはニューギニアの近辺にあるガダルカナル島からの転進が発表され、五月にはアリューシャン列島のアッツ島で守備隊が玉砕したと公表された。転進が撤退、玉砕が全滅の言い換えであることは誰の目にも明らかだ。

国葬は六月に行われたが、戦死の時期や様子などは一切明かされなかった。

年が明け、昭和十九年になると全国各地の軍需工場に対するアメリカの爆撃がぽつぽつと人々の口の端に上るようになってきた。俊介の義兄は航空機設計の第一人者であるだけに世人より戦況を察することができた。義兄がはっきりと口にしたわけではないが、憔悴しきった顔を見ていれば、日本が、東京がのっぴきならない事態に陥っているのは推察できる。

いつ空襲を受けるかわからない。街が焼け、今、俊介のいるこの家が火災に見舞われることもあり得る。そのときキエは子供たちを指揮して靉光の絵を救おうとするだろう。始末しておけば、キエは子供たちを助けられる。それこそが靉光の願いでもある。先ほど靉光が地面に書いた文字が脳裏を過っていく。

コノ戦ハモウダメダ
生きて帰って、もう一度絵筆を揮って欲しい、と俊介は思った。その思いは、近所の蕎麦屋《そばや》の二階で催された、質素な壮行会の間も消えることはなかった。

秋が深まった日曜日、中野がやって来た。画架に置いた制作途中の風景画の前に立ち、腕組みしている。眉間に深い溝を刻んでいる。俊介は声をかけた。

「その絵がどうかしたのかい？」

中野が手製のスケッチブックに書いた。

ココへ行ッテ、同ジトコロニ立ッテミマシタ
すでに何度か習作を重ねている風景画で、中野も絵を見ている。今、取りかかっているのは三作目で中塗りのグリザイユまで進めてあった。先月来たときにどこを描いたのかと質問されたのでくわしく教えた。省線五反田駅を出て、目黒川の左岸に立ち、鉄橋をふり返ったところだ。

中野が画架上の絵に手を伸ばし、画面のほぼ中央に立っている二本の電波塔を囲むように指先をくるりと回したあと、スケッチブックにふたたび書く。

コンナニ大キクナカッタデス

俊介がにやりとする。

「それが構図ってもんだよ。構図によって、展観者の目を水平だけでなく、垂直にも動かせる。画家は絵の上で展観者の視線をコントロールすることで一篇《いっぺん》の物語をつむぐことができる。前にもいっただろ。ありのままを素直に描くのは重要だけど、それはあくまでも基本だ。そこに自分がどんな物語をこめるか、それが絵を描く理由になる。川は、その絵でいうと左から右へ流れる。鉄橋はその上に水平にかかっている。まず展観者は川を見る。そして右上から左下へ目を動かしたあと、上を見て、今度は鉄橋にそって左から右へ水平に動かす。だけどそれだけじゃ僕にはつまらない。見ている人の目を上へ誘導して、空も見せたいわけだ。そうやって目を動かすことで、展観者は絵全体を見て、あのとき僕が感じた風景そのものを見る。つまり僕の内側に取りこめるわけだ」

中野が腕組みしたまま、下唇を突きだした。頬を膨らませ、次に小鼻が膨らんだ。大きく息を吐いたのだ。次いで唇が、構図かぁと動くのがわかった。

「それじゃ、君の絵を見よう」

いつものように文机の角を挟んで向かいあった。風呂敷の結び目を解こうとして手を止め、俊介に目を向けると人差し指を立てた。何か質問があるときの仕草だった。

「何だい？」

スケッチブックを文机に置き、鉛筆を動かした。藤田ノ戦争画ヲ見テキマシタと書いた。

「どれかな？　アッツ島？　ノモンハン？」

ノモンハンといったとき、中野がうなずいた。ノモンハンの戦場を描いた作品は『哈《ハ》爾《ル》哈《ハ》河《か》畔《はん》之《の》戦闘《せんとう》』とタイトルがつけられている。

「僕も見たよ」

ふたたび中野がスケッチブックにかがみ込み、ドウ思ハレマシタカ、と書いた。俊介は立ちあがり、書棚に挟んであった一枚のモノクロ写真を抜いて中野の前に置いた。中野が顔を近づけ、しげしげと眺める。

飛行服を着こんで、椅子に座り、厳しい表情で前を睨んでいる兵士の一群を描いたものだ。

「英米との戦争が始まる前に二科の九室会に出品したんだけど、試作なんだ」

中野がまじまじと俊介を見る。明らかに不満そうな顔だ。

「君が戦争画について、どのように思っているかは何となくわかる。それは否定しない。だけど僕は戦争画を描きたかった」

中野が目を見開く。俊介は言葉を継いだ。

「肝心なのは、軍や国に強制されて描くのではなく、自ら描きたいと思うことだ。飛行兵たちの絵を試作でやめたのは、藤田にはかなわないと思ったからに過ぎない。『哈爾哈河畔之戦闘』も美術展で見たよ。圧倒された。藤田は、何を描いても藤田なんだと思い知らされた。絵をおがんでいる婆《ばあ》さんがいたんだ。どうしてか、わかるかい？」

　中野がまだふくれっ面をして首を振った。

「僕が思ったのは、兵隊さんをありがたがっているわけじゃないということだ。その絵の中にその婆さんのご亭主なり息子なりがいたからさ。顔が似てるとか、そういうことじゃなくね。僕は展示会場の壁がぶち抜かれて、大きな窓になって、そこから直接戦場を見ているような気がした。藤田の絵は真実を描いていた。東京とノモンハンが窓を通してつながっていたんだよ。同じ場所にいて、同じ空気を吸っていた。だから婆さんは手を合わせた。戦場にいる亭主なり息子なりの無事を願って手を合わせずにいられなかったんだろう。藤田は描けた。僕には描けなかった。それだけのことだよ。だから試作でやめてしまったんだ」

　中野がぼうっとした顔で俊介を見返していた。絵画の持つ力に思いを馳《は》せているのだろう。

　俊介はにやりとして話をつづけた。

「澤田という友達がいてね。藤田の弟子なんだ。僕は藤田に会ったことはないんだけど、何かの展示会場でいあわせたことがあるみたいなんだ。あとで澤田が教えてくれたんだけどさ、藤田がいったんだって。あそこに立っている洒落たジャケットを着た、恰好のいい男は誰だって。澤田が松本俊介だというと、あれが松本か、と感心して……」

多少、話を大げさにしているが、本筋は変わっていない。俊介にとって、藤田がらみの唯一の自慢でもあった。

中野の表情が見る見る明るくなっていった。

十一月二十四日、東京は初めてアメリカのB29による空襲を受けた。翌日の新聞報道では損害はほとんどなかったと報じられたが、それは始まりに過ぎなかった。

4

アトリエの照明が消え、すぐにまた点いた。俊介はいったん天井を見上げ、それから出入口の引き戸をふり返った。ほんの一瞬、照明を点滅させるのは、家族がアトリエに入る合図だ。そこにムンクの『叫び』を見た。

いや、禎子だ。

真っ白な顔をして、今にもこぼれ落ちそうに目を見開き、口をぱくぱくさせている。なるほど『叫び』は恐怖そのものを表現していると思った。

カンバスを削っていたペインティングナイフをかたわらの作業台に置き、入口に立つ禎子に近づいた。禎子は寝間着がわりの浴衣を着て、長い髪を頭の後ろで一つにまとめていた。大きく膨らんだ腹には毛糸の大きな腹巻きをしている。臨月が近かった。

指で宙に文字を書く。

クウシユウケイホウ

「空襲警報？」

訊き返すと禎子はうなずき、また手を動かす。

ハツレイ

「わかった」俊介は禎子の両肩に手を置いた。「まだ警報だ。いったん落ちつこう。莞坊は？　お母さんと栄子《えいこ》は？　皆、起きてるか」

禎子がうなずく。栄子は、禎子の妹で美術学校に通っていた。俊介は禎子の目をのぞきこんだ。

「とにかくいつでも避難できるように身支度を整えて、居間に集まろう」

手を放すときびすを返そうとした禎子に声をかける。

「とくにお前は温かい恰好をするように」

ふりかえった禎子の眸が潤んでいる。俊介はまた禎子の肩に手を置き、軽く二回叩いた。

「大丈夫だよ。まずは僕たちが気をしっかり持たないとね」

禎子の顔に見る見る血の気が戻ってくる。俊介は頬笑んだ。禎子がとって返し、俊介は入口脇のタンスを開け、コートを出した。ポケットに手を入れ、いつも持ち歩いている手押し式の懐中電灯を取りだす。バネ仕掛けの取っ手を二、三度握り、点灯するのを確認してポケットに戻した。

いつものように寝に就く直前、腹いっぱい水を飲んだ。尿意が高まって目が覚めたときには、日付が変わったばかりで起きるにしてもいつもより二時間近く早かったが、床に戻るわけにはいかなかった。三月十日になっていたものの、夜半はまだ肌寒く、すっきりした上に温かな布団に潜りこめば、ぐっすり眠りこんでしまいかねない。

画架に目をやった。このところ取り組んでいる十二号の風景画が置いてある。仕上げ塗りに入っていたが、どうにも発色が気に入らなかった。それで同じところを行ったり来たりしている。画架の前に立ち、あれこれ思案していたが、ついに腹をくくり、昨日塗った部分を剝がしにかかっていた。

手がけているのは小品ばかりだが、灯火が外部に漏れないよう電灯を黒い布で覆い、手元しか照らせない以上、仕方がない。昼間なら大きな絵も描けるのだが、勤めに出るようになってからはままならない。

言い訳をいくつ重ねてもしようがない。肝心なのは、うまく進まないときにも手を止めないことだ。たとえ五分間でも描けばいい。

ふっと息を吐き、照明を消して居間に向かった。テーブルを囲むように並べたソファには義母と禎子が並んで座っていた。莞は禎子にもたれかかるようにして目をつぶっている。眉間にしわを刻んでいるが、眠っているようだ。三人ともオーバーを着こみ、喉元までしっかりボタンを留めている。

　そのとき玄関につづくドアに栄子が姿を現した。両手に靴をぶら下げている。俊介はラックから新聞紙を抜き、それぞれの足元に置いた。

「栄ちゃん、それぞれの前にそれぞれの靴を置いて。停電になっても迷わず履けるように」

　栄子がいわれたように靴を置いていく。禎子は右手を莞の小さな躰に巻きつけて抱き寄せ、左手を母親の肩に回していた。栄子が禎子たちと向かいあうソファに腰を下ろす。

　禎子が俊介を見上げた。わずかな動きがあったせいだろう。莞がむずかり、そのままずるずると滑って禎子の腿に頭を載せてしまった。

　母親の膝枕で眠っている莞を幸せだと思った。まるで場違いだが、莞を見ていると自然と笑みが浮かんだ。禎子と見交わし、うなずき合う。

　それから俊介は禎子のとなりに腰を下ろし、禎子がテーブルの上で指を動かして説明してくれた。

　実は昨夜のうちに房総《ぼうそう》半島の南に不審な飛行機が接近して一度警報が出たらしい。しかし、ほどなく解除された。禎子は念のため、ラジオを寝室に移動させ、音量を絞ってかけたままにしておいた。俊介が起きたとき、禎子もいったん目を覚ましたが、すぐに眠りに落ちた。二度目の警報が出たのは、俊介がアトリエに入った頃のようだ。

　ふいに栄子が顔を上げ、禎子も義母も同じように顔を上げた。誰もが玄関の方に目を向けている。

禎子が俊介を見て、耳を指さした。俊介は立ちあがってコートを着ると首まできっちりボタンを留めた。禎子が目を見開き、俊介を見る。

「外の様子を見てくる。危なくなりそうだったらすぐに戻ってくる」

禎子が宙に字を書いた。

キケン
「わかってる。気をつけるよ。とにかく外の様子を知りたい」

何の気休めにもならないことはわかっているが、ポケットから懐中電灯を取りだし、禎子に見せた。義母、栄子にも順に目顔で励まし、靴を取って玄関に向かう。

門のところまで来た俊介は周囲を見まわした。家々は灯火管制下にあって暗く、街灯もすべて消えている。

さて、と顎に手をやったとき、ふいに左から強い光が射した。目を向けると隣家の塀の切れ目――ちょうど十字路になっている――に数人が立っている。近所の住人たちだとすぐにわかった。明るい月夜ほどで、顔がはっきり見分けられたのだ。誰もが光を真正面から浴び、呆然と大きく目を見開いていた。

俊介は駆け寄った。塀の切れ目まで来て、北に目を向け、息を嚥んだ。

大空に向かって何十本もの探照灯の光芒《こうぼう》が伸び、右に左に揺れ、交差しているのだが、探照灯を圧倒する強烈な白光が何百と散らばり、ゆっくりと下降している。どの光も直視すれば、目の奥がきりきり痛みそうなほど鋭く、目映《まばゆ》い。光はゆっくりと落ちてくるが、あまりの数の多さに光る雲のような層を作った。

何が起こっているのか見当もつかなかった。幻想的ともいえる光景に肝を奪われ、思わず胸の内でつぶやいてしまった。

美しい……。

馬鹿、こんなときに——自分を叱ってまばたきする。

強い光の群れの向こう側に探照灯の光を浴びて、きらっきらっと光る物が飛んでいた。敵の大型爆撃機に違いない。ほんの数ミリ程度の大きさだが、翼まではっきりと見分けられる。その下方で弾けるオレンジ色の火の玉が散見できる。味方の高射砲弾が破裂しているのかも知れない。

家を出る前、禎子たちが玄関の方——北東方向へ一斉に顔を向けたのを思いだす。どの顔にも色濃く恐怖が現れていた。理由がわかった。音こそ聞こえなかったが、空中を伝わってくる重い波動が腹の底に響いてきたからだ。

吐き気を催すほど不気味で、怖い。

ついで地響きを足の裏に感じたかと思うとあちこちで炎が噴きあがり、またたく間に広がっていく。

脳裏に光景が蘇る。谷中墓地を抜け、鶯谷駅を見下ろす崖上に立ったとき、眼下に広がった根岸、浅草、大きく曲がりくねった隅田川と一帯をびっしりと埋める小さな家々の様子だ。浅草寺の大きな屋根だけが目についた。

あの街に炎が広がっている。

炎は俊介の立っている場所から右へ、右へと伸びていった。日本橋から神田の方へと延焼しているに違いない。

その先は本所、さらに先は東京の右っ側、中野の住まいがある地域だ。

俊介は呆然と立ち尽くしていた。最初に目映く白い光を放つ照明弾の群れを目にしたとき、脳裏に浮かんだ言葉に呆然としていたのだ。

美しい……。

炎の下では何万、何十万という市民が逃げ惑い、命を落としているというのに何と不謹慎な、と自らを責める。

どれほどの時間、そうして立っていたかわからない。炎の勢いはますます盛んになっていったが、俊介は背を向けた。いつの間にか残っているのは自分だけになっていた。

自宅に戻り、居間に入るなり禎子に告げた。

「松江に疎開しよう」

松江は義母の故郷である。

四月に入って最初の日曜日、義妹の栄子がびっくりしたような顔をしてアトリエに飛びこんできて、キヤクと宙で指を動かした。表情からして察したが、玄関に行くまで俊介は信じられない思いを抱いていた。

しかし、予感はあたった。

はにかんだような笑みを浮かべ、中野が立っていたのである。風呂敷包みは持っていなかった。

俊介は思わず喚声を上げ、裸足で三和土に下りると中野の両肩に手を置いた。

「よく無事で」

中野が破顔し、何度もうなずく。あの夜、俊介は地平線を嘗めるように広がっていく大火を見つめたまま、中野を思っていた。八万とも十万ともいわれる市民が亡くなり、それに倍する人たちが被災したと新聞で読んだ。

さらに三月十日以降、毎晩、多いときには一夜に二波、三波と敵爆撃機の大編隊が襲来し、焼夷《しょうい》弾《だん》を雨あられと降らしていた。

「さあ、こちらへ」

その日は朝から晴れ、風もなく、穏やかな日だったのでアトリエではなく、日当たりのいい座敷の縁側に案内した。ほどなく茶を淹れて栄子が持って来てくれた。

「心配してたんだよ。あの日、僕は近所から見た。ここらは丘の上だから、敵機が押しよせてきて見渡すかぎり炎が広がっていくのが見えた。恐ろしかった」

中野が縁側に字を書いて教えてくれたことに愕然とする。敵爆撃機はまず先行する編隊が小さな落下傘付きの照明弾を落とす。夜空に何百と浮かび、ゆらゆら降下しながら俊介のいるあたりまで月夜のように照らした、あの白い光だ。

目標ヲ照ラシテ見エルヤウニ

中野の指の動きを目で追ううち、胸の奥がきりきり痛んだ。夜間でも正確に目標——延々とつづく住宅しかない——を見定めるという凶悪な目的があった。

それをよりによって美しいと感じてしまうなんて……。

それから中野は縁側に字を書きながらあの夜に起こったこと、翌日、父の代わりに日本橋の保険会社に行ったときに目にした街の様子などを教えてくれた。自宅の近所にある小学校のプールには猛火から逃れようとした人たちが折り重なり、遺骸が溢れかえっていたという。電柱は消し炭となり、同じようにすっかり炭化した人間があちらこちらに横たわり、途中、休憩しようと腰を下ろしたトタン板がやたらぐにゃぐにゃするので剝がしてみたら中年の男の死体に被せてあったのに気がついた等々、身振り手振りに縁側に書く文字ながら中野の体験がまざまざと浮かんできた。

しばらくの間、俊介は中野を見つめたまま、動けなかった。話が途切れ、中野が息を吐いて庭に目をやったとき、どうしても気になっていたことを訊いた。

「ご家族は？」

目を上げた中野が明るい笑みを浮かべたので、まずはほっとした。家族は全員無事で、母親の実家のある神奈川県の秦野《はだの》に逃げたということだった。

「皆さん、無事だったのは何より……、って今日は秦野から来たのか」

うなずく中野をたしなめた。

「危ないだろう。東京は毎日空襲がつづいている」

うなずき、苦笑いした中野の口がタイクツと動く。何もすることがないわけではなく、日々近隣の農家に出かけては勤労奉仕に明け暮れているらしい。また、平井の自宅を見にいったが、きれいに焼けてしまい灰が積もっていただけだという。

ふいに目を輝かせたかと思うと、中野がズボンの尻ポケットから一枚の紙片を取りだした。美術雑誌の色刷り図版だ。空襲の翌日、ちょうど中野が自宅の跡を見ているときに空から落ちてきたのだという。見覚えはあったが、所有していた雑誌の一ページなのかはわからないし、そもそも一昼夜、空を舞っていて、中野が戻ってきたのを見はからって降ってきたとも思えないという。

焼け焦げたページを見た。ルオーのようでもあったが、正確なところはわからない。図版を返すと、俊介の方は、と訊いてきた。

俊介は両手を広げた。

「ご覧の通りわが家は無事だ」

俊介は庭を示した。防空壕《ぼうくうごう》を掘ったあとの土が盛りあがって、雑草に覆われている。延焼を防ぐため、庭木《き》はすべて伐り倒してあった。空襲警報が鳴ると栄子が呼びに来て、防空壕に避難した。もっとも最初のうちだけで三回目からはアトリエを動かなくなった。そのうち栄子もアトリエにいて、美術学校の課題として出された絵の制作をするようになった。

停電もだんだんと多くなった。さすがに照明無しでは描きつづけることはできない。二人は家のあちこちを回ったあと、庭で防空監視体制に入った。単に敵爆撃機が味方の高射砲によって撃ち墜《お》とされるのを見物しようという魂胆だったが、残念ながら一度も目撃したことはなかった。

「うちも母と家内と息子は、母の郷里の松江に疎開させた。栄ちゃんがこちらに残ってくれてね。本人は学校があるからというけど、僕を心配してくれたんだろう。この家を誰かが守らなきゃならないし、僕の実家も東京から動いてない。それに戦争が激しくなっても食っていかなきゃならない。国策映画を作る仕事だから会社がなくなることはないんだけど元々巣鴨にあったのが空襲で移転して、今は大船だぜ。大きな撮影所があるから、そこに同居することになった。通勤時間が倍以上になっちゃった」

中野が目を剝く。

「まあ、それでも君がいいといってくれた『運河風景』のモデルが横浜駅のすぐ近くなので時おり途中下車してスケッチできるのだけはよかった」

いつものようにアトリエに移ったとき、中野が文机の上に広げてあったスケッチブックに目を留めた。そこには意匠を凝らした署名がいくつも書き散らしてあった。

「父がね、竣介がいいんじゃないかといい出して、僕も立つという字が入っているのが気に入って、去年の秋から署名に使ってるんだ。落款なんかも作ってみたり」

ふいに中野が躰のわきに両腕を垂らし、両足を開いたかと思うと右斜め上をきっと睨んだ。ポーズから中野の意図がわかって、俊介はにやりとした。

「そう、『立てる像』を描いた画家だからね」

中野が来てから一ヵ月もしないうちに横浜が大空襲を受けた。俊介が何度もスケッチしていた橋は石造りなので何とか残ったものの、周辺は何もない焼け野原となった。俊介にとって大切なモチーフだった、鉄骨の跨線橋《こせんきょう》さえ、爆風と熱で溶け、ぐにゃぐにゃになった上、潰されてしまったのである。

五月の最終日曜日、麻生が訪ねてきた。顔を見るのは久しぶりだ。無沙汰の理由を教えられて、愕然とする。四月に実家が空襲で焼失、家族は何とか無事だったが、それまでに描きためておいた作品の大半を失ってしまったという。

麻生が宙に字を書いた。

ソレガ戦争

「何か申し訳ないような気がする」

そういうと麻生がびっくりしたような顔をする。

「四月に娘が生まれた。洋子《ようこ》と名づけたよ」

麻生が破顔し、オ、メ、デ、ト、ウと口を動かした。

「ありがとう」俊介は素直に礼をいい、それからアトリエを見まわした。「それにわが家にはまだ一度も焼夷弾が落ちていない」

麻生が笑みを翳らせ、首を振る。いわんとしていることはすぐにわかった。俊介も深くうなずく。

「そうだね。早いか遅いか、それだけの違いだ」

奇跡としかいいようはなかった。林芙美子邸から四の坂の石段を上った一角だけがまだ一発の爆弾も落とされずこんもりとした森までそのままに残っている。周囲は焼け野原になっていた。

麻生が思いついたように宙に字を書いた。

リコウサン死ンダ
俊介は目を見開き、首を振る。喉に引っかかる声を何とか圧しだした。

「三月の空襲か」

長谷川利行は浅草、山谷《さんや》を根城にしていた。あの日、すべて焼き尽くされた地域である。平井に住んでいた中野を気づかったものの、利行には思いが及ばなかった。

麻生が教えてくれて、さらに愕然とする。

利行が死んだのは、五年も前だった。その頃、三河島《みかわしま》にある簡易宿泊所に住んでいたという。路上で倒れ、動けなくなっているところを板橋《いたばし》にある養育院に運びこまれた。

俊介が最後に会ったのは、まだ『雑記帳』を出していた頃だ。その後、ふっつり姿を見せなくなり、一時は画商と組んで新宿を拠点に数多くの作品を手がけていたとも聞いた。

その後、ふたたび東京北部に戻っていたらしい。

陽が西へ傾こうという頃、麻生が立ちあがった。夜になれば、またB29が大編隊でやって来る。

玄関に立った麻生がミエと宙に書いた。招集され、鈴鹿《すずか》にある海軍基地に行くことになったということだった。

戦争はどんどん身近に迫っていた。

なおも連夜の激しい空襲がつづいた。大きな被害を受けたのは東京だけではない。八月に入り、六日に広島、八日に長崎に凄まじい威力の新型爆弾が投下された。

もっとも新型爆弾について国民に知らされたのは一週間ものち、八月十三日のことだった。

5

石造りの橋の欄干についた黒い跡を、俊介は人差し指で擦った。指先に移ったものは炭だった。親指と擦りあわせると消しゴムのカスのようになって、ぽろぽろと落ちる。

黒い跡は橋の欄干から川面に向かって垂れている。

焼夷弾があたり、燃えた痕跡にほかならない。

アメリカ軍の投下した焼夷弾は空中で分解し、何十発もの小爆弾を散布する。小爆弾は直径が十センチ弱、長さは五十センチほどで、中には、ガソリンに片栗粉《かたくりこ》のようなものを混ぜ、粘りをつけたゼリーが詰まっているのだが、信管には悪意に満ちた仕掛けがほどこされていた。

母親と弟妹を先に逃がし、三月十日の空襲で家を焼かれた中野が教えてくれた。

家を守るため、中野は父——足が不自由で杖《つえ》なしでは歩けないという——と二人で残っていた。縁側に並んで座っていたとき、小爆弾が一発、ひさしを貫いて敷石にぶつかった。高い金属音をはっきり憶えていると中野は指で書いた。

不発か、と思ったらしい。ところが、細長い筒状の小爆弾が倒れたとたん、目映い光を発して爆発、周囲に炎が飛びちった。ゼリーなので柱や壁、障子にべっとり貼りつき、なおも燃えつづけたという。

日本人は紙と木の家に住んでいるからひたすら燃やせばいいという爆弾。まさに鬼畜の所業以外、何ものでもない。

俊介は怒りでぶるぶる震えた。

中野は風呂桶《ふろおけ》に汲んであった水をバケツで運び、何とか消し止めたという。ところが、そのとき屋根を突き破った小爆弾が座敷で破裂し、炎を散らした。ふたたび浴室との間を往復、それも消し止めた。そのとき父親は先に逃がしてあったそうだ。

ほっとしたとき、隣家の亭主が飛びこんできて、逃げろといった。中野が家の中の消火に懸命になっている間に周囲の家々が燃え、手が着けられない状態になっていた。死を覚悟して渦巻く炎に飛びこみ、何とか逃げることに成功した。秦野に疎開したのは、その後である。

不発弾も多いといわれていたので、俊介は自宅にほうきを用意しておいた。不発なら爆発する前に掃き出してしまえるからだ。しかし、中野の話を聞いていると万が一不発だったとしてもほうきで触れた途端、破裂したかも知れない。また、俊介も風呂桶の水はつねに抜かないようにしていた。空襲が激しくなるにつれ、水道の出が悪くなったので、近所の防火用水槽から水を汲んできて風呂を満たしたこともあった。

幸いにして、自宅に焼夷弾を受けることがなかったので、ほうきも風呂の水もどれほど効果があったかはわからない。

また、中野は逃げ惑う途中、電柱に貼りついたゼリーが炎を上げ、焼け尽くして倒れるのを目撃し、すぐ目の前で幼い女の子が小爆弾に躰を貫かれ、その後、地面に倒れた爆弾が破裂して、炎が垂直に噴出、全身が包まれるのも見ていた。

小爆弾が貫通したときに即死していてくれと願いましたと中野は書き、俊介も同感だといった。生きたまま火あぶりにされるよりましだ。それほど死に対して、鈍感になっていたともいえる。どうせ死ぬ。ならば、一瞬で逝く方が……。

橋の欄干にあたって弾けた小爆弾は周囲にゼリーを広げたのだが、石は燃えることがない。燃え尽き、あとに炭の跡を残しただけだ。同じ痕跡が周辺にいくらでもあった。橋の上についた跡は中央が白くなっている。燃え尽き、真っ白な灰になったのだろう。

欄干に肘をつき、川面を見下ろす。澄んだ水が流れていた。石垣で覆われた左右の護岸にも欄干と同じ跡がいくつもついていた。どれも細長かったので燃えながら垂れていったことが想像できる。

どれほどの人が死んだろう、と思う。

猛烈な火炎に追われた人たちは川に飛びこんだ。助かりたいという気持ちもあっただろうが、灼熱から逃れたいという思いの方がはるかに強かったに違いない。通勤途上で何十もの死体が折りかさなっている川を見たこともある。川底近くまで沈んだ死体は真っ白な顔をして、目を剝き、口を開けているのが多かった。水面に近づくほど、焼けただれた肌が赤くなり、皮膚が剝け、水面から露出した部分は炭化していた。

そうした光景にも慣れていったが、人の焼ける、甘ったるい臭いはいつまでも鼻の奥にまとわりついていた。洟《はな》をかむと真っ黒な煤《すす》が混じっていることもあった。

目を上げた。すぐ前に折れ曲がった鉄骨が突きでている。俊介が欄干にもたれかかっている石の橋は線路と平行にかかっていて、折れ曲がった鉄骨はかつての跨線橋の残骸だ。三ヵ月前の横浜大空襲で破損し、線路上の瓦礫《がれき》は撤去されたが、橋の土台はそのままに放置されたのだ。

今から五時間ほど前——昭和二十年八月十五日正午、戦争が終わった。アメリカ、イギリスとの戦争だけでなく、十五年前からつづいていた中国大陸での戦争もひっくるめてすべてが終わった。

今朝、勤務先の科学映画会社に出社すると正午に重大なラジオ放送があるので、全社員は午前十一時三十分までに撮影スタジオに集合するようにという張り紙があった。スタジオといっても名ばかりで、機材はとっくに供出されており、がらんとした倉庫と化していた。

放送後、内容は直属の上司から教えられた。

天皇陛下が直々に太平を開くことを全国民に告げたという。国民の大半は陛下の声を聞くのは初めてで、それだけでも驚愕だったのに、その最初の声が太平を開く——わかりやすくいえば、ポツダム宣言を受諾し、無条件降伏するというものだった。

三月には、禎子、義母、莞を義母の故郷である島根県松江に疎開させた。俊介は東京に残った。それでなくても仕事がないのに、田舎に引っこめば、ますます収入のあてはなく、たちまち生活が立ちゆかなくなる。それに家を守ることも必要だった。雨あられと降りそそぐ焼夷弾にほうきとバケツの水で立ち向かうだけにしても……。

空襲が激しくなっても電車は、都内と、品川《しながわ》から横浜まで、横浜から大船までは折り返し運転ながら動いていた。

正午の放送が終わったあと、社長が淡々と会社の解散を告げた。国策にそった会社だったので、戦争が激しくなっても仕事が途切れることはなかったが、戦争が終わったとたん、国策の国の部分が消滅した。誰にも策はなかったようだ。社長が降壇、解散となったが、すぐに会社を出ていったのは数人でしかなかった。大半は午後五時の終業まで残っていたのだが、何をすればいいのか、誰にもわからなかったに過ぎない。俊介はほかの社員たちといっしょに定時に会社を出て、とりあえず横浜まで来た。しかし、改札口に並ぶ長い行列に気力をくじかれ、外に出てきたのである。

橋を渡り、右に折れて川沿いを歩きだした。もう少し先に自動車も通行できる橋がかかっている。今まで欄干にもたれていた橋は古く、幅が狭いため、人や自転車が通行するのが精一杯なのだ。

大きな橋まで来たとき、ふたたび右に曲がった。駅に戻るためである。外の空気を吸ったので少しばかり気力が戻ってきたように感じる。改札口へとつづく行列がどうなっているかはわからないが、待てなければ歩いて帰るしかないと思いながら広い通りに出た。

何となく顔を上げ、前に開けた光景に息を嚥んだ。

建物など一つもない、真っ平らな地面に富士山がくっきりと見えた。夕焼けでオレンジ色に染まり、ぽつんぽつんと雲を浮かべた大空がまるで金屏風《きんびょうぶ》のようだった。

とりあえず戦争は終わった。

実感はまるでない。

しかし、戦争に負けても腹は減る。それに禎子、莞、義母はいまだ松江で暮らしていた。できるだけ早く呼び戻したいが、旅費を捻出するにも、向こうでの暮らしを支えるためにもまずは金が必要だ。

俊介は翌日から職探しを始めた。

……藤田嗣治は本邦を代表する天才的画家である。その作品は、わが国のみならず世界中で高く評価されている。この藤田を初めとする著名な画家たちだが、戦時下、いったい何をしていたか。

軍の要請を受け、自ら戦地に赴き、国民の戦意を高揚させるため、いわゆる戦争画を描きまくっていたことを我々は忘れるわけにはいかない。あの悲惨な、誤った戦争に無数の国民を駆りだし、また、非戦闘員たる無辜《むこ》の市民数百万を死にいたらしめた責任の一端を担わなければならないのである。

この一点においてさえ、彼ら画家たちは指弾を受けなくてはならず……

美術誌に掲載された評論家の一文を読みながら俊介は思った。

こやつは、藤田の『哈爾哈河畔之戦闘』を見ていないのだろうか――。

スペイン内戦に介入してきたドイツによってゲルニカが空襲され、無防備な市民たちが一方的に殺されたことに憤激したピカソが『ゲルニカ』という作品を描き、反戦、反ファシズムの象徴となったというニュースは、戦争が終わったあとに伝わってきた。ピカソが故国の戦争を哀しみ、市民が殺されたことに憤怒をたぎらせ、大作を描いたことは間違いないだろう。ただし、『ゲルニカ』を描いた場所はパリ。戯画のように見えた。

ところで、藤田の『哈爾哈河畔之戦闘』は、果たして国民の戦意を高揚させるのに役立ったろうか。

戦時中、都民はこぞって映画館にくり出し、中国大陸、南方の諸戦線、太平洋上の戦地を映したニュース映画を食い入るように見つめた。そこに自分の親、兄弟、夫、息子がちらりとでも映っていないか必死に探した。

俊介は『哈爾哈河畔之戦闘』を実見している。聖戦美術展において、会場をびっしり埋めた展観者たちに混じり、じりじりとしか進まない行列の一人になった。

そして展観者たちは、戦場のニュース映画を見るのと同じように熱心に、食い入るように見つめた。それまで藤田が手がけたことのない、幅四メートルを越える横長の超巨大作だったが、勁い絵であるのはもちろん、隅々にまで神経の行き届いた繊細な絵でもあった。

展観者の中には、絵を拝む者さえいた。

藤田の技量と制作意欲によって生みだされた絵は細部までリアルでありながら普遍性をもっていた。描かれているのは兵士だ。だが、その兵士たちも特別製ではなく、観ている誰ともつながったごくふつうの人間なのだ。

自分たちと同じ人間が戦場に立ち、生き、死んでいった。一枚の絵を通して、向こうとこちらが一つになり、同じ人間なのだと感じさせた。小賢しい屁理屈を超え、戦場と人間を実感させた。

『雑記帳』で追いもとめたヒューマニズムがそこにはあった。

ピカソが描けば反戦の象徴で、藤田のは戦意高揚のための戦争画というのは、勝てば官軍の一例に過ぎない。評論家の文章を読みながら実作を目の当たりにしたのかと疑うのは、表面を撫でるだけの文言が並んでいるだけだからだ。

俊介も戦争画を描いた。澤田哲郎にモデルになってもらい、出撃直前の航空兵を群像としたもののタブローにまでは到達しなかった。ほかにも戦意高揚の文言を入れたポスターも描いた。

『哈爾哈河畔之戦闘』に圧倒されたときに悟った。血の通った人間を描くという普遍性に欠けていたためだ、と。

著者の名を確認しようと最初のページに戻りかけたとき、膝が押されるのを感じた。自然と口元に笑みが浮かぶ。

雑誌を下ろした。

俊介の両膝を抱えこみ、顔を埋めているのは莞だ。疎開して一年十ヵ月が経ち、七歳になっている。

大きくなった。

顔を上げる。長女洋子を抱いた禎子、大荷物を持った義母、義妹が近づいてくる。洋子の顔を見るのも久しぶりだ。莞がしがみついている以上、駆けよることはできない。

美術雑誌を丸めてコートのポケットに突っこむ。

「お帰り」

声をかけると禎子が洋子を差しだしてくる。膝に莞の温もりを感じながら洋子を受けとり、両腕で包みこむように抱いた。

戦争、終わったんだな——ようやく実感できた。

禎子が宙に字を書いた。

イカガ

「まああといったところか」

戦争が終わったあと、俊介は知人と共同で中学生向けの通信教育——問題用紙を郵送し、解答を返送してもらって添削した上で再度返送するという方法を採った——を行う会社を興したり、広く画家、芸術家たちに大同団結を呼びかけたりする活動を行っていたが、必ずしもうまく行っていたわけではない。

通信教育の会社は、戦後の混乱が少しずつ落ちついてくるに従い、競合他社が増えてきて、この年のうちにたたむことになり、芸術家たちの反応はほとんどないに等しかった。誰しもその日その日を食いつなぐことに精一杯でもあったが、それ以上に軍国主義の統制が消え、各人が自らの生きる途《みち》を模索しはじめていたことが大きかった。

そうした中、俊介は新人画会同人、自由美術家協会の会員になったりしている。また舟越保武、麻生三郎と馴染みのある銀座の大画廊で三人展を開き、終了を待って松江に行き、家族を呼ぶ手回しをして、今日に至っている。

まああといったのは見栄《みえ》を張ったか、と思う。しかし、禎子と二人の子供、義母が帰ってくれば、百人力、千人力だ。

そうだろ、と重ねて自分を励ます。

晴れる日もあれば、雨の日もある。家族そろって戦争を生きのびた。すべて明日からなのだ。

終戦から二年ほど経った昭和二十二年六月、久しぶりに新聞社が主催する美術家団体連合の大型展覧会が開かれ、俊介も出品した。戦前、戦中ほどの賑《にぎ》わいを取りもどすにはもう少し時間がかかりそうだったが、少しずつ動きはじめたという手応えを感じた。

その年の秋、岐阜で舟越、麻生との三人展が催されることになった。会期が迫りくる中、洋子が発熱し、ひどい下痢に襲われた。枕頭で両膝を揉みながら幼い娘の顔をのぞきこんでいるとき、俊介はようやく悟った。

盛岡中学の入学式から帰ってきて、俊介が高熱を発したとき、両親がどれほど重苦しい気持ちでいたか。俊介のことを往診した医者からは命の保証はできないといわれ、たとえ入院させて何とか命をとりとめたとしても脳に重い障害を負う可能性が高いと宣告されたのだ。

俊介はすでに長男を失っている。たとえ一日しか生きなかったとはいえ、我が子を失った哀しみは変わらない。まして洋子は二歳半、立って歩くようになり、少しずつ言葉が使えるようになっていたのだ。

今回も禎子は毅然《きぜん》としていた。おそらく俊介の母も我が子の命が危ないといわれても毅然としていただろう。子供にとって、母親ほど濃やかにして強い愛を注いでくれる者はない。父など、ただ気を揉んで、うろうろするだけなのだ。今にして父が法華経に走り、太鼓が破れるまで叩きつづけた気持ちがわかった。

無力な父は居ても立ってもいられないのだ。

一方、岐阜での三人展は、俊介の知人が中心となって駆け回ってくれ、ようやく開催にこぎ着けた以上、会場に行かないわけにはいかなかった。またしても禎子がしっかりと俊介の目を見て、行くようにと伝えた。

母は強し、という言葉を実感させられた。

そうして岐阜へとやって来たのだが、俊介は舟越の手がけたブロンズ像を飽かずに眺めつづけていた。まずは正面からじっくりと眺め、ゆっくりと回りこむ。真後ろから見たとき、思わず胸の内につぶやいた。

ずるいな――。

どれほど緻密、堅牢に造ろうと絵を真後ろから見ることはできない。カンバスを貼りつけた木枠が見えるくらいのものだ。

俊介はソファに座っている舟越のところへ行くと声をかけた。

「頼みがあるんだが」

舟越が目をぱちくりさせて、立ちあがる。目顔で何ごとだと訊いてきた。

「彫刻の手ほどきをしてくれないか」俊介は会場の真ん中に展示されているブロンズ像を指さした。「とりあえずあの像が欲しい」

ふり返ると舟越が大きく目を開いていた。俊介は言葉を継いだ。

「交換にはならないかも知れないけど、僕の絵で欲しいものがあれば、どれでも進呈する」

長い顎に手をやり、斜め上を見た舟越が頰笑んで大きくうなずいた。

その日の夕方、展観者がもっとも多かったとき、会場の支配人が俊介に近づいてきた。

いやな予感がした。

電報を渡される。

ヨウコキトクスグ　カエレ

終章　天につづく道

昭和二十三年六月。

お茶《ちゃ》の水《みず》にある病院から帰ってきて、玄関に入るなり俊介は上がり框に座りこんでしまった。いつもなら何の苦も無く歩いてくる中井駅からの上り坂がこたえた。とくに林芙美子邸わきの四の坂の石段が……。

喉がむず痒くてしようがない。こらえきれず咳をする。気管の内側にべっとり痰《たん》が貼りつき、ごろごろしていた。何度咳をしても痰が切れず、そのうち息が苦しくなってくる。

いっしょに帰宅した禎子が背中をさすってくれた。

子供の頃から喘息は馴染みだった。そのくせパイプタバコをやめなかった。春になった頃から、いったん咳が出るとなかなか止まらなくなり、さすがにパイプを手にする気になれなくなっていた。

この半年ばかり躰に異変を感じていた。外出から帰り、靴を脱ぐのにいちいち上がり框に腰を下ろさなくてはならなくなり、座ってしまうと今度はなかなか立てなかった。全身がだるく、まるで力が入らない。立ちあがるまでに十分、十五分とかかることも増え、そして咳がつづくようになった。条件反射のように上がり框に座りこむと喉がむず痒くなるのにはまいった。

五月に開催される美術団体連合展には絶対出品しなくてはならないと思いさだめていた。戦争が終わり、ようやく自由に絵画を発表できるようになってきた。俊介は自ら描くだけでなく、人間の尊厳を何より重視する機運を盛りあげようと、芸術家たちに連帯を呼びかける運動をしていた。しかし、皮肉なことに自由な空気に喜びいさんだ芸術家たちは各自の思いのまま動きはじめていた。俊介の呼びかけに答えたのは、麻生や舟越、澤田など、かねてより深い親交のあった少数にかぎられていた。

それゆえ連合展には、どうしても衆目を集める作品を展示しなくてはならなかった。自分は画家なのだ。言葉がむなしければ、絵に雄弁に語らせればいい。

しかし、体調不良もあって制作が思うようにはかどらず、無理を重ねてはかえって体調を損なう悪循環にはまりこんでいた。昨夜遅くようやく三点を仕上げたものの運びだす体力は残っていなかった。助けてくれたのは澤田だ。今朝早くやってきた澤田が作品を持っていき、それから二時間ほどして無事搬入したと連絡をくれた。

ほっとしたせいもあっただろう。ついに俊介は動けなくなり、禎子の手を借りてお茶の水にある総合病院で診察を受けるに至った。

診断の結果は、結核。喘息だとばかり思っていたのだが、さらに悪かった。それでも医者は、今はいい薬があるからと禎子にいったらしい。

戦争が終わって、三度目の春が過ぎようとしていた。

咳が少し落ちついたところで禎子の助けを借り、仏間に入った。帰宅したときにはまず仏壇に向かうのが習い性になっている。灯明は点けたが、まだ喉がいがいがするので線香には手を伸ばさなかった。お鈴を鳴らし、合掌して目を閉じる。

手を下ろし、目を開いた。

正面に位牌《いはい》が三つ——中央が義父、左に長男晉、右に長女洋子——並んでいた。洋子は去年十月、岐阜で麻生、舟越との三人展が開催されている最中に死んだ。夏頃から下痢が止まらず心配していたのだが、まさか命を落とすとは思ってもいなかった。危篤という電報を受け、急ぎ帰京したものの間に合わなかった。禎子は妊娠中で、精神的ショックを心配したが、次女京子《きょうこ》は今年二月に無事生まれている。

寝室に布団を敷いてもらい、寝間着に着替えて、横になる。枕許に座っている禎子に声をかけた。

「注射が効いたのかな。少し躰が楽になった。ひと眠りするよ」

しかし、禎子は泣き笑いのような表情を浮かべたまま、動かなかった。

「大丈夫。今日はありがとう。お医者さんも今はいい薬があるといってたんだろ。ちょっと無理して疲れただけだ。さ、京子を見てきて」

ようやくうなずいた禎子が天井からぶら下がった電球を見上げる。

「点けたままでいいよ。気にならないから」

禎子が出ていき、俊介はようやく息を吐いた。慎重に、少しずつ。咳は出なかった。まぶたを閉じ、そのまま眠りに落ちた。

「藤田は還暦を過ぎて、ピカソは藤田より四つ、五つ上か。ルオーは八十近いんじゃなかったっけ。結構な高齢《とし》だけど、皆現役だろ」

ああ、夢を見ていると俊介は思った。喋っているのは、石田だ。俊介は一度も石田の声を聞いたことがない。

「年齢をいうなら……」口を開いたのは薗田だ。「葛飾北斎《かつしかほくさい》がいる。九十くらいで死んだはずだが、あと五年あれば、立派な絵師になれるのにと末期《まつご》にいった」

それにしても石田は何がいいたいのか。そう考えているうちに石田が車座になっている男たちを見まわして言葉を継いだ。

「この間、ふと思ったんだ。皆、いくつのときに、ああ、おれは画家になったって実感できたのかなって」

「やっぱり、これだ、って思える絵が描けたときじゃないかな」

声を発した男は畳の上に寝そべり、ウィスキーをちびちびと飲んでいた。山内だ。

ここはどこだろう？——俊介は胸の内でつぶやき、周囲を見まわした。

薗田の背後にはカウンターがあり、ニットのベストを着た〝穴〟のオヤジがコーヒーを淹れている。一方、石田と山内は赤荳会のアトリエにいるようだ。くらくらめまいがしてきそうな気がしたが、夢までモンタージュになってやがると呆れた。

石田が山内を見る。山内はちびりとウィスキーをすすり、首をかしげつつ言葉を継いだ。

「職業画家というなら初めて絵が売れたときか」

「ゴッホはどうだ？　生前に売れた絵は一点だけだというぜ」

薗田が口を挟む。山内はあっさりうなずいた。

「そうだね。商業的に成功したというなら、むしろレンブラントか。工房まで作って、弟子に描かせた絵にサインを入れて売りまくったんだろ」

「弟子の絵そのままではないだろうけどね」石田がいう。「多少は自分でも手を入れていただろ」

二人とも若い。石田は昭和十二年晩秋――もう十年も昔なのが俊介にはちょっと信じられない――三十歳で死んでいる。それから半年後、今度は山内が二十七歳で没した。その点、薗田はたくましく生き残り、今でも時おり顔を合わせるので夢の中でもそれなりに年を取っているのがおかしい。

石田と山内に目を向ける。

山内《タメヲ》、やっぱりこの呼び方がしっくりする。いつだったか花巻に帰省しようとしたとき、見送りに来て、手紙を書くなといったのを思いだしていた。手紙をもらうと返事を書かなきゃという気持ちが負債になるから、と。ところが、タメヲから来た手紙の文章は見事だった。一言半句どころか一文字ずつに気を配っていた。ひょっとしたら書くこと自体を負債といったのかも知れない。画業だけでなく、文筆家としてもやっていけただろう。

石田、本当に牧羊神《パン》そのものだ。若くて、自分勝手な連中を導いて先頭を歩いていた。赤荳会が解散するとき、メンバー全員がパンをつるし上げたのは、今から思えば、甘えていたんだと思う。ひたすら優しかった。でも、もう少しワガママでもよかったのではないか。誰にも──仲間にも、親にも──気を遣わず生きられたら自分の絵をもっと厳しく追求できただろう。

石田が背を伸ばし、人差し指を立てた。

「やっぱりこれだと思える作品ができたときじゃないかな」

「代表作ってこと？」

山内の問いに答えたのは薗田だ。

「代表作は世間がいうことだろ。画家本人には関係ないんじゃないか」

石田が俊介に目を向けてくる。

「シュン、お前の代表作って、どれだ？」

「えっ……、ああ……」

言葉に詰まった。二科展に初入選した『建物』ではない。あれは若描きだ。ならば線をすっかり変え、モンタージュを駆使して描いた街の連作か。野田英夫やゲオルゲ・グロッスの影響があることを気に病んでいたとき、麻生三郎が俊介の線になっていると認めてくれ、どれだけ救われたことか。しかし、それでも飽き足らず古典的な画法に挑み、風景画を描き、モンタージュの手法と合わせて、どこにもない絵を目指した。同じ頃、戦争が激しくなって、今日明日にも死ぬかも知れないと思ったときに家族を描いた。描かずにはいられなかった。そして自分を。一人の画家としてではなく、生きている一人の人間の像を描いた。

二科展に初入選して賞金を手にしたとき、絵を描いて初めて金を稼いだのだが、そのときも、その後も充分に生計を立てられたわけではない。とても職業画家とはいえないだろう。

代表作がなく、画業で得た金で生活することもできなかった。

いったい僕は何者なのか。

苦笑いし、首を振って答えた。

「代表作といわれて、これだと答えられるのはないな」

石田、薗田、山内が笑う。薗田がぽつりといった。

「シュンらしいや」

生真面目な顔つきに戻った石田が訊いてくる。

「それでも勁い絵を描いているのは、後世まで残したいからだろ?」

「そりゃ……」

答えかけたとき、俊介は尿意が切迫しているのを感じた。最初に思ったのは、今晩は水を飲まずに寝たのに、ということだった。

目を開いた。

禎子がのぞきこんでいる。口元が動いた。ダイジョウブといっているのはわかったが、声は聞こえない。

「まいったよ、便所に行きたくて、それで目が覚めちゃった」

禎子が手を伸ばし、俊介の寝間着の襟に触れた。ぐっしょり汗に濡れているのがわかった。肌が冷たくなっている。禎子に手伝ってもらって着替え、俊介は便所に向かった。

「眠ってて」

禎子がうなずき、俊介は足を踏みしめて寝室を出た。


廊下に出たとたん、猛烈に喉がむず痒くなり、たまらず上体を倒して咳きこんだ。しばらく咳がつづき、はっとして手のひらを見たが、喀血はなかった。いくぶん拍子抜けしたとたん、尿意がぶり返し、そろそろと便所に向かった。

用を足し、ふたたび廊下に出た。まだ夢の余韻があって、このまま眠ってしまうのは惜しい気がした。それで多少ふらつく感じはあったが、アトリエに向かった。寝室とアトリエの入口は向かいあっている。

アトリエの照明を点け、ソファまで歩いて行って、ゆっくりと腰を下ろした。幸い喉のむず痒さも起こらなかった。

今朝、三点の作品を持ちだしたのでアトリエが何だかがらんとして見えた。画架のわきに置いた木製の台に目を留めた。舟越からもらったものだ。もらったというか、互いの作品を交換しようということになり、岐阜での三人展のとき、互いに相手に譲る作品を決めた。

俊介が選んだのは、会場で真後ろから眺めた、女性の頭部ブロンズ像だ。そこへ洋子危篤の報せが届き、急遽《きゆうきよ》帰宅することになった。さすがにブロンズ像は重すぎたので、とりあえず展示用の台のみ持って帰ってきたのだ。

ところが、頭像を運んでくれると約束した人物がどこかに置き忘れてなくしてしまったという。とんでもない話だ。

この一年ほどの間に俊介は岩石の塊のような女性のヌードをデッサンし、二点ほどはタブローにまで仕上げていた。画家仲間たちからは、また画風が変わったと冷やかされもしたが、自由に描ける時代になったことで、ひとつ原点回帰をしてやろうと目論んだのである。

モヂリアーニとルオーだ。モヂはもともと彫刻から出発していて、柱状の石を彫る女人像柱《カリアティード》を作っていた。その造形を、ルオー風の太い線で描いてみた。だが、満足にはほど遠かった。

絵は造形するものだ。だが、いくら絵の具を分厚く重ねていっても満足するレベルには届かない。それでいっそ彫刻に挑んでみようと考えた。師匠としては、身近に舟越保武という、いずれ歴史に残る名彫刻家がいる。作品の交換を申し出た理由は、そこにある。

今回の美術団体連合展に出品した『彫刻と女』は、頭像に両手を伸ばし、愛でている女性を描いたものだが、今の心境をストレートに表現していた。彫像というか、立体造形への憧憬、羨望であり、手を差しのべることによって自らの思いが移ろっていることも表現した。

まだ型にはまるのは早い、という思いがある。

「やあ、久しぶりだね」

声をかけられ俊介は目を上げた。いつの間にかソファで居眠りを始めたらしかった。

突然、耳が聞こえるようになったという夢は中学生の頃からうんざりするほど見ている。

一方で不思議な思いにとらわれていた。俊介はがらんとしたアトリエを眺めていた。

目の前の光景は変わらない。

目を開けたまま、夢を見ているのか、我ながら器用なものだ……。

すれ違いざま、声をかけてきた相手を見て、びっくりした。黒いソフト帽を被り、黒いコートを着ている。肩に散る雪片まではっきりと見えた。

「宮沢先生」

「憶えていてくれたとは光栄だ」

宮沢賢治先生は心底嬉しそうな笑みを浮かべた。

「忘れるものですか。僕がここまで来られたのは、先生のお導きがあったからだと思っています。悩みがあるとき、僕の手は自然と先生のお姿を描いてました」

宮沢先生がうなずき、かたわらの並木を見上げた。周囲は黄褐色に染まっている。俊介は自分が描いた絵の中にいるのを知った。だから坂道なのだ。そして自分がどこにいるのか、はっきりとわかった。

グリザイユで造形していく際の絵の具の配合がすぐに頭に浮かんだし、鼻にはテレピン油、リンシード油、ポピー油の濃密な匂いを感じた。

「君は、ずっと独りぼっちだったねぇ」

「いえ、両親も兄も健在ですし、今は妻も子もあります。そうだ。先生、僕は名字が変わったんですよ。松本になったんです」

「わかってる」宮沢先生が目を向けてきた。「立派になったものだ。それに君が僕と同い年になったなんてね、ちょっと信じられないよ」

そりゃ、先生は亡くなって……、とはいえない。

「この坂を上り切ると君が見たいと思っている景色がある。てっぺんに立つと次の景色が見えるだろ？　坂を上っている最中は苦しくて、辛《つら》くて、何でこんなことをしてるんだろうと思うけど、てっぺんに立って、次の景色が見えると……」

「それを描きたくなります」

「行きたまえ。そして描きたまえ」

「はい、先生」

「では、僕はここで失敬する。議事堂の方に行かなくちゃならないのでね」

「はい、先生」

もう一度いって、坂を下りていく宮沢先生に向かって一礼し、顔を上げた俊介はびっくりしてしまった。眼下には、青く染められた街が広がっている。俊介が造形してきた街にほかならない。建物が並んで、人々が行き交っている。

気を取りなおし、向きを変えて坂を上った。左に目をやると、予想した通りにそこにはニコライ堂が建っている。自分が描いたままの姿で。にんまりしてしまった。こういう夢なら悪くない。相変わらず目はがらんとしたアトリエを見ていた。

坂の頂点に達し、前を見た俊介は目をしばたたいた。まっすぐ行った先にあるはずの聖橋が曲がっている。わきに跨線橋もあった。

「なるほど」

つぶやいた。

中学三年の暮れ、地元の新聞に一編の詩を発表した。絵を描きはじめた頃の心境と決意を素直に書いたもので、絵の道具をかついで荒野をさまよう内に天につづく道を見いだし、ぶつぶつ独り言をいいながら歩いて行くというようなことを書いた。はからずもその詩は、俊介の人生を暗示する内容となった。

石田に代表作と訊かれて、答えられなかった。当たり前だ。天につづく道を歩いている途中なのだ。

だが、今ならこう答えよう。次に描く作品が代表作、最高傑作になる、と。

左に目をやるとニコライ堂の前庭は、上部に穴の開いた支柱で囲われていた。ニコライ堂の庭ではなく、新宿御大典広場の回りに並ぶ支柱だ。鉄製の手すりが抜かれたままになっているのがちょっと悲しかった。

坂を下り、石造りの橋を渡った。

光景が一変し、新緑の風景が広がった。盛岡のようにも見えたが、もうどこでもよくなっていた。

視線を下げる。

よだれかけを着けた洋子が両手を伸ばしている。ああ、ああといっている声まではっきり聞こえる。しゃがんで両手を伸ばすと飛びこんできた。両腕で抱きしめ、乳臭さを胸いっぱいに吸いこむ。きゃっ、きゃっとはしゃぐ声が耳に心地よい。

少し先に少年が立っていた。学生服を来ているが、校章はなく、外した跡だけが残っている。はにかんだような笑みを浮かべていた。

洋子を抱きあげた俊介は少年に近づいた。

晋は今年十一歳になる。

俊介は左手を差しだした。晋がおずおずと手を伸ばし、俊介の中指を握った。

「莞と同じことをするんだ？」

「兄弟だから」

「大人になったなぁ」

照れたように下を向き、晋はへへッと笑った。

洋子を抱き、晋と手をつないで新緑の街を歩きだした。どこまでも土の道がつづいている。

遠くに白い建物が見えた。晋が指さす。

「あそこに行くの？」

「ああ」

「また、絵を描くの？」

「また、絵を描くよ」

天につづく道に終わりはない。

跋

昭和二十三年六月八日未明、松本俊介は結核に加え、持病の喘息から来た心臓衰弱によって死去した。三十六年一ヵ月と十九日の生涯だった。

早朝、一人で現れた澤田哲郎は禎子夫人に洗面器に張った湯と剃刀《かみそり》を用意してもらい、俊介の顔をきれいに剃《そ》った。そして松本家の人々に悔やみを述べたあと、誰に会うこともなく辞去したという。

解　説

吉田伸子

本書は、明治四十五年に生まれ、昭和二十三年に三十六歳で世を去った、ある画家の生涯を描いた物語だ。画家の名は佐藤俊介。結婚後、夫人である禎子の姓を名乗ったため、松本竣介という名で知られている（竣介と改名したのは昭和十九年）。

物語は、序章、盛岡にある俊介の家を宮沢賢治が訪ねてくるところから始まる。俊介一家は、大正三年に東京を離れて岩手の花巻に移り住んだのだが、花巻での二度目の引越し先で近所になったのが宮沢賢治の家だったのだ。稗貫《ひえぬき》農学校（花巻農学校）の教師だった賢治は、二冊の本、『注文の多い料理店』と『春と修羅』を携えていた。『春と修羅』は俊介の兄・彬に、『注文の多い料理店』は俊介に読んで欲しい、と賢治が置いていったその本は、どちらも兄弟二人で読み、『春と修羅』に添えられた「心象スケッチ」という言葉は、俊介の胸に刻まれる。

賢治が訪ねてきた年の春、俊介は兄の彬と同じ盛岡中学校に入学する。地域のトップ校、いわゆる一番校だ。兄弟の父も中退ではあるが盛岡中学だったため、佐藤家の男児として、盛岡中学に進学することは既定路線ではあったものの、岩手県師範学校附属小学校ではあらゆる科目で首席だったばかりか、「走れば学年でもトップクラス」「中距離走と走り高跳びでは、校内に並ぶ者がなかった」俊介にとっては当たり前のことでもあった。俊介の前途が洋々であることは、俊介自身はもちろん、誰の目にも明らかだった。

ところが、入学式の前日、俊介は体調を崩してしまう。四十度を超える高熱を発し、知り合いの医者の往診を受け、なんとか翌日の入学式には参列したものの、教室に戻った段階で力尽き、人力車で帰宅。寝床に入った俊介は、そのまま人事不省に陥ってしまう。緊急入院し、三日三晩うなされ続けた後、意識を取り戻した俊介は、聴力を失っていた。目覚めたこと自体が奇跡だったほどの、重篤な脳脊髄膜炎であった。

秋になり、ようやく退院した俊介が帰宅すると、仏壇の前に寝かせてある団扇太鼓《うちわだいこ》の革が破れていた。俊介の回復を願った父が、朝に夕に太鼓を叩《たた》き、法華経のお経をあげ続けたのだ。この箇所には、思わず涙が出てしまう。俊介の回復を願う父親の想《おも》いが、どれほどのものだったか。

病のせいで一旦は退学となった盛岡中学だったが、父親の尽力で翌年、再び一年生として復学する。しかし、ほどなくして深刻な問題が生じる。英語である。俊介は発語はできるものの、音は聞こえないため、アルファベットが読めないのだ。それでも、兄の懸命なサポートと自らの努力で、英語はどうにかなったのだが、どうにもならなかったのが体育と武術で、これは免除とされてしまう。それまで文武両道できた俊介である。

どれだけ不甲斐《ふがい》なく無念であったことだろう。それでも自暴自棄になったりしなかったのは、俊介の持ち前の質《たち》もあったろうが、彼が健やかに育てられていたことの証左だろう。

中学では唯一入部を許された弓術部で、二年に進級した時点で主力選手として市や県の大会に出場するまでになったし、父親が買い与えてくれたカメラがきっかけで、写真にも熱中した。また、兄から買い与えられた油彩道具一式で始めた油絵も、すぐに評価されるようになった。とはいえ、油絵はお手本通りに描いているにすぎなかった。中学三年を修了した俊介だったが、「自分は何になるか、何ができるのか。何もかも中途半端だと感じていた。弓術にしても、カメラにしても一生を賭けるに値するのか」と胸の内で苦悩していた。

そんな俊介が未来への希望を見いだすきっかけは、兄が書き示した言葉だった。「宮沢先生ハ自ラノ心象ヲ詩ニサレタ」。ついこの前、兄の部屋に入り、宮沢先生の詩を読んで涙を流したばかりの俊介に、この言葉が沁《し》みた。「オ前ノ心象ハオ前ダケノモノ個性ハソコニアル」。続けて「画家ニナリタヒカ」と尋ねた兄に、俊介は「無理だよ。どうすれば画家になれるのか、わからない。でも、勉強はしてみたいな。実物の絵を、直に自分の目で見てみたい」。

その後、俊介は自分でもびっくりするようなひと言をつけくわえる。「できれば、パリにも行ってみたい」。俊介の言葉を受け止めた兄は書く。「パリ、イッショニ行カウ」。

父親に、俊介をパリに留学させるよう、ついては自分もパリに渡り、すべての面倒を見る、と兄が談判したものの、さすがにそれは叶《かな》わず（「息子二人をパリに留学させる金などうちにはない」）。けれど、東京外国語学校への入学を決めていた兄とともに上京し、東京で絵の勉強をすることは認めてもらえた。かくして、兄、母とともに（俊介が東京暮らしに馴《な》れるまで、母と同居することが、俊介の上京にあたっての条件だった）俊介は上京し、「太平洋画会研究所」という民間の美術学校で学ぶことに。

以後は、俊介の東京での日々が綴《つづ》られていく。画家仲間となる友人たちとの出会い、妻となる松本禎子との馴《な》れ初《そ》め、戦時下での創作の日々……。そこにいるのは、ただひたすらに絵と向き合い続ける俊介だ。思い描いたように、絵を描きたい。一途にそう願う俊介だ。

時に仲間と芸術論を交わし、時に偉大なる巨匠の作品――高橋由一の「鮭《さけ》」、藤田嗣治の「自画像」――に触れ、その鮮烈な輝きに圧倒され、絵のもつ「勁《つよ》さ」に感動する。ルオーの作品に触発され、「線だ。線を描きたい。僕は、僕の線が欲しい」と渇望する。あまりにルオーの影響をうけ、線が似てきていることに悩んでいる俊介に、画友である麻生三郎はこう書き記す。「完璧ナ模倣ガデキレバ、大シタモノ、オ前ガルオウニナレル／物真似《ものまね》シタクライデ、消エテシマウナラ俊介ノ線モ大シタモノジャナイ／ソンナモノニ価値ハナイ、諦メロ」と。そして、さらに続けて書くのだ。「ルオウノ五割増シヲ行ケ、俊介ナラデキル」。

本書の後半、戦時下の「新人画会」で俊介の絵を見た一人の青年が、俊介を訪ねて来る。「君は画家になりたいのか」という俊介の問いに、中野は返す。「ドウスレバ」。俊介は、「描けばいい」と返す。そして、続けて言う。「まず自分の胸によく訊《き》いてみることだ。君は画家になりたいのか、それとも絵を描きたいのか……、こういった方がいいかな、絵を描かずにいられないのか」。

俊介のこの問いは、およそ創作に携わる者であるなら、胸の深い部分に刺さるはずだ。歌わずにいられないのか。演じずにいられないのか。踊らずにいられないのか。書かずにいられないのか。これは、作者の鳴海さんが、読み手である私たちへ向けた問いかけであり、鳴海さんご自身へ向けたものでもあるのだと思う。そして、描かずにはいられない者を、周りが呼ぶのだ。彼は、彼女は、画家である、と。

本書のラスト、現《うつつ》と夢の間を彷徨《さまよ》う俊介は、太平洋画会研究所で出会った画友・石田新一に代表作と訊かれて答えられなかったのだが、それは自分が「天につづく道」を歩いている途中だからなのだ、と気づく。その道の途上、二歳で儚《はかな》くなった長女の洋子、生まれた翌日に儚くなった長男の晉と出会った俊介は、洋子と晉とともに、「天につづく道」を歩き続ける。「また、絵を描くの？」という晉からの問いには、こう答える。「また、絵を描くよ」と。此岸《しがん》でも彼岸でも、俊介は画家であるのだ。

本書を締めくくる「跋《ばつ》」は、わずか五行であるが、深い余韻を残す。俊介の画友であり、藤田嗣治に師事した澤田哲郎が、死去後の俊介の顔を剃《そ》って辞去する場面である。

聴力を奪われ、幼子を二人も喪《うしな》ってしまうという、哀《かな》しみも深かった生涯を終えた友を送る澤田の姿に、その静謐《せいひつ》さに、堪《こら》えていた涙が止まらなくなった。

松本竣介の名が、本書を読まれた人たちの胸にそっと刻まれますように。祈るような気持で、ページを閉じた。

（よしだ・のぶこ　書評家）

本書は、集英社文庫のために書き下ろされた作品です。

本作品は、史実をもとにしたフィクションです。

池　寒魚の本

画鬼と娘
明治絵師素描

「池寒魚」は鳴海章の歴史時代小説用の別名義。河鍋暁斎・暁翠父娘をはじめ、美術界が大きく転換した明治期に活躍した三組の画家の親子をめぐる物語。

集英社文庫

集英社文庫

竣介ノ線《しゅんすけのせん》

2024年6月25日　第1刷　　定価はカバーに表示してあります。

著　者　鳴海《なるみ》　章《しょう》

発行者　樋口尚也

発行所　株式会社　集英社
東京都千代田区一ツ橋2-5-10　〒101-8050
電話　【編集部】03-3230-6095
【読者係】03-3230-6080
【販売部】03-3230-6393(書店専用)

印　刷　株式会社広済堂ネクスト

製　本　株式会社広済堂ネクスト

フォーマットデザイン　アリヤマデザインストア　　マークデザイン　居山浩二

ISBN978-4-08-744666-1 C0193